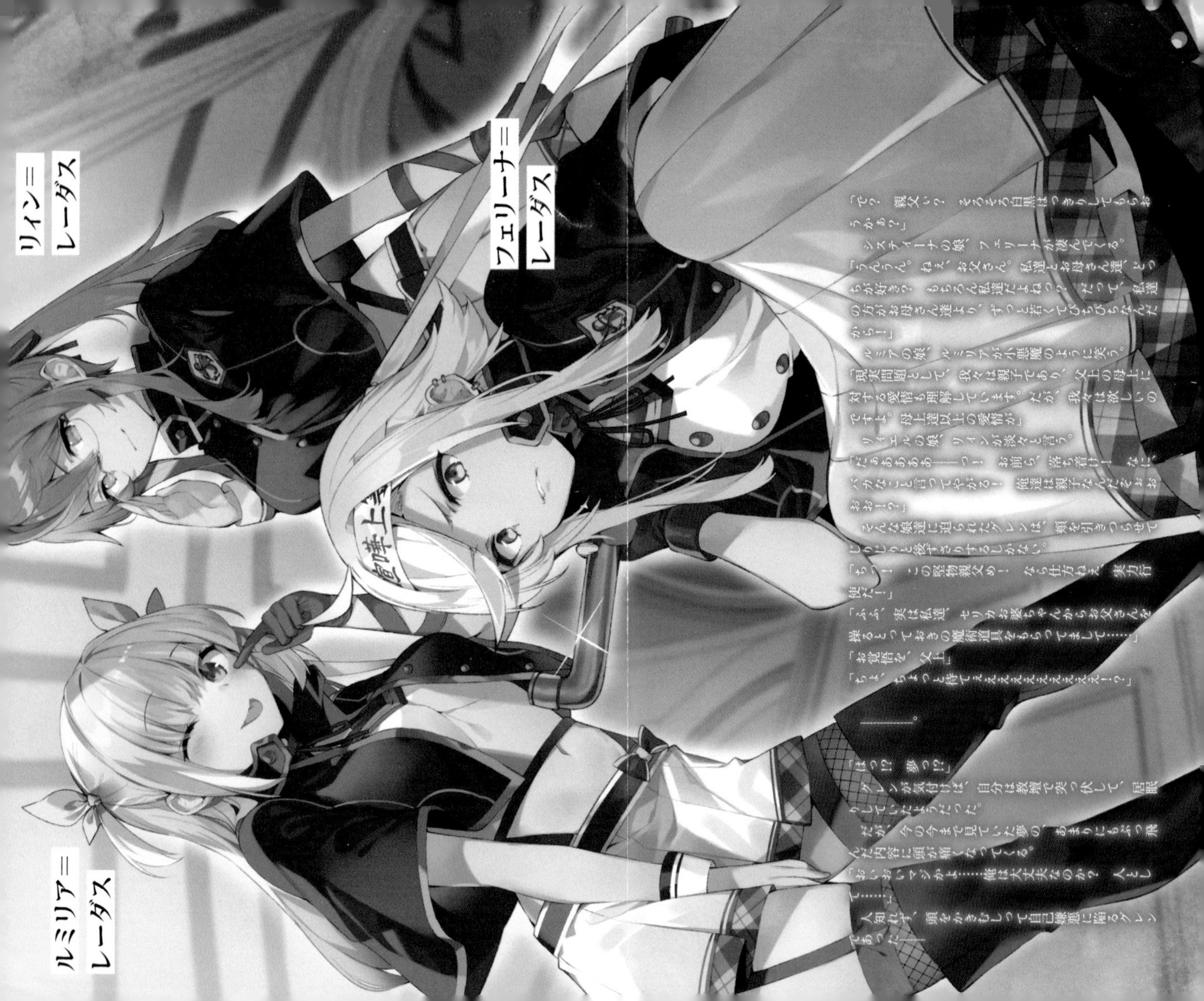
リィン＝レーダス
フェリーナ＝レーダス
ルミリア＝レーダス
「で？　親父ぃ？　そろそろ白黒はっきりしてもらおうかあ？」

システィーナの娘、フェリーナが凄んでくる。

「うんうん。ねえ、お父さん。私達とお母さん達、どっちが好き？　もちろん私達だよねっ？　だって、私達の方がお母さん達より、ずっと若くてぴちぴちなんだから！」

ルミアの娘、ルミリアが小悪魔のように笑う。

「現実問題として、我々は親子であり、父上の母上に対する愛情も理解しています。だが、我々は欲しいのですよ。母上達以上の愛情が」

リィエルの娘、リィンが淡々と言う。

「だああああ――っ！　お前ら、落ち着け！　なにバカなこと言ってやがる！　俺達は親子なんだぞおおお！？」

そんな娘達に迫られたグレンは、頬を引きつらせてじりじりと後ずさりするしかない。

「もう！　この堅物親父め！　なら仕方ねえ、実力行使だ！」

「ふふ、実は私達、セリカお婆ちゃんからお父さんを操るとっておきの魔術道具をもらってまして……」

「お覚悟を、父上」

「ちょ、ちょっと待てぇえええええええええ！？」

――――。

「はっ！？　夢っ！？」

グレンが気付けば、自分は教壇で突っ伏して、居眠りしていたようだった。

だが、今の今まで見ていた夢の、あまりにもぶっ飛んだ内容に頭が痛くなってくる。

「おいおいマジかよ……俺は大丈夫なのか？　人として……」

人知れず、頭をかきむしって自己嫌悪に陥るグレンであった――

――とある料亭にて。

「ひっひっひ……グレン代官様。この山吹色のお菓子をお納めください……」

「ほう？　これはこれは俺の大好物。くくく、越後屋……お主もワルよのぉ……？」

グレンと謎の商人が悪い密会をしていると……

「そこまでよ！」

そこへ、姫侍姿のシスティーナが現れる。

「悪戯に民を苦しめ、私腹を肥やすロクでなしな悪党共！　この私が神仏に代わって成敗致すわ！」

「げえええええ!?　お前、白猫侍っ!?　バカな、もう嗅ぎ付けたのか!?　くっ！　者共、出会え！」

グレンが手下を呼び出そうとするが――

「成敗！」

「うぎゃあああああああああああ――っ!?」

システィーナが素早くグレンを斬り付ける。

「ふっ、安心なさい、峰打ちよ！　この世界に悪が栄えた試しなし！」

そして、システィーナの活躍によって、フェジテの平和は今日も守られるのであった――

～～～

「……白猫、何やってんだ？　誰もいない場所で、そんな格好で刀振り回して、決めポーズして」

「はっ!?」

システィーナが、グレンに肩を叩かれて我に返る。

そこは学院の裏庭だった。

「ち、違うんです、これは！　今度、演劇クラブの助っ人として舞台に出演することになって、今はその、演技の練習をしてただけでぇ――ッ!?」

「……？」

慌てて弁明するシスティーナに、首を傾げるグレン。

今日も学院は平和であった。

ロクでなし魔術講師と追想日誌《メモリーレコード》7

羊太郎

ファンタジア文庫

3021

口絵・本文イラスト　三嶋くろね

私達の将来かぁ……ふふっ、なんだか、想像つかないね

ルミア＝ティンジェル

Memory records of bastard magic instructor

Character
アルベルト＝
フレイザー
帝国宮廷魔導士団特務分室所属。グレンの元同僚。帝国随一の狙撃手であり、戦闘から諜報まで多くの任務をこなす、すべてが超一線級の魔導士
グレン＝
レーダス
主人公。アルザーノ帝国魔術学院の魔術嫌いな魔術講師。何事もテキトーでやる気ゼロ、魔術師としても三流で、いい所まったくナシ。だが、本当の顔は——？

セリカ＝
アルフォネア
アルザーノ帝国魔術学院教授。若い容姿ながら、グレンの育ての親で魔術の師匠という謎の多い女性。グレンに対しては親バカな一面も
リィエル＝
レイフォード
帝国宮廷魔導士団特務分室所属。ルミアの護衛として、学院に編入してくるもなぜかグレンの背中ばかり追っている
システィーナ＝
フィーベル
「講師泣かせ」の二つ名を持つ生真面目な優等生。グレンのいい加減さが許せず、いつも叱りつけている様子は学院の名物になるほど
ルミア＝
ティンジェル
清楚で心優しい、誰からも好かれる人気者。一生懸命守ってくれるグレンのことを、ひたむきに慕っている。グレンとシスティーナの喧嘩ではよく仲裁役に

最強ヒロイン決定戦

The Strongest Heroine Playoffs

Memory records of bastard magic instructor

幸福の音色を高らかに歌い上げるウェディングベル。

その時、ルミアの心臓は溢《あふ》れる多幸感で、張り裂《さ》けんばかりだった。

「せ、先生……ッ⁉」

「ふっ、綺麗《きれい》だぜ？　ルミア……」

華《はな》やかな白のウェディングドレスに身を包んだルミアが、とある教会の礼拝堂祭壇《さいだん》前に佇《たたず》んでいて、その隣《となり》には新郎《しんろう》姿のグレンがいる。

「まさか、本当にこんな日が来るなんて……夢みたいです」

思わず涙《なみだ》ぐんでしまうルミア。もう幸せ過ぎて、頭が溶《と》けておかしくなってしまいそうであった。

「夢じゃないさ」

ルミアを見つめるグレンの微笑《ほほえ》みはどこまでも優《やさ》しい。

そして、大勢の参列者が心から祝福する中、結婚式《けっこんしき》は粛々《しゅくしゅく》と進んでいく。

ルミアはグレンと共に、契《ちぎ》りの言葉を交《か》わし合い、指輪を交換《こうかん》して。

そして、いよいよ誓《ちか》いのキスの段取りとなる。

「愛してるよ、ルミア」

「先……生……」

熱に浮《う》かされたように呆《ほう》けるルミアに、グレンが顔を近付けてくる。

最早《もはや》、ルミアの身も心もグレンのもの。そして、この状況《じょうきょう》の全てを心から受け入れている自分がここにいる。

「……あ……う……」

ルミアは顔を火照《ほて》らせたまま、そっと目を閉じた。

身を寄せてくるグレンの指先が、ルミアの肌《はだ》に少し触《ふ》れるたびに、ルミアの心臓の鼓動《こどう》は早鐘《はやがね》を打つように激しくなっていって……

「ルミア……」

グレンの顔が、ルミアへゆっくりと近付いて来て……まるで小鳥同士が啄《ついば》み合うように、二人の唇《くちびる》は——

——。

(今朝の私ったら、なんて夢を……)

アルザーノ帝国《ていこく》魔術《まじゅつ》学院二年次生二組の教室にて、

自分の席に突《つ》っ伏《ぷ》すルミアは、ぷしゅ〜っと頭から湯気を立て、火照る顔を手で押さえていた。

「どうしたの？　ルミア。なんだか朝から様子が変ね……」

「顔赤い。……風邪《かぜ》？」

そんなルミアを、左右の席に座るシスティーナとリィエルが心配そうに覗《のぞ》き込んでいるが……当のルミアはそれどころではない。

（もし、あの時、システィが起こしに来なかったら……私と先生、夢の中で……や、やっぱり最後まで……？　うわぁ……うわぁ……）

思い出せば思い出すほど、ますます顔から火が出るようであった。

自分のはしたなさをひたすら恥《は》じる反面、あの夢の続きを惜《お》しんでいる自分も、心のどこかに確実にいる。ルミアの頭の熱暴走は、最早留《とど》まるところを知らなかった。

（はぁ……私、どうしよう……？）

王家から廃嫡《はいちゃく》された元・王女であり、禁忌《きんき》の異能者でもあるルミア。

本来、生きていてはならない彼女は、子供の頃《ころ》から様々なものを諦《あきら》めて来なければならなかった。自分よりも他人を優先する〝いい子〟でいなければならなかった。ずっと、そんな歪《ゆが》みを抱《かか》えながら生きてきたのだ。

だが、そんなルミアも、とある事件を通して己《おのれ》と向き合い、グレンに救われ、〝いい子〟をやめた。自分の幸せのために、精一杯《せいいっぱい》、前を向いて歩くことに決めたのだ。

そして、システィーナに遠慮《えんりょ》して押し殺していたグレンに対する想《おも》いに向き合い、今やシスティーナとは、正々堂々、恋《こい》のライバル同士だ。

だが、今までずっと押さえつけていた反動ゆえか……最近、ルミアのグレンに対する想いは日を追うごとに募《つの》って来ている。まさか、自分がこんなにも情熱的な性格だったとは、思ってもみなかったことであった。

せめて、この想いだけは、グレンに伝えたいのだが——

(でも、駄目《だめ》……勇気が出ないの)

そう。そんなルミアも、なかなか最初の一歩を踏《ふ》み出せずにいた。

以前、システィーナのグレンに対する態度が煮《に》えきらなかったことに、やきもきしていたルミアだが、結局、自分も同じだったのである。

好きな人に一歩近付きたい、振《ふ》り向いて欲しい、だけど拒絶《きょぜつ》が怖《こわ》い。一歩踏み出したら、居心地《いごこち》良い〝今〟が壊《こわ》れてしまいそうで怖い。

同年代の女子と比較《ひかく》して、どこか大人びた精神性を感じさせるルミアも、こと恋愛《れんあい》に関してだけは年相応の乙女《おとめ》なのであった。

（ああ、どうしよう？　私……）

今朝見た夢のせいだろう。ルミアの胸中で燻《くすぶ》る想いの火勢は、今日は殊更《ことさら》に強い。ルミアはそれを悶々《もんもん》と抱え、ぼんやりするしかなかった。

「う、うーん……ルミア、やっぱり調子悪いのかしら？」

「ん。風邪かも」

左右のシスティーナとリィエルが、心配そうに顔を見合わせていると、校舎内に本日の授業開始の予鈴《よれい》が鳴り響《ひび》き始めた。

「ルミア、そろそろ授業始まるよ？　その……大丈夫《だいじょうぶ》？　体調悪いなら、医務室に行く？」

「え？　ああ、うん、大丈夫……」

ルミアが、ぎこちなくシスティーナに応じる。

と、その時。扉を開けて、教室内に何者かが入ってくる。

「あっ！　先生が来たよ……って……あれ？」

だが、教室内に姿を現し、教壇《きょうだん》に立ったのは、この二組の担任教師であるグレンではなかった。

「やぁ、お早《はよ》う諸君。元気かな？」

なぜか、グレンの師匠《ししょう》であり、学院の魔術教授であるセリカであった。

意外な人物の登場に、教室中の生徒達が目を瞬《しばたた》かせる。

「あれ？　なんでアルフォネア教授が……？」

「グレン先生はどうしたんだ？」

そんな疑問に首を傾《かし》げる一同の前で、セリカは堂々と宣言した。

「あ、今日の授業は全部中止な！」

「「「は？」」」

「その代わり、『グレンの嫁選抜戦《よめせんばつせん》』を行う！」

「「「はぁあああああああああああああああ──ッ!?」」」

また唐突《とうとつ》なる意味不明展開に、クラス中が大混乱に陥《おちい》った。

「ちょ!?　それ、どゆことですか、アルフォネア教授──っ!?」

システィーナが席を立ってセリカへと詰《つ》め寄り、一同の胸中を、そのまんま投げつけた。

「言った通りだよ。この際だから、思い切って、グレンのお嫁さんを決めちゃおっかな～って！」

太陽のような笑顔で、とんでもないことをさらりと言うセリカ。

「い、いや、そんな、何か新しい家具でも買うようなノリで!?」

「何、なんだかんだ、グレンもいい歳《とし》だろ？　定職にもつき、収入も社会的地位も安定したし？　そろそろ身を固めたいなって、あいつたっての希望でさぁー？　私もそろそろ孫の顔が見たいって言うかぁ？」

セリカが指を打ち鳴らす。

すると、今度は白目を剝《む》いたグレンが、機械のようにぎくしゃくした動きで教室内に入ってくる。

「な？　グレン。そうだよな⁉」

「ウン！　僕、結婚シタイヨ！　誰《だれ》カ僕ノ嫁ニナッテクレ！」

ひたすら無表情で棒読みのグレン。

「「「「…………」」」」

どこをどう見ても、セリカの精神支配魔術で操《あやつ》られているグレンの哀《あわ》れな姿を前に、クラス一同、頰《ほお》を引きつらせて絶句した。

「てなわけで！　私がグレンの嫁探しをしてやろうってことになってな……まぁ、親心だ！」

と、その時。得意げに胸を張るセリカの服の裾《すそ》から、昨晩の新聞が、ばさりと音を立てて落ちる。

システィーナがそれを拾い上げて見れば、その一面トップには、『二十歳時点《はたち》にて独身だった男性の生涯未婚率《しょうがいみこんりつ》が近年、上昇傾向《じょうしょうけいこう》』、『元・恋人との辛《つら》い別れや失恋《しつれん》経験があると、さらに上昇』、『やはり結婚は二十歳までにすべきとの社会学者の見解』……などと言った文面が躍《おど》っていた。

「グレン先生って、確か十九歳……魔術的に肉体年齢《ねんれい》を計測した結果らしいけど……」

なんとなく今回の事件の裏構造が見えてきたシスティーナは、ジト目で溜《た》め息を吐《つ》くしかなかった。

そんなシスティーナに構わず、セリカはノリノリで宣言した。

「さて、私の可愛《かわい》いグレンの嫁になろうっていうんだ！　そりゃ私が認める最強の嫁、最強のヒロインじゃなきゃ駄目だろう⁉　そゆことで私は今回、『グレンの嫁選抜戦』を開催《かい》《さい》することにしたんだ！　この件は学院中に告知して回っている！　さぁ、我こそはグレンの嫁たらんと思う者は、こぞって参戦するといい！　……あ、ちなみに、誰か私のお眼鏡に適《かな》う嫁候補が見つからない限り、グレンはなんかこう、元《もと》には戻らないような気がするなー？　私にもよくわからないけど！」

「はぁ～～～～……」

システィーナは、盛大《せいだい》な溜め息を吐いていた。

はっきり言って、バカバカしい。

グレンの意思を無視していることはもうバレバレで、これで嫁が決まっても、どうせ有《う》耶《や》無《む》耶《や》になることは目に見えている。

まーたアルフォネア教授のいつもの悪ノリと気まぐれだ……と、システィーナはスルーを決め込もうとする。

だが──

「あ、あのっ！」

何かを決意したように、立ち上がった者がいた。

なんと、ルミアであった。

「わ、私……その……ッ！　参加してもいいですかっ⁉」

ぎょっとするクラス一同の視線を一身に集めながら、ルミアははっきりとそう言い切った。

クラス中の生徒達の顔が、驚愕《きょうがく》の色に染まるのは当然として……

「あ……」

そう宣言したルミア自身も、自分の発言に驚《おどろ》いているようであった。

「おお、さすがアリスの娘《むすめ》！　そうやって人前で堂々と宣言できるのは、中々〝ヒロイ

ン力〟が高いぞ？　ふむ、嫁ポイント、プラス1」

そんなルミアに、セリカがにやりと笑って変な点数をつける。

「だが、待ってくれ。嫁選抜戦の準備にはもう少し時間がかかる。もし、参加するつもりなら、一時間後に中庭へ来てくれ。じゃあな！」

そう言って、セリカは嵐《あらし》のように去って行く。

「サラバ、僕ノ未来ノ嫁候補達ー」

そんなセリカの後を追って、やはり哀れな姿のグレンが、ぎくしゃくした動きで去って行く。

後に残されたのは、ただただ動揺《どうよう》と困惑《こんわく》だけであった。

「ちょっと、ちょっと、ルミア……貴女《あなた》、本気で参加するの？」

これから『グレンの嫁選抜戦』が行われるという中庭に向かう道中。

狼狽《うろた》えきったシスティーナが、ルミアへと恐《おそ》る恐る尋《たず》ねていた。

「ルミア、グレンのオヨメになりたいの？」

リィエルもきょとんと小首を傾げてルミアへ聞いてくる。

「え、ええと……」

するとと、ルミアはいつもの穏《おだ》やかで気丈《きじょう》な様とは打って変わって、しどろもどろになりながら答えた。

「そ、そういうわけじゃないんだけど……ただ、私は……」

ああ、自分すら騙《だま》せない嘘《うそ》だな、とルミアは答えながら思った。

だって、セリカがグレンの嫁探しを宣言した時から、ルミアの頭をちらつくのだ……今朝方見た、あの夢が。

——愛してるよ、ルミア。

「〜〜〜〜〜ッ⁉」

たちまち冷めかけていた熱がぶり返し、ルミアの顔が、かぁ〜っ！ と熱をもってくる。

ルミアは真っ赤になっているであろう自分の頬を両手で、ぱっ！ と押さえ、隠《かく》した。

「えっと、ルミア？ そういうわけじゃないなら、どういうわけなの？」

話の途中《とちゅう》で、なぜか突然《とつぜん》、ぼんやりし始めたルミアを前に、システィーナは心配そうに話の先を促《うなが》した。

「えっ⁉ あっ、その……」

するとと、我に返ったルミアが何度か深呼吸をしつつ、答えた。

「ほ、ほら！　アルフォネア教授があんな企画《きかく》を打ち出した以上、ある程度、私達がその企画に付き合ってあげないと、教授ったら、きっと収まらないでしょう？　それに、先生は教授の魔術《まじゅつ》の虜《とりこ》になっちゃったみたいだし……」

「…………」

「先生の意思はまるで無視されてるんだもの。この企画の結果で先生のお嫁さんが本当に決まるわけないよ。だったら、ここは教授の企画に乗って、早く先生を助けてあげなきゃ」

本当に嘘ばっかり、とルミアは心の中で思った。こんな風に、本音を誤魔化《ごまか》すから一歩も進めないのに。ルミアはそんな弱い自分に少し嫌気《いやけ》がさす。

「ま、まぁ……確かに、ルミアの言うとおりだけどさ……」

だが、ルミアの心中とは裏腹に、話の筋は通っている。システィーナに反論の余地はない。

しかし、システィーナは、なんとなく焦《あせ》りを感じている自分がいることに気付いていた。

「わたしにはよくわからないけど……オヨメになれば、こないだシスティーナが着ていた白い服、着れる？　だったら、わたしもなりたい」

そして、リィエルが、いつものように眠《ねむ》たげな無表情のまま、そんなことを言いだして。

「も、もうっ！　こういうことは、こんな遊びみたいなもので決めるものじゃないのに！　まったく教授ったら、リィエルの教育に悪いんだから！　で、でもまぁ！　先生を教授の魔の手から救うためなら、わ、私も、仕方なく参加してあげても……」

自分を納得《なっとく》させるように、システィーナがカリカリしながら言った。

そんな友人達を尻目《しりめ》に、ルミアは一人胸中で煩悶《はんもん》していた。

（わかってる。わかってるの。どうせこんな企画で、先生のお嫁さんなんか本当は決まりっこないって。……でも、今のままじゃ駄目《だめ》。なんでもいいから勇気を出して、最初の一歩踏《ふ》み出さなきゃ……ほんのちょっとでもいいから、一歩前に踏み出さなきゃ。でないと、いつまで経《た》っても、何も変わらないから……）

胸元《むなもと》でぐっと拳《こぶし》を握《にぎ》り固めて、静かに気合いを入れて。

ルミアは、システィーナとリィエルと一緒《いっしょ》に、中庭へ向かうのであった。

「でもさー、夫となる対象は、あのグレン先生なのよ？　私達以外に集まる人なんて、きっと誰もいな――って、なぁにコレぇえええ――ッ!?」

嫁選抜戦が開始されるという中庭に辿《たど》り着くや否《いな》や、システィーナは素《す》っ頓狂《とんきょう》な声を

上げていた。

そこには、いつ、どうやって設営したのか、巨大《きょだい》な劇場舞台《ぶたい》のような会場が出現している。

だが、それよりシスティーナを驚かせたのは、その舞台付近に集まる学年クラスの異なる女子生徒達の存在だ。

その数、二〇人強……想像したより、ずっと多くの参加者が、この場に集まっていたのだ。

「ど、どうして⁉ だって、相手はあのぐーたらでロクでなしのグレン先生なのよ⁉ なのに、なんでこんな馬鹿な企画に――ッ⁉」

「はぁ……やっぱり、貴女達も来たんですわね」

そんな溜め息交じりの言葉にシスティーナ達が振《ふ》り返れば、そこにはウェンディにテレサ、リンがいた。

よくよく辺りを見渡《みわた》せば、他にも二組の女子達がちらほら散見される。

「ええええ――ッ⁉ あ、貴女達、一体全体どうして⁉」

「やれやれですわ。ちょっと貴女、動揺し過ぎじゃありませんこと？」

慌《あわ》てふためくシスティーナに、ウェンディが肩《かた》を竦《すく》めて言った。

「わたくし達も、目的は貴女達と同じですわ」

「ええ。教授の魔術に囚《とら》われたグレン先生を早く解放してあげたくて」

ウェンディとテレサはそう言うが。

「…………」

いつもおどおどして大人しいはずのリンが、今ばかりは、どこか決意に満ちた表情で静かに佇《たたず》んでいる。

「や、やっぱりそうよねぇ？　先生のお嫁《よめ》さんが、こんな遊びみたいな企画で本当に決まるわけないし！」

「ええ、まったくですわ！　早く復帰して授業を再開してもらわないと！」

そんなリンを尻目に、うんうんと互《たが》いに合点《がてん》がいったように頷《うなず》き合うシスティーナとウェンディだが……

「それに、まぁ……わたくし、別に先生のこと嫌《きら》いじゃありませんし？」

不意にウェンディが、つん、と不機嫌《ふきげん》そうにそっぽを向いて、ツインテールの片方を指でくるくるし始め……

「ふふっ、ウェンディは素直《すなお》じゃありませんからね」

「な、なんですの⁉　そ、そういうテレサだって──」

呆気《あっけ》に取られるシスティーナの前で、ウェンディとテレサは何やら雲行きの怪《あや》しいやりとりを始め……

「…………」

相変わらずリンは無言で、システィーナ達を見つめている。いかにも〝私負けないよ〟といった風に。

「え……？　あの……ちょ、マジ？」

この思わぬ展開を前に、システィーナが動揺を隠せないでいると。

「あら？　システィーナ」

「えええええ⁉　リゼ先輩《せんぱい》まで⁉」

なんと、魔術学院生徒会執行《しっこう》部の生徒会長リゼ＝フィルマーまで、その場に現れてしまう。

「な、なんで先輩まで⁉」

「あら？　グレン先生の嫁選抜《せんばつ》戦……ただのジョークイベントみたいなものじゃない？　だったら、参加して楽しんだもの勝ちじゃないかしら？」

余裕溢《よゆうあふ》れるクールな微笑《びしょう》を、悪戯《いたずら》っぽく浮《う》かべるリゼ。

「最近、生徒会の仕事で根を詰《つ》めていましたから、良い息抜《いきぬ》きだわ」

「そ、そうですよね⁉　こんなのただのジョークですもんね⁉　特に意味なんてありませんものね⁉」

参加者達全員が、どこか全体的に浮《うわ》ついている雰囲気《ふんいき》の中、リゼだけはいつも通り冷静なのを見て、システィーナは思わずほっとする。

が――

「それに……グレン先生なら、〝本当の私〟を受け止めて、傍《そば》にいてくれるのかも……なんて」

「えっ？」

不意に、リゼの口から飛び出た意味深な言葉に、システィーナが口をあんぐり開けて唖《あ》然《ぜん》とする。

「あ、あの……リゼ先輩？　そ、それは一体、どういう意味……？」

「ふふっ、さて？　どういう意味なのかしら？」

狼狽えるシスティーナ。

髪《かみ》をかき上げながら、からかうように、くすりと微笑《ほほえ》むリゼ。

なんだか、ただのジョークイベントでは済みそうにない気配が、刻一刻とその場に醸《じょう》成《せい》されつつあった。

（やっぱり……そうだよね）

そんな渦中《かちゅう》で、ルミアが物思う。

確かに、グレンは一見ぐーたらでロクでなしな言動が多い。

だが、よくよく考えてみれば、授業……仕事自体は真面目にやってるし、生徒に対してはわりと真摯《しんし》で誠実だ。

何より、グレンは学院のピンチを、実際に命懸《いのちが》けで、何度も救い続けて来た。いざという時には体を張って守ってくれる……そんな人なのだ。

確かに、上《うわ》っ面《つら》しか見ない人にとっては、グレンはただのロクでなしなのだろうが……わかる人にはわかる。

それはルミア自身、とても良く知っていることではないか。

（だって、先生だもの。ライバルは多くて当然だよね）

ここに集まる女の子達は、皆《みな》、人の本質を理解できる聡《さと》い者達ばかり。それゆえに、この選抜戦がただのジョークイベントに過ぎないことも、きちんと理解している。

だが、ジョークイベントであることを理解しつつも、グレンのために参加しても良い……そう思えるほど、グレンに対して好印象を持っているということだ。つまり将来の強敵である。

（うん、だったら、負けないよ！　負けるわけにいかないの！）

状況《じょうきょう》を冷静に分析《ぶんせき》し、ルミアは気合いを入れ直す。これがたとえジョークイベントだとしても、もう彼女の中では勝利以外に道はなかった。

そして——

『皆《みんな》ぁ～ッ！　グレンの嫁になりたいかぁああああ～ッ⁉』

ちょうどその時、盛大《せいだい》な爆発《ばくはつ》演出と共に、舞台上にセリカが現れ、一人だけ場違《ばち》いなまでのハイテンションな叫《さけ》びを、音声拡張魔術で上げていた。

同時に、どこからともなく凄《すさ》まじいファンファーレが世界の終末を告げるラッパのように鳴り響《ひび》き、頭が悪くなりそうなほどに派手な花火が空を埋《う》め尽《つ》くす。セリカの演出効果魔術だ。

当然、その場の誰《だれ》もがその温度差とテンションについていけず、呆然《ぼうぜん》と見上げるだけだが、セリカはまったく構わず、ノリノリで続けた。

『いやぁ！　グレンのために集まってくれてありがとう、未来の嫁候補諸君！　この中から、見事グレンの嫁になるのは、最強ヒロインとなるのは一体、誰なのか⁉　グレン、良かったな！　こんなにたくさんの女の子達が集まって来てくれて！』

すると、舞台脇《わき》にある派手な玉座についたグレンが、白目のまま言った。

「フッ！　モテル男ハ辛《つら》イゼ」

大絶賛、被《ひ》精神支配中であった。

『はっはっは！　お前がモテるなんてそんなの当然じゃないか！　だって、お前はやればできる子だもんな！』

そして、セリカの親馬鹿は、ここに極《きわ》まれりである。

集まった女の子達は「うわぁ」と、どん引きするしかなかった。

『てなわけで、それでは早速《さっそく》、嫁選抜戦開始だッ！　〝嫁に必要な能力や技能を測るテスト〟を中心にやるから心してくれよ⁉　まず第一のテストはこれだぁあああああ――ッ！』

そして、セリカが光の魔術《まじゅつ》で舞台上空に投射した映像に、第一テストのお題が出現して――

こうして、グレンのことを大なり小なり憎《にく》からず思っている女の子達の、不毛な戦いが始まるのであった――

――。

『六番、一年のレダ＝シエーレ、お疲《つか》れさんっ！　さぁ、盛り上がって参りましたっ！　この勢いで次の方、行ってみよう〜〜ッ！』

ひたすらハイテンションなセリカが舞台の隅《すみ》に立ち、魔術による拡声音響《おんきょう》で大声を張り上げる。

すると、一人の少女が胸を張って舞台中央に立った。

「はぁ〜い☆　七番、二年のシスティーナ＝フィーベルで〜〜っす♪」

媚《こ》び媚びの愛想笑《あいそわら》いを振りまいて、手を振るシスティーナ。

その姿は……水着姿であった。

「今日は〜ッ！　グレン先生にぃ〜〜ッ！　私の嫁としての魅力《みりょく》をぉ〜〜ッ！　いっぱいアピールしていきたいなって、思いますぅ〜〜ッ！」

「「「ォオオオオオオ────ッ！」」」

そんなシスティーナの姿に、舞台の周囲に押し寄せる大勢の観客達が、奇声《きせい》を上げて盛り上がる。

ちなみにこの観客達、全員、頭からつま先まで骸骨《がいこつ》の竜牙《りゅうが》兵であった。その方が盛り上がるだろという意味不明な理由で、セリカが召喚《しょうかん》したものだ。

「では、行っきまぁ〜〜すッ！」

そんな骸骨の観客達の前で、システィーナは、くるりと回って、次々と大胆《だいたん》ポーズを取っていく。

「あはん♪」

胸を反らして、決めポーズ。

「うふん♪」

お尻《しり》を向けて、決めポーズ。

システィーナが、ポーズを決める都度、骸骨達が大歓声《だいかんせい》を上げる。

……最早《もはや》、地獄《じごく》絵図であった。

やがて。

ポーズを取っていくシスティーナが媚び媚びの笑顔のまま真っ赤になっていき、肩《かた》がぶるぶると震《ふる》え……頰《ほお》がびくびく引きつっていき……

「――ってぇ、何やらせてんですかぁあああああああああ――ッ⁉」

ついに堪《こら》えきれなくなったシスティーナは、天に向かって咆哮《ほうこう》するのであった。

『うーん、途中《とちゅう》で我に返った。ノリが悪い。嫁《よめ》ポイントマイナス1』

「知りませんよ⁉　なんですか、その点数⁉」

ふか～ッ！　と、システィーナがセリカへ詰《つ》め寄る。

「大体、水着になって、何かエッチなポーズ取らせて！　一体、コレ、何のテストなんですか⁉」

「いやぁ、嫁に必要な能力や技能を測るテストをするって言ったろ？」

セリカは悪びれもせず、自信満々に答えた。

「つまり、ボディチェックだ。胸の大きさとか、お尻の大きさとか……要は元気な子を産めそうかな、と」

「～～～～～～～ッ⁉」

最早、システィーナは真っ赤になって絶句するしかなかった。

「重要だろ？」

「いっ、いや、そっ、それはその重要かもしれませんがぁ――ッ⁉」

「ぶっちゃけさー、嫁に来てもらうなら、女としてエロいかどうかは最重要だよな‼」

「ちょっとぶっちゃけ過ぎじゃないですかねぇ⁉」

まぁ、案の定と言えば案の定だが。

セリカが推進する謎《なぞ》テストによって、早くも嫁選抜《せんばつ》戦は混沌《こんとん》の極みと化していた。

「なんだよー？　私のテストに何か不満あるのかー？」

「あるに決まってるでしょう⁉　グレン先生が、女性に対してそんなことを求めていると

は、私、とても思えません！」

口を尖《とが》らせて拗《す》ねるセリカに、水着姿のシスティーナが猛然《もうぜん》と抗議《こうぎ》する。

「せ、先生は確かにロクでなしでデリカシー皆無《かいむ》ですけど！　でも、女性に対しては、もっとこう誠実で――」

「そんなことないぞ？　グレンだって年頃《としごろ》の健康男子だ。きっと頭の中はエロエロに決まってるさ。その証拠《しょうこ》に、見ろ、グレンのやつ、とても喜んでいるじゃないか」

セリカが、玉座に座るグレンを指差すと――

「オッパイ！　オッパイ！」

白目を剥《む》いたグレンが、変態的な事を叫びながら、片手を機械的な動作でぎくしゃくと上げ下げしていた。

「な？　グレンも喜んでるだろ？」

「明らかに教授が精神支配魔術で無理矢理言わせてますよね、アレ⁉　あんなの先生の意思じゃ――」

「デモ、僕、モット胸がアル女ノ方ガ好キダナ。テイウカ、オ前痩《や》セスギ、モット食エヨ、育タネーゾ、白猫《しろねこ》」

「《起きてるなら・起きてるって・言いなさいよ》ぉおおおおお――ッ！」

即興《そっきょう》改変呪文《じゅもん》で放たれたシスティーナの【ゲイル・ブロウ】が、グレンをお空へと吹《ふ》き飛ばすのであった。

「はぁ〜、まったく、こんなことだろうと思いましたわ」

「そうですね……観客達が魔術製の骸骨なのが救いではありますが」

舞台《ぶたい》上で、システィーナとセリカが喧々囂々《けんけんごうごう》やっている光景を前に、ウェンディとテレサ──当然、彼女達も水着姿──が、溜《た》め息を吐《つ》く。

「先生を教授の魔の手から助けようとして参加したのはいいのですが……初っぱなからこれでは、先が思いやられますわね……」

「参加者の女子生徒達も、このテストが発表された時点で、半分以上去って行きましたしね」

そんなこんなで、この謎の水着コンテストは続いていった。

舞台上のアピールの結果によって、セリカが嫁ポイントと呼ぶ謎の得点を、その参加者に入れるのだが、その採点基準は心底謎であった。

採点は厳しく、ほとんどの生徒達は10点付近を彷徨《さまよ》っている。

アピールにどうしても照れや遠慮《えんりょ》が入ってしまうシスティーナやウェンディは得点が低かった。5点だった。

だが、同じく照れがあっても、抜群《ばつぐん》のモデル体型なせいか、テレサの得点は20点。かなり高くなる。

かと言って、まったく照れないで淡々《たんたん》と機械のようにアピールできていたにも拘《かか》わらず、リィエルは8点。あまり点が伸《の》びない。セリカ曰《いわ》く、〝色気が足りないから〟らしい。

だが、照れまくった上に色気もアピールできず、それでも涙目《なみだめ》でなんとか最後までアピールをやりきっただけのリンは……30点。セリカ曰く〝萌《も》えた〟とのこと。

「なんなのよ、この採点⁉　全部、教授の気まぐれじゃない⁉」

「言っても無駄《むだ》ですわ」

早くもシスティーナとウェンディがうんざりし始めた、そんな時だ。

「「「ォオオオオオオオオオオオオオオオオオオオオ――ッ！」」」

観客席から大歓声が上がる。

今、舞台上でアピールをしているのは、妖艶《ようえん》なハイレグ水着姿のリゼだ。

薄《うす》い微笑《ほほえ》みを崩《くず》さず、最後のセクシーポーズを見事に堂々と決めていた。

『いいぞ、素晴《すば》らしいな！　うん、嫁ポイント、40点！』

セリカが大絶賛で、これまでの中では最高得点をつけた。

普段《ふだん》からクールな淑女《しゅくじょ》であるリゼだが、このアピールの場においても、それはまった

く揺《ゆ》るがなかった。

照れず臆《おく》せず、大胆にセクシーなポーズを決めていく。まるでプロモデルか舞台役者のような凄《すさ》まじい度胸。溢《あふ》れる大人びた色気と魅力《みりょく》は、この場に男子生徒がいたら、さぞや悶絶《もんぜつ》ものだったことだろう。

「す、凄《すご》い……」

「さすが、生徒会長……」

そんなリゼの姿に、素直に感嘆《かんたん》するしかないシスティーナとテレサ。

「ふふ、これは……なかなか気恥《きは》ずかしいものですね。少し緊張《きんちょう》しました」

そんな彼女達の元に、リゼがバスタオルを身体に羽織って、颯爽《さっそう》とした足取りで戻《もど》ってくる。

「あ、あの……先輩《せんぱい》？　なんだか、えらく気合い入ってません？」

「ふふ、そうかしら？」

薄く微笑みながら、ふさりと髪《かみ》をかき上げるリゼ。その所作には余裕《よゆう》が溢れていた。

「あ、あのっ、先輩？　これは、ただのジョークイベントなわけでして……な、なにも、そこまで本気にならなくたって……」

なぜか、リゼをしどろもどろに牽制《けんせい》してしまうシスティーナに、リゼは意味深に微笑ん

で返した。

「あら？　そういうことなら、私よりも、もっと釘《くぎ》を刺《さ》すべき子がいるわ」

「えっ？」

「正直、私もその子の〝覚悟《かくご》〟に勝てるかどうか……」

リゼが腕組《うでぐ》みをして目を閉じ、クールにそんなことを呟《つぶや》いていると。

「「「ォオオオオオオオオオオオオオオオオオオオオオオオオオオオオオオオ
オオ――ッ！」」」

舞台上から、今までとは比較《ひかく》にならないほどの大歓声があがった。

「はぁ～い☆　二〇番、ルミア＝ティンジェルですっ♪」

ビキニ水着姿のルミアが、太陽のように輝《かがや》かんばかりの笑顔で、アピールポーズを取っている。

「先生のお嫁さんになりたい人、皆《みんな》、強敵だけど、私も負けないよっ！　精一杯頑張《せいいっぱいがんば》るから、皆、応援《おうえん》よろしくね～ッ！」

ルミアの宣言に応じ、再び盛り上がる観客席。

そして、ルミアの堂々かつ大胆《だいたん》なポージングアピールが始まる――

「な、なにアレ……？」

そんな予想外のルミアの姿に、システィーナ達は、ただただ圧倒《あっとう》され、絶句するしかなかった。

もう、それは媚《こ》びとか見栄《みえ》とか、そんな領域からはかけ離《はな》れていた。羞恥《しゅうち》や照れもすでに超越《ちょうえつ》している。

精一杯の自分を見て欲しい、そんな切なる想《おも》いが内から滲《にじ》み出し、それが存在感として、ルミアの全身から放たれ、ポーズにも反映されている。

それはまさに理想の少女偶像《ぐうぞう》の降臨——ルミアの周囲は後光が差しているかのように華《はな》やぎ、きらきらと光り輝くようであった。

「これは……感無量だ！」

セリカは涙《なみだ》を滂沱《ぼうだ》と流しながら、そんなルミアの姿を尊いもののように見入って。

「オッパイッ！　オッパイッ！」

精神支配されているはずのグレンも、腕《うで》を上下に激しく振《ふ》り上げて、トランス状態だ。

（負けないッ！　負けないんだから……ッ！　恥ずかしいけど、勇気を出すって決めたからッ！　一歩踏《ふ》み出すって決めたからッ！　だから……ッ！）

そして、舞台上でアピールを続けるルミアは、周囲の状況《じょうきょう》などまるで目に入っていないようであった。

彼女はただただ己《おのれ》の壁《かべ》を破ろうと必死だったのだ。

「る、ルミア……？」

「……ひ、必勝の気迫《きはく》を感じますわ」

舞台上のルミアに圧倒されたシスティーナやウェンディが目を瞬《しばたた》かせる。

「……やりますわね」

リゼも感嘆の息を吐《は》くしかない。

「ちょ……ッ⁉　これ、ただのジョークイベントだよね⁉　ルミアったら、必死過ぎじゃない？」

システィーナが、呆気《あっけ》に取られる一同を慌《あわ》てて振り返る。

「ふふ、システィーナ。貴女《あなた》もそろそろ本気で覚悟を決めないと……置いていかれてしまうかも、ね」

「そ、それってどういう意味ですか、リゼ先輩⁉」

訳知り顔で含《ふく》むように微笑むリゼへ、システィーナが焦燥《しょうそう》感に駆《か》られるままに喰《く》ってかかって。

その場は、大盛況《だいせいきょう》で終わるのであった（ただし、観客は骸骨《がいこつ》）。

ルミアは、50点という最高得点を叩《たた》き出していた。

『いやぁ、さっきの嫁《よめ》テストは盛り上がったなぁ！　それでは早速《さっそく》、次のテストに行ってみようッ！』

「「「ォオオオオオオオオオオオオオオオオオオオオオオ――ッ！」」」

謎《なぞ》の水着コンテストも終わって。

セリカが次のテストへの移行を宣言し、観客席を埋《う》め尽《つ》くす骸骨達が諸手《もろて》を挙げて歓声《かんせい》を上げる。

「「「…………」」」

今、参加者の女子生徒達は、全員、舞台上に上げられており、皆《みな》一様に唖然《あぜん》としていた。

「え、えーと……？」

システィーナがゴシゴシと目を擦《こす》る。そして、舞台の中央をもう一度よーく目を凝《こ》らして見る。

だが、何度見てもそこには、山のような巨軀《きょく》、天を覆《おお》うような巨翼《きょよく》のドラゴンが鎮座《ちんざ》していた。偽物《にせもの》ではない。

「えーと？　何です？　アレ」

『私が、ここに召喚魔術《しょうかんまじゅつ》で喚《よ》んだコイツは、昔、私がボコって舎弟《しゃてい》にしたドラゴンだ！』

真っ青になったシスティーナの質問に、セリカが堂々と答える。

「いえ、ドラゴンなのは見りゃわかりますけど……どうしろと？」

すると、セリカはさも当然とばかりに胸を張って言った。

『こいつをやっつけた嫁候補に100点ッ！　レッツ、ファイッ！』

「できるかぁああああああああああああああああああ――ッ！」

システィーナは猛《もう》ダッシュでセリカへ詰《つ》め寄り、その胸《むな》ぐらを掴《つか》み上げてがくがく揺すっていた。

「一体、何の勝負なんですか⁉　嫁に必要な能力や技能を測るテストじゃありませんでしたっけ⁉　普通《ふつう》、料理とか掃除《そうじ》とか、そういう勝負になるんじゃないんですか⁉　水着コンテストといい、ドラゴン退治といい、貴女、一体、何がやりたいんです⁉」

「いやあ、だって、ほら。妻は夫の帰りを待つ間、家を守るものだろ？　夫のいない間、邪神《じゃしん》や旧支配者の襲来《しゅうらい》から家を守らなきゃ」

「どんな家なんですか、それ⁉」

ふかーっ！　とシスティーナが喰ってかかるが、セリカは何処吹《どこふ》く風だ。

「まぁ、グレンの嫁となる女だ。せめてドラゴンくらい鼻歌交じりに料理できないとさあ？」

「何その〝あの定番料理くらいはできないと〜〟みたいなノリ⁉　何そのお情け程度の嫁能力要素⁉」

「ははは、まぁ、とにかく戦え。別に倒《たお》せなくとも戦闘《せんとう》内容に応じて、嫁ポイントをつけてやるから！　大丈夫《だいじょうぶ》、大丈夫！　ドラゴンの攻撃《こうげき》方法は令呪《コマンド》で竜の咆哮《ドラゴンズ・シャウト》【打ちのめ《スタン・ス》す叫び《ローター》】……精神攻撃に限定してあるから！」

「そ、そんなこと言われても⁉」

そんなシスティーナ達のやり取りを尻目《しりめ》に、最早《もはや》、その場はひっくり返るような大惨事《だいさんじ》であった。

「きゃあああああ――ッ！」

「こんなの無理よぉおおお――ッ！」

中庭に出現したドラゴンの姿に、大半の参加者が、我先にとその場から逃《に》げ出している。

そしてドラゴンがその鎌首《かまくび》を上げて放つ【打ちのめす叫び《スタン・スローター》】――精神を直接撃《う》つ恐怖《きょうふ》の咆哮《ほうこう》が、逃げ惑《まど》う参加者達をバタバタと失神させていく。

まさに阿鼻叫喚《あびきょうかん》であった。

「ひぃいいいい――ッ⁉　絶対、無理無理無理無理無理！　こんなの無理ぃいいいいいいいいい〜〜ッ！」

システィーナが涙目で耳を塞《ふさ》いで蹲《うずくま》っている。【マインド・アップ】で心を守っても、【打ちのめす叫び《スタン・スローター》】の恐《おそ》るべき威力《いりょく》の前に、最早、精神崩壊《ほうかい》寸前であった。

「落ち着きなさい！　これはテストです！　ならば、活路はあります！」

リゼが細剣《レイピア》を抜《ぬ》いて先頭に立ち、狼狽《うろた》える参加者を叱咤《しった》する。

「私とリィエルで、正面から気を引きます！　貴女達は側面から攻性呪文《アサルト・スペル》の斉射《せいしゃ》を！　ルミアさんは【マインド・アップ】で皆の援護《えんご》を！」

「うんうん、リゼのやつ、こんな状況で自然と発揮する度胸と指揮能力……嫁ポイント高いぞ」

「いいいいいやぁあああああああああああああ――ッ！」

「おお！　一番槍《いちばんやり》はリィエルか！　さすがだな！　嫁ポイントアップ！」

リゼが【ラピッド・ストリーム】で風のようにドラゴンの足下《あしもと》を駆け抜けて翻弄《ほんろう》し、リィエルが放たれた弾丸《だんがん》のように大剣《だいけん》でドラゴンへと斬《き》りかかる。

そんな二人を見て、セリカは嬉々《きき》として手元のボードに点をつけた。

「ああもうっ！　やけくそだわぁああああああああ――ッ！」

そして、システィーナが破れかぶれで呪文《じゅもん》を唱え始め――

「皆、頑張ろうッ！」

やけに意気軒昂《いきけんこう》なルミアが、【マインド・アップ】を、周囲の参加者達に重ねがけして、必死の援護をする。

唐突《とうとつ》に、学院内で前代《ぜんだい》未聞《みもん》のドラゴン退治が始まるのであった――

だが、まぁ。当然のことと言えば、当然のことなのだが――

「ってぇ、やっぱ無理よ、無理！　ぜぇーっ！　ぜぇーっ！」

生徒達の力では、ドラゴンを倒すことなど不可能なわけで。

何度も受けた【打ちのめす叫び《スタン・スローター》】によって、参加者達の精神はボロボロに疲弊《ひへい》してしまっていた。

健闘《けんとう》空《むな》しくウェンディ、テレサ、リンは気を失ってしまい……

「くっ……」

「はぁ……はぁ……さすがにきつい」

リゼもリィエルも、地面に刺した剣に寄りかかるようにして、辛《かろ》うじて立っている状態だ。

「剣や並大抵《なみたいてい》の魔術で……ドラゴンの〝竜鱗《りゅうりん》〟を抜けるわけ……ないじゃないッ！　も、もう駄目《だめ》だわッ！」

最早、重なる精神的ダメージで身体《からだ》に力が入らなくなり、立てなくなってしまったシスティーナが叫《わめ》く。

そんな嘆《なげ》きを圧殺せんばかりに、ドラゴンが放つ、とどめの【打ちのめす叫び《スタン・スローター》】。それが今度こそ、システィーナ達の精神を木《こ》っ端微塵《ぱみじん》に破壊《はかい》しようと、容赦《ようしゃ》なく叩き付けられてきて……

その場の誰《だれ》もが、戦いの終焉《しゅうえん》を予感し、身を竦《すく》ませる。

だがその時、不思議な事が起こった。

不意に空間に亀裂《きれつ》が走り、音速で飛来する【打ちのめす叫び《スタン・スローター》】が、完全に遮断《しゃだん》されたのだ。

「えっ⁉　今、何が——ッ⁉」

「皆《みんな》、諦《あきら》めないでッ！」

絶望に打ち拉《ひし》がれる者達の前に、凛《りん》と立つ者がいた。

ルミアだ。

その頭上に輝《かがや》く白銀の煌《きら》めき、ルミアがその右手に掲《かか》げたものは——

「えええええ⁉　それ《銀の鍵《かぎ》》いいいいいい——ッ⁉」

それはルミアの、ルミア自身とも呼べる〝真の力〟。魔術より旧《ふる》き力であり、魔術が人

の純なる願いを体現するだけだった頃《ころ》の――原初の力。

この世界の空間を支配し、操《あやつ》る鍵。

それが、今、ここに――

「って、ナンデよぉおおおおおおおおおおおおお――ッ⁉」

システィーナは空に向かって、義務のように突っ込んだ。

「そ、その鍵は、いざという時っていうか、最終決戦っていうか、そういう時にだけ使えるチート最終兵器でしょう⁉　なんで、それをこんな所で出せちゃうわけぇええええ――っ⁉」

すると。

「私よ。久しぶりね、システィーナ」

なんと、そんなシスティーナの前にルミアとうり二つの謎の少女――ナムルスが現れていた。

「な、ナムルスさぁん⁉」

「絶望的な戦いに、希望を捨てず立ち向かうあの子《ルミア》の切なる想《おも》い、切なる覚悟《かくご》、厳然たる決意に応じ――今、再び人の子らの地に馳《は》せ参じたわ」

戦乙女《いくさおとめ》のような鋭《するど》い雰囲気《ふんいき》を纏《まと》いながら、ナムルスが告げた。

「この日のために、密《ひそ》かに少しずつ溜《た》めていた私の力を使って、ルミアの《銀の鍵》を、再び一時的に開封《かいふう》したわ。まさか、こんなに早く使う機会が訪《おとず》れるなんて思わなかったけど……」

そして、ナムルスは深刻な表情で、眼前のドラゴンを、周囲の骸骨《がいこつ》の群れを、氷の視線で見据《みす》える。

「けど、久々に此方《こちら》側へ来てみれば……思った以上に深刻な事態のようね。今度の敵は誰？　この状況《じょうきょう》から察するに……全ての竜を統《す》べ、その頂点に立つ者——白銀竜将ル＝シルバ？　それとも死霊《しりょう》の支配者、冥府《めいふ》の大公——冥法死将《めいほうししょう》ハ＝デッサ？　いずれにせよ、状況は最悪みたいね。また、このフェジテが魔将星に狙《ねら》われるなんて……やはり、ここは捻転《ねんてん》する歴史の特異点だというの……ッ⁉」

察するに、ナムルスは盛大《せいだい》に何かを勘違《かんちが》いしているようだった。

そして、それに気付かないナムルスは、ルミアに凛然《りんぜん》と叫《さけ》んだ。

「ルミア！　戦いなさい！　貴女《あなた》は人間ッ！　自分の魂《たましい》の求めるままに、貴女の大切なものを守るために！　その鍵は貴女の真なる求めに応えるもの！　ただ一人の人間として、貴女自身の幸せを掴むために戦いなさいッ！」

「うんっ！　わかったよ！　ナムルスさん！　ありがとう！」

「ふん……別にお礼なんて要《い》らないわよ……まったく、いつもながら世話が焼ける子……」

そして、そんなルミアとナムルスの熱いやり取りを前に。

（い、言えないいぃいい――ッ⁉）

システィーナは頭を抱《かか》えていた。

（これがただの、グレン先生の嫁選抜《よめせんばつ》戦だなんて言えない！　言えるわけないぃいいい――ッ！　あああああああああ――ッ！）

そんな、超絶《ちょうぜつ》的な気まずさにシスティーナが悶絶《もんぜつ》して。

まぁ、なんやかんやで、ドラゴンとの戦いは、空間を支配する人外の力を振《ふ》るうルミアの圧勝に終わり、ルミアに最高得点がつくことになった。

ちなみに。

戦いの後で、事の真相を知ったナムルスは「バカ！　バカ！　何よ、皆して私をバカにしてぇ⁉　ぐすっ！　ルミアもセリカも大嫌《だいきら》い！　もう知らない！　うわぁあああんっ！」と泣きながら消えて行った。

恐らく、今回の一件の最大の被害者《ひがいしゃ》は彼女だったのかもしれない。

そして――それからも、意味不明のテストは続く――

『お次は、掃除《そうじ》勝負だぁ～っ！』

「やっとマトモな勝負が！　そうよ、これよ！　こういうお嫁さんらしい勝負を待っていたの！　いいわよ！　私、結構、整理整頓《せいとん》得意だし！」

と、そんなシスティーナ達に、セリカがいそいそと紙を配る。顔写像画付きのプロフィールだ。

そして、そのプロフィールは学院の魔術《まじゅつ》講師ハーレイのものであった。

「え？　何コレ？」

戸惑《とまど》うシスティーナ達に……

「何って、言ったろ？　掃除勝負だ」

セリカが満面の笑《え》みを浮《う》かべ、親指で首をかっきる仕草と共に言った。

「さぁ、そいつを掃除してこい」

「掃除の意味が違ぁあああああああああああああうッ!?」

セリカに迫《せま》ったシスティーナが、セリカの胸《むな》ぐらを摑《つか》み、ぶんぶん前後に振り回す。

「いやぁ、実は昨日さー、ハーレイのやつがグレンをいびっててさー、なんか、ちょっと

ムカついたからさー」

「それもう完全に、私怨《しえん》と腹いせですよね⁉　もう嫁テスト関係ないですよね⁉　ねえ⁉」

「ん。わかった。わたし、この掃除は得意。……昔、よくやった」

「だっ！　駄目よリィエルぅ⁉」

「が、頑張《がんば》らないと……わ、私、頑張らないと……あわわ……」

「ルミアまで⁉」

どこか鬼気迫《ききせま》る様相で切羽詰《せっぱつ》まったルミアが、お目々をぐるぐるさせて、どこかへとふらふら向かっているのを見て、もうシスティーナは頭痛を抑《おさ》えきれなかった。

「しょ、正気に戻《もど》って！　貴女、ちょっと必死になりすぎだって⁉」

「だだ、だって、私、頑張るって……勇気を出すって決意したから……だ、だから……」

「その勇気は出しちゃだめな勇気よぉおおおお――ッ⁉」

意味不明の嫁テストは続いていって――続いていって――

──そして。

『では、次のテストでラストだッ！　皆、心の準備はいいかなぁ⁉』

ついに最後のテストとなった時、一同は精も根も尽《つ》き果てていた。

参加したかなりの数の女子生徒達が、厳しいテストに耐《た》えられず、脱落《だつらく》。

最後まで残ったのは、システィーナやルミア、リィエル、リゼ、ウェンディ、テレサ、リン……七名ほどの生徒達だけであった。

「ぜぇ……ぜぇ……もうやだ、帰りたい……こんなのこりごりだわ……」

この嫁選抜戦に参加したことを心底後悔《こうかい》したシスティーナが、最後のテスト内容の発表を戦々恐々《せんせんきょうきょう》として待っていると。

操られているグレンが相変わらずぎくしゃくした動きで舞台《ぶたい》に上がり、その中央に直立不動で立った。

「……グレン先生？」

いぶかしむ少女達の前で、やっぱりハイテンションのセリカが楽しそうに叫んだ。

『最後は実に簡単だ！　お前達のグレンに対する思いの丈《たけ》を試《ため》したいッ！　グレンの唇《くちびる》にキス！　これは早い者勝ちだぁあああ～ッ！』

「「「ええええええええええええええええええええええ──ッ⁉」」」

最後の最後に、とんでもない爆弾《ばくだん》をぶち込まれ、少女達が素《す》っ頓狂《とんきょう》な声を上げた。

「……きす？　……魚？」

リィエルのように、よくわかってない者もいたが、今の少女達にとってはそれどころではない。

「ちょ、ちょちょちょ⁉　アルフォネア教授ぅううう〜〜ッ⁉　一体、何考えてるんですかッ⁉　き、ききき、キスだなんてそんな⁉」

顔を真っ赤にしたシスティーナが猛抗議《もうこうぎ》をするが……

「なんだよ？　グレンの嫁になりたいならキスくらいできるだろ？　大体、結婚式《けっこんしき》で確実にするじゃん？」

セリカはまったく取り合わない。

「い、いや、確かにそうですが⁉」

「あ、ちなみに。これで加算される嫁ポイントは五億点な。一発逆転のチャンス――」

「今までのテストはなんだったんですかぁあああああ――ッ⁉」

もう心底やってられなかった。

「くっくっく……ちなみに、キスしなきゃグレンは元に戻らないぞぉ？　そういう魔術だからなぁ？」

どこまでも愉《たの》しそうなセリカの前で。

「き、キス……？　先生と……？」

その場に残った少女達の間に、戸惑いと葛藤《かっとう》が走る。

キス。そうキスだ。年頃《としごろ》の乙女《おとめ》達にとって、とても重大なことだ。

いくら憎《にく》からず思っているグレンのためとはいえ、こんな人前で、こんなふざけたシチュエーションで、見世物のように捧《ささ》げて良いものではない。それは、とても大切な事なのだから。

相手が誰《だれ》であろうとも、もっと慎重《しんちょう》に、もっと然《しか》るべき状況で……そう願うのは、年頃の少女達にとって当然なことだ。

「？？？」

頭の上で、？マークを浮かべているリィエルはともかく……

「あわ、あわわわ……き、きす……」

システィーナはすっかり思考を熱暴走させ、狼狽《うろた》えるばかりで……

「……ッ！」

リゼすらも、そのクールな顔を恥《は》じらいの色で微《かす》かに染め、唇に指を当てて無言で戸惑っている。

ウェンディも、テレサも、リンも皆《みな》が皆、同じように尻込《しりご》みしている。

『おやぁ？　誰もいないのかぁ？　全員失格なのかぁ？』

だが——

その時、何かを決意したような表情で舞台に上がった少女がいた。

……ルミアだった。

「る、ルミア……？　本気なの？」

もう、システィーナは止めることもできず、唖然《あぜん》とその成り行きを見守るしかない。

出遅《でおく》れた少女達は、ルミアがしっかりとした足取りでグレンへ近付いていく様を、ただ黙《だま》って見ているしかなかった——


「せ、先生……」

その時、ルミアは早鐘《はやがね》を打っているような心臓を抑えて、グレンの前に立っていた。

このシチュエーションは、今朝の夢とそっくりだ。

否《いや》が応でも、胸が高鳴るような今朝の記憶《きおく》が脳裏《のうり》に鮮明《せんめい》に蘇《よみがえ》る。熱がぶり返し、頭がおかしくなりそうだ。

（ああ、無理。やっぱり無理。で、でも……）

一歩踏《ふ》み出すと決めたのだ。

いい子の振りをして、潔《いさぎよ》く他人に譲《ゆず》って全てを諦《あきら》める……そんな自分と決別すると決めたのだ。

（そう、これは一歩を踏み出すため。一歩を踏み出すためなの、だから、お願い、ルミア……勇気を出して！）

自分をそう叱咤《しった》しつつ……

「先生……その、失礼します……」

ルミアはそっと背伸《せの》びをして、グレンへと顔を寄せていく。

唇が、互《たが》いの吐息《といき》が感じられる距離《きょり》まで近付いていく……ゆっくりと。

それを固唾《かたず》を呑《の》んで見守るしかないシスティーナ達。

行け！　行っちゃえ！　と大騒《おおさわ》ぎしているセリカ。

そして。

やがて、小鳥同士が啄《ついば》み合うように二人の唇が重なろうとして……

「待っ――ッ！」

思わず、システィーナが何かを叫《さけ》びかけた……その瞬間《しゅんかん》だった。

「だらっしゃああああ——ッ！」

突然《とつぜん》、今まで人形のようだったグレンが腕《うで》を振《ふ》り上げて動き出し、天に向かって吠《ほ》えていた。

「ぜぇ……ッ！　ぜぇ……ッ！」

「「「せ、先生⁉」」」

「だぁあああ、くそッ！　やっとセリカの精神支配から自力で抜《ぬ》け出せたぁああああ——ッ！　セリカ、てんめぇ、とんでもないことしくさりやがってぇええええ——ッ⁉」

被《ひ》精神支配中の記憶はあったのか、グレンが目を剝《む》いて烈火《れっか》のごとく、セリカへと吠えかかった。

「ちっ……いいところで」

そして、当のセリカには反省の色はまったくなさそうであった。

「悪かったな、ルミア！　セリカのアホに付き合わされて！　俺を解放してくれるために、色々無理して頑張ってくれてたんだろ⁉　サンキューな」

「え、あの……その……」

戸惑うルミアの頭をくしゃりとなでて、グレンはバキボキ指を鳴らしながら、セリカに詰《つ》め寄っていく。

「今日という今日はもう我慢《がまん》ならん……今回は、俺がお前にお仕置きしてやるよ……覚悟《かくご》しな」

「ほ、ほう⁉　言ったな⁉」

グレンの剣幕《けんまく》に気圧《けお》されたセリカが負けじと言い返す。

「言っておくが、お前と私の間に、魔術師《まじゅつし》として、どれだけの格の差があると思って――」

「ふうん？　魔術師の格の差？」

だが、グレンはすでに愚者《ぐしゃ》のアルカナを掲《かか》げ、固有魔術《オリジナル》【愚者の世界】を起動していた。

「げっ⁉　おま、グレン⁉　親に向かってなんてことを⁉」

「くく、魔術さえなけりゃ、お前はただのか弱い女よ！　さぁ、今回は実に珍《めずら》しいパターンだが、お前のお仕置きタイームじゃあああ――ッ！」

慌《あわ》ててその場から逃《に》げだそうとするセリカを、グレンが猛《もう》ダッシュで追いかけ、その背中に組み付き、セリカの頭にヘッドロックをかけた。

「この！　この！　このぉ！」

「ま、待て、グレン！　は、話せばわかる！　私は、ただ、お前の将来を思ってだな――って、痛たたたたたた――ッ⁉　ゴメンよ⁉」

涙目《なみだめ》のセリカを、ひたすら締《し》め上げるグレン。

一同が呆《あき》れたように見守る中、なんとも気の抜けた親子喧嘩《げんか》が、舞台上でどたんばたんと始まって。

そんなグレンの様子を、呆《ほう》けたように眺《なが》めていたルミアは……

「……はぁ」

最後に、どこか残念そうな息を吐《は》くのであった。

こうして。

今回の騒動《そうどう》が無事に終わって。

「私、駄目《だめ》だなぁ」

少し一人になりたかったルミアは、校舎の屋上で独りごちていた。

浮《う》かされたような熱が冷めてきて、ようやく冷静な思考をルミアは取り戻《もど》しつつあった。

「せっかく、勇気を出そうと思ったのに……一歩前に踏み出してみようと思ったのに……」

最後のグレンとのキス。

あの時、自分は……最後の一歩を踏み込むことができなかった。

あれは直前でグレンが目覚めたから、キスできなかったのではない。

自分が……土壇場《どたんば》で躊躇《ためら》ってしまったから、キスできなかったのだ。

成り行きとはいえ、あんな絶好の機会をお膳立《ぜんだ》てしてもらったというのに……結局、最後の最後で、勇気が出なかったのだ。

「はぁ……こんなことじゃ先生に想《おも》いを伝えるなんて、当分、無理だね」

まだまだ心が弱い証拠《しょうこ》だ。

でも、それでも。

「……でも、今日はちょっとだけ……頑張《がんば》れたよね……一歩は無理でも、半歩は前に進めたよね……？」

今日の騒動を通して、ますますグレンへの想いは強くなった。

そう、やっぱり自分は、グレンの事が大好きなのだ。自分が幼かったあの日あの時、グレンと出会い、グレンに救われた時からずっと……

だから、あんなにも必死になれたのだ……たとえ、それがジョークのようなイベントに後押しされた結果だったとしても。

「でも、まだ駄目。まだ私は弱い。……それでもいつかきっと……」

ほんの少しの前進。そんなささやかな戦果を胸に、ルミアは決意を新たに、これからの日々を一生懸命《いっしょうけんめい》過ごすことを決意するのであった。

「ルミア～ッ！　ああ、もう、こんな所にいた！」

「ん。帰ろう。……疲《つか》れた」

そして、屋上の出入り口に、システィーナとリィエルの姿が現れる。

「あ、ごめんね、二人とも。今、行くよ～っ！」

気持ちを切り替《か》え、二人の方へと歩いていくルミア。

その口元には、穏《おだ》やかな微笑《ほほえ》みが浮かんでいるのであった。

さらば愛しの苺タルト

Farewell, My Beloved Strawberry Tart

Memory records of bastard magic instructor

「リィエル＝レイフォード、貴っ様ぁあああああああああああ——ッ！」

アルザーノ帝国《ていこく》魔術学院校舎内の廊下《ろうか》に、憤怒《ふんぬ》の叫びが響《ひび》き渡《わた》る。

いつものように、システィーナ、ルミア、リィエルが三人一緒《いっしょ》に歩いていると、顔を真っ赤にしたハーレイが、猛然《もうぜん》とダッシュしてきたのだ。

「は、ハーレイ先生⁉」

何事かと目をぱちくりさせるシスティーナとルミアを押しのけ、ハーレイはリィエルへと詰め寄った。

「聞いたぞッ！　貴様、先の中間試験で、大量の赤点を取ったなッ⁉」

リィエルの胸《むな》ぐらを掴《つか》み上げ、激しく吠え立てるハーレイとは裏腹に、

「ん。照れる」

当のリィエルは、いつもの眠《ねむ》たげな無表情で、まったく照れている様子もなく、胸ぐらを掴むハーレイの手からだらりとぶら下がったまま、ぼそりと呟《つぶや》いた。

「褒《ほ》めてないわ——ッ！　ええい、貴様の追試監督《かんとく》役が、この私に回ってきたぞ、どうしてくれるッ⁉」

「あっちゃあ、よりにもよって、ハーレイ先生になっちゃったんだ……」

傍《そば》からハーレイ達のやりとりを聞いていたシスティーナが、思わず頭を抱《かか》えて溜《た》め息を吐《つ》いた。

この学院では、重要な試験や単位を落とした場合、その追試を行うのはその生徒の担任教師ではなく、必ず別のクラスの担任教師……それが学則なのだ。

どういう経緯《けいい》があったか与《あずか》り知らぬが、リィエルの追試をハーレイが担当することになったらしい。

ハーレイにとって、リィエルは大切な髪《かみ》の毛を刈《か》られたり、研究室を破壊《はかい》されたりした憎《にく》い相手だ。

それだけに、義務的なものであるとはいえ、今回の一件が腹立たしいのであろう。ハーレイはリィエルをぶら下げ、ガクガク揺《ゆ》すりながら、ガミガミ説教と嫌味《いやみ》を繰《く》り返す。

だが、リィエルは馬耳東風《ばじとうふう》だ。

ハーレイの手からぶら下がりながら、もうこっくりこっくり船をこぎ始めている。心底、ハーレイの話に興味がないらしい。

「貴様ぁああああ――ッ!?　本当にわかっているのか!?」

そんなリィエルの不遜《ふそん》な態度は、当然、ハーレイの怒《いか》りの炎《ほのお》に油を注ぐこととなり、ハーレイはより一層激しく吠えかかるのであった。

「貴様の追試に、私は一週間もの準備期間を費《つい》やさねばならないのだッ！　これがどういうことか、貴様の足りない頭で理解できるか⁉　私の研究が一日滞《とどこお》れば、この世界の魔術の発展は三年は遅《おく》れるのだぞ⁉　本来、私のような才人が、貴様のような劣等生《れっとうせい》に構っている暇《ひま》などないのだッ！　少しは私に対して申し訳ないと——」

「そうなの？」

するとリィエルは微《かす》かに目を見開き、ハーレイの前でぎこちなく指を折って数え始める。

「……一日で三年だから……一週間で……ええと……うーんと、3×7で……二十四年？」

「「「…………」」」

ハーレイ、システィーナ、ルミアは微妙《びみょう》な表情で沈黙《ちんもく》するしかない。

「どう？　驚《おどろ》いた？　わたし、九九、こないだ覚えた」

ふんす、と。ハーレイの手からぶら下がりながら、リィエルは無表情ながら心なしか得意げに胸を張る。

「でも大変。あと二十四年も、この世には新しい魔術が生まれないなんて。ハーレイのせいで。二十四年も」

「「………」」

「ハーレイは、その二十四年について世界中の魔術師《まじゅつし》達に謝るべき」

「揚《あ》げ足を取るなぁああああああああああああああ——ッ⁉」

ガクガクガクガク——ッ！

我に返ったハーレイが、リィエルを左右に激しくシェイクする。

「比喩《ひゆ》表現だッ！　比喩表現ッ！　こっちが恥《は》ずかしくなってくるから、その二十四年の連呼をやめろッ！　そもそも計算が間違《まちが》ってるわッ！　一から九九を覚え直せッ！　ていうか、私のせいか、ド畜生《ちくしょう》ッ！　貴様が赤点を取ったせいだろうがぁあああ——ッ！　そして、私、ツッコミ多過ぎッ⁉」

と、その時だ。

「あ」

リィエルは廊下の壁掛《かべか》け時計が示す時刻に気付く。

ちょうど、三時だ。

すると、ハーレイの手にぶら下がっているリィエルは、ごそごそと懐《ふところ》から紙包みを取り出し、それを開く。

中から出てきたのは苺《いちご》タルトだ。

「……はい？」

あまりにも予想外なリィエルの行動に、頰《ほお》を引きつらせて固まるハーレイ。

そんなハーレイを無視して、リィエルは苺タルトを、小動物が木の実を食べるように、さくさく食べ始めた。

「「「…………」」」

再び沈黙するハーレイ、システィーナ、ルミア。

「あの……貴様、人が話している最中に一体、何をやっている？」

「……？　三時はおやつの時間」

なぜそんなこと聞くの？　とでも言いたげに、リィエルは微かに眉《まゆ》を顰《ひそ》め、苺タルトを食べる手を止めない。

「ちょ!?　リィエル……ッ!?」

「そ、それは、流石《さすが》に……ッ！」

システィーナ達は、はらはらしながら、その成り行きを見つめている。

そして、怒りの限界点を振《ふ》り切ったハーレイが、妙《みょう》に落ち着いた表情で、静かに聞いた。

「ほ、ほう？　き、貴様はこの私の話と苺タルト……一体、どちらが大切だと思っているのかね？」

「苺タルト」

即答《そくとう》。もう、背中に生えた天使の翼《つばさ》で蒼穹《そうきゅう》の大空を自由に飛んでいるかのように清々《すがすが》しい即答であった。

「そ、そうか、そうか……」

システィーナとルミアが抱《だ》き合って見守る中、ハーレイがビキビキとこめかみに青筋を立てて、ぶるぶると全身を震《ふる》わせていき……

「ふっざけるなぁああああああああああああああああ——ッ！」

ついに大噴火《だいふんか》。

「いいだろうッ！　そこまで苺タルトが好きだというなら、こうしてくれるわぁああああ——ッ！」

ハーレイが黙々《もくもく》と苺タルトを食べるリィエルの額に、指を押しつける。

「《我が名に於《お》いて命ず》——ッ！」

「ちょ、ハーレイ先生⁉　その呪文《じゅもん》は——ッ⁉」

システィーナが慌《あわ》てふためく前で、ハーレイは、リィエルの額の真ん中にルーン文字を次々と重ねるように書いていく。そして、ばちんと魔力の稲妻《いなずま》が弾《はじ》け、一瞬《いっしゅん》、リィエルの身体《からだ》がびくんと震える。

ぽろり。不意に、リィエルの手から零《こぼ》れ落ちる食べかけの苺タルト。
「ふん！」
ハーレイがぶら下げていたリィエルを放し、リィエルはぺたん、と力なくお尻《しり》を床《ゆか》につ
いて座り込んでいた。
「……あれ？」
リィエルは不思議そうに、なぜか手放して床に落ちてしまった苺タルトへと手を伸《の》ばす。
だが——その手は、苺タルトへ触《ふ》れようとすると、リィエルの意思とは関係なく動かな
くなってしまった。
「あれ？　……あれ？」
リィエルが目を瞬《しばたた》かせて、何度も苺タルトへ手を伸ばすが、何度やっても同じだ。リ
ィエルの手が苺タルトに触れることは決してない。まるで無意識の内に苺タルトへ触れる
ことを拒否《きょひ》しているかのようであった。
「くっくっく……不思議か？　リィエル＝レイフォード」
だらだら冷《ひ》や汗《あせ》をかきながら、半眼で青ざめるリィエルへ、ハーレイが眼鏡を押し上げ
ながら、地獄《じごく》の裁定のように言い捨てた。
「白魔儀《しろまぎ》【ギアス】——私が、貴様を呪《のろ》ったのだ！」

制約《ギアス》──被施術者《ひせじゅつ》に行動の制約を課す魔術である。この術には非常に強い強制力があり、逆らうのは並大抵《なみたいてい》のことでは不可能だ。

「貴様は、私がこの術を解かぬ限り〝一生、苺タルトを食することができなくなった〟のだッ！」

「────ッ⁉」

その時、かつてない衝撃《しょうげき》がリィエルを襲《おそ》った。あの常に、ぼ～っと眠たげなリィエルが、驚愕《きょうがく》と絶望に目を見開いて真っ青になっている。

もし、今日、世界が終わることを聞いたとしても、リィエルがそんな表情をすることはないだろう。

「ふんっ！　貴様が一週間後の私の追試を見事クリアしたなら、その制約《ギアス》を解いてやる！　だが、もし、この私の手を煩《わずら》わせておきながら、無様な結果を出したならば、貴様は一生そのままだッ！　覚悟《かくご》するのだなッ！」

そう言い捨てて、ハーレイは肩《かた》を怒らせて、その場を去って行く。

「り、リィエル⁉」

「だ、大丈夫《だいじょうぶ》⁉」

力なく座ったままのリィエルに、システィーナとルミアが駆《か》け寄る。

「…………」

リィエルは無言。ひたすら無言。

ただ、魂《たましい》の抜《ぬ》けたような表情で床の苺タルトを見つめ続けている。

リィエルの生涯《しょうがい》最大のピンチが、今、始まったのである――

「ぶっちゃけハーピー先輩《せんぱい》の気持ちがわからんでもないから、どうしようもない！」

システィーナ達から話を聞いたグレンが、放課後の教室で頭を抱えて叫《さけ》んでいた。

グレンの前にはシスティーナ、ルミア、そして、苺タルトを封《ふう》じられたショックで、いつにもまして人形のような有様のリィエル。

正直、特務分室時代のリィエルも感情のない人形のようであったが、ここまで酷《ひど》くはないだろう。

そんなリィエルを前に、グレンは同情のような呆《あき》れたような表情で溜《た》め息を吐《つ》いた。

「確かに、ハーレクイン先輩は超優秀《ちょうゆうしゅう》で多忙《たぼう》な人なんだよ。そんなクッソ忙《いそが》しい中、につくきリィエルの追試を、渋々《しぶしぶ》でも引き受けてくれただけでも、ありがてえことだったんだ。なのに、このアホときたら……ああもうッ！」

グレンがリィエルの頭を鷲摑《わしづか》みにし、ギリギリと締《し》め上げるが、リィエルは無反応だった。

「やり方が大人げねえとか、やり過ぎとか色々あるかもしれんが！　とにかく、俺から先輩に何か言って許しをもらうのは、この状況《じょうきょう》じゃ不可能だ、わかるだろ⁉」

「ですよねー」

システィーナが溜め息を吐く。

「とにかく、制約《ギアス》は基本、呪った術者本人にしか解けん……そういう術だ。もう真面目に追試をクリアするしかないぞ。わかったか？　リィエル。いい加減、覚悟を決めろ」

すると。

「ん。わかった。覚悟、決める」

今まで抜け殻《がら》のようだったリィエルが不意に、自我《じが》を取り戻《もど》して——

「わたし、もう死ぬ。さよなら」

じゃきん、と高速錬成《れんせい》した大剣《だいけん》を、虚無の表情で自分の首に当てようとして——

「「リィエル、ストップぅううううううううう——ッ⁉」」

グレン達が慌ててリィエルに飛びついて、それを止める。

……前途《ぜんと》は多難であった。

というわけで、リィエルは再び苺タルトを食する日常を取り戻すため、追試の勉強を始

リィエルが今回クリアしなければならない追試は、攻性呪文《アサルト・スペル》の実践《じっせん》試験、魔術薬調合の実践試験、そして、いくつかの座学試験だ。

「大丈夫だって！　リィエル、一緒《いっしょ》に頑張《がんば》ろう！」

「うん、私達が勉強見てあげるから」

「……ん！　わたし、がんばる！」

システィーナとルミアに励《はげ》まされ、リィエルは必死に勉強をした。

やはり、再び苺タルトを食べたいがためなのだろう。リィエルはいつになく真剣に勉強に取り組んだ。

このまま真面目に勉強をすれば、きっと追試はクリアできるだろう。

だが、問題は、グレン達がそう思った矢先に発生したのだ。

「つまりな、リィエル。この熱エネルギー変換《へんかん》の術式は……」

グレンが放課後の教室で、リィエルに丁寧《ていねい》に勉強を教えていると。

「う……」

不意に、ノートに魔術式を書き取っていたリィエルの手が、ぶるぶると震え始める。

「お、おい？　リィエル……？」

「……ぅ、……ぁ、ぁぁ……ぁ」

そのリィエルの手の震えはどんどん大きくなり、やがて全身に伝わる。

がくがく震えるリィエルは虚《うつ》ろな目で、心ここにあらずといった感じで苦悶《くもん》の呻《うめ》き声を上げ始め……やがて。

「うぁあああああああああああああああああ――ッ！」

奇声《きせい》を上げて頭を抱《かか》え、床をゴロゴロと苦しげに転がり始めた。

「い、苺《いちご》タルト……苺タルトぉおおおおおおお――ッ⁉」

「またリィエルの発作《ほっさ》が始まったぁ⁉　る、ルミアぁ――ッ⁉」

「は、はいっ！」

すると、ルミアが慌ててリィエルへ駆け寄る。その手には紙袋《かみぶくろ》が抱えられ、その中には苺タルトが入ってる。

「大丈夫！　大丈夫だから！　リィエル！　ほら！　落ち着いて吸って！」

「すぅーっ！　はぁーっ！　すぅーっ！　はぁーっ！　うっ……」

ルミアはリィエルの口にその紙袋をあてがい、苺タルトの匂《にお》いをリィエルに吸わせる。

すると、リィエルの発作は徐々《じょじょ》に治まり、段々と落ち着いていく……

「まさか、苺タルトを欲《ほっ》するあまり、禁断症状《きんだんしょうじょう》が起きるとは……この俺の目をもってし

ても見抜けなかったわ」

「えーと……苺タルトって、違法《いほう》薬物か何かでしたっけ？」

そんな様子を、グレンが戦慄《せんりつ》の表情で、システィーナが呆れかえった表情で眺《なが》めていた。

「しっかし……勉強が捗《はかど》らねえ」

グレンが溜め息を吐く。

リィエルが一々、苺タルト禁断症状を起こすため、まったく追試対策勉強が捗らないのだ。

元々、リィエルの成績は壊滅《かいめつ》的に悪い。軍属の魔導士《まどうし》ではあるが、彼女の得意魔術は超がつくほど、尖《とが》っているため、一般《いっぱん》的な魔術師の成績評価においては、まったく役に立たないのだ。

「こんなんじゃ、追試まであと数日保《も》つわけねーし……」

「保ったとしても、追試が失敗するのは目に見えてますよね……はぁ」

絶望的な状況に、グレンとシスティーナが頭を抱えていると。

「フハハハハハハハ——ッ！　話は聞いたぞ、グレン先生ッ！　この私にお任せあれーッ！」

がらっ！　と魔術学院の魔導工学教授オーウェル＝シュウザーが、教室の扉《とびら》を盛大《せいだい》に開

いて姿を現した。

——その途端《とたん》。

「《大いなる風よ》——ッ！」

「《赤色の猫《ねこ》よ・憤怒《ふんぬ》のままに・吼《ほ》え狂《くる》え》——ッ！」

システィーナが放った突風《とっぷう》が、グレンが放った火球が、オーウェルを殴《なぐ》りつけ、爆破《ばくは》する。

「ギャアアアアアアアアアアアアアアアアアアアアア——ッ！」

廊下《ろうか》側に吹《ふ》き飛んでいったオーウェルには目もくれず、グレンは教室の扉をそっと閉じ……

「しかし、どうしたらいいんだ？　このままじゃリィエルは……」

「ええ。何か対策が必要ですよね」

何事もなかったかのように、システィーナと深刻な表情で相談を続けるのであった。

「おいおい、酷いじゃないか⁉　我が永遠の好敵手《ライヴァル》にして心友《ソウルフレンド》たるグレン先生よッ！」

当然、それで済むはずもなく、ズタボロに焼け焦《こ》げたオーウェルが扉を開き、グレンへと詰《つ》め寄ってくる。

グレンは舌打ちするしかなかった。

「ええい！　人がせっかく穏便《おんびん》に暴力的にスルーしてやったのに！　お前が関わると話がややこしくなるから嫌《いや》なんだよ！　帰れ！」

「ふっ！　これがツンデレか。大丈夫だ、心友《ソウルフレンド》！　私にはわかっている！　昨今、ツンデレの尊さを理解できない嘆《なげ》かわしい風潮がこの宇宙に広まりつつあるが、私にはわかっているぞ！　それほどまでに、グレン先生がこの私を頼《たよ》ってくれるならば、私もその期待に応えねばならないッ！」

「お前はどこの宇宙に生きているんだよ⁉　人の話を聞け！　無視すんな⁉」

　案の定、人の話を完全に無視し、オーウェルは懐《ふところ》から、一本の薬瓶《くすりびん》を取り出した。

「こんなこともあろうかと発明しておいた秘蔵の魔術薬『ＩＫＫ』だッ！」

「あ、ＩＫＫ……？　な、なんだそりゃ……？」

「『苺《I》タルトが〝嫌《K》いになる〟薬《K》』だ。この薬を一口飲めば、あら不思議。誰《だれ》もが苺タルトなぞ見るのも嫌に！」

「だっから、お前はいっつもいっつもどんな事態を想定して発明をしているんだよぉおおおおおお――ッ⁉」

　グレンがオーウェルの頭を手で挟《はさ》み、左右に激しくシェイクする。

　もう、心底関わりたくなかった。

「まぁ、聞け。実は、あらゆる依存症《いぞんしょう》に効きそうな魔術式を、たまたま思いついたので、それを魔術薬の形で再現したのだよ」

「えっ？」

「全ての身体的・精神的な依存は、すなわち、その本人の依存興味対象がもたらす脳内快楽物質の発生異常によって生ずる。私はそれを魔術的に反転させることに成功したわけだ。つまり、それがそもそも興味の対象外――〝嫌《きら》い〟になれば、綺麗《きれい》に解消する」

「な――」

グレンが絶句する。

白魔術《しろまじゅつ》には認識《にんしき》操作の術が数多く存在するが、根本的な人の嗜好《しこう》を変質させる術は非常に高度で困難だ。なぜなら認識操作とは本人視点で、矛盾《むじゅん》がないことが大前提なのだ。ゆえに、依存症とも呼ばれるほどになった精神的疾患《しっかん》の治療《ちりょう》は、超一流の白魔術師でも難しい。

「ば、馬鹿な……そんな魔術式を……魔術薬みたいに誰でも再現できるもので可能だというなら……煙草《たばこ》、酒、賭博《とばく》依存の解決どころじゃねえ！　重度の違法薬物中毒患者まで救えるじゃねえか⁉　法医学の大進歩だ！」

「そうだッ！　それを私は苺タルトに応用したのだぁああ――ッ！」

「だから、毎度毎度、使い方が間違《まちが》ってるんだよ⁉」

高笑いをするオーウェルに、グレンは頭痛を禁じ得なかった。

「おい、ていうかお前！　当然、その薬の調合法は、文章に残しておいたんだろうな⁉」

「はぁ⁉　この天才の私がそんな面倒《めんどう》なことをするわけなかろう⁉　そんなものより百万倍有用な『表紙だけで推理小説の真犯人がわかーる眼鏡』の発明をしていたら、そんなカスみたいな薬の作り方など綺麗さっぱり忘れたわ――ッ！」

「お前なぁあああああああああああああああああ――ッ⁉」

どうして、この男はいつも、世界の発展を願って日夜真面目に研究に取り組む魔術師達へ、ナチュラルに喧嘩《けんか》を売っているのか。

「ところで……先生」

そんなグレンに、システィーナが眉《まゆ》を顰《ひそ》めて話しかけ、目配せする。

その先には、ルミアがリィエルに勉強を教えている光景がある。

「うん、そうそう。だからね、リィエル。赤魔晶石《ましょうせき》の魔術的な特徴《とくちょう》は……」

「ん。赤魔晶石は赤い。根源素《オリジン》配列のトラムの列に火《フラメア》を多く含《ふく》むから、苺みたいに赤い……そう苺みたいに……苺……苺タルト⁉　ぁ、ぁあああああああああああ――ッ⁉」

「リィエル⁉　気を確かに⁉」

そんなリィエルの悪戦苦闘《あくせんくとう》ぶりを見つめながら、システィーナが言った。

「どうしますか？　嫌な予感しかしませんけど、オーウェル先生の『ＩＫ』……リィエルに試《ため》してみます？」

「う～ん……」

「苺タルトの件を抜《ぬ》きにしても、どの道、試験はクリアしなければならないんです。このままじゃ勉強になりませんし……一時的にでも苺タルトから興味を逸《そ》らした方がいいのでは？」

「ううう～～～～ん……」

目を固くつむって、腕組《うでぐ》みして考え込むグレン。思案の果てに、グレンが下した決断とは――……

……時間は飛ぶように過ぎる。

そして、あっという間に、ハーレイが監督《かんとく》する追試の日がやってくる。

追試が行われるのは放課後だ。

本日の第一の追試『攻性呪文《アサルト・スペル》の実践《じっせん》試験』が行われる魔術競技場には、試験監督のハー

レイと、受験生のリィエル、そして、そんなリィエルを見守るグレン、システィーナ、ルミアが集まっていた。

「ふん。リィエル＝レイフォード……心の準備と覚悟《かくご》は良いか？　と、言いたいのだが……」

追試開始時間が迫《せま》り、ハーレイが尊大にリィエルを振《ふ》り返る。

「……貴様、本当に大丈夫《だいじょうぶ》なのか？」

だが、ハーレイですら、思わず頬《ほお》を引きつらせてどん引きするほど、今のリィエルの姿は異常であった。

「ん。問題ない」

いつものように、そう短く応じるリィエル。

そんな彼女の目は、今や激しく吊《つ》り上がって血走り、瞳孔《どうこう》に爛々《らんらん》と憎悪《ぞうお》の火が燃えている。目の下の色濃《いろこ》い隈《くま》も相まって、最早《もはや》、別人のようだ。

頭には『悪菓滅殺《あくかめっさつ》』の鉢巻《はちま》きをぐるりと巻き、火の灯《とも》った蝋燭《ろうそく》を二本、その鉢巻きに差して立てている。

腕には『苺《いちご》タルト撲滅《ぼくめつ》委員会』の腕章《わんしょう》。制服の上から着用したビブスには『No Strawberry tart.』、『It's evil.』のロゴと共に、苺タルトをばらばらに踏《ふ》みつける戯画《ぎが》が描《えが》

かれている。

そして、なぜかリィエルの傍《かたわ》らに聳《そび》え立つ丸太に、リィエルは苺タルトをガンガンと五《ご》寸釘《すんくぎ》で打ち付けていた。

「……マジで何があった？　貴様」

ハーレイはどん引きで後ずさりしながら、そんなリィエルに問う。

「別に。何もない」

ぎょろり、とリィエルの目が動いてハーレイを追う。

「わたしは本当に憎《にく》むべき敵、この世界で真に倒《たお》すべき敵を知っただけ」

「うん？　そ、そうなのか？」

「ん。そう……それは苺タルト……この人を惑《まど》わし、堕落《だらく》させる魔性《ましょう》の食べ物だけは、この世界から殲滅《せんめつ》しなければならない。これは全人類を危難に導く諸悪の根源」

「？？？？？」

ハーレイは意味不明なリィエルの言動に、半眼で脂汗《あぶらあせ》を垂らすしかない。

「あ、あれぇ？　リィエル＝レイフォード……貴様、苺タルトが大好物なのではなかったか？」

「ふん。苺タルト？　聞いただけで、反吐《へど》が出る。そんな邪悪《じゃあく》」

「邪悪⁉」

ハーレイはぎょっとした表情で、異常なリィエルを見つめるのであった。

「ね、ねぇ、先生。リィエル、大丈夫かなぁ？　やっぱ拙《まず》かったかなぁ？」

そんなリィエルとハーレイのやり取りを見守っていたシスティーナが、頰を引きつらせながら、傍らのグレンへ聞いていた。

「まぁ、感情反転の魔術らしいから、苺タルトにあれほどの憎しみを抱《いだ》くってことは、それだけ苺タルトが好きだったたってことだろ」

「でも、あんなリィエルの姿……」

システィーナは溜《た》め息を吐《つ》きながらリィエルの様子を見守っている。

「し、仕方ねえだろ⁉　元々、苺タルト禁断症状《きんだんしょうじょう》が酷《ひど》すぎて、勉強どころじゃなかったんだからよ⁉　それはお前も納得《なっとく》していたことだろ⁉」

やっぱ、何か間違えたかな……と薄々《うすうす》感じつつも、グレンは自分の決断の正しさを主張する。

「オーウェルのアホの薬のお陰《かげ》で、苺タルトへの感情が反転し、苺タルト禁断症状は綺麗さっぱり治まった！　そのせいで魔術の勉強や練習が捗《はかど》るようになった！　おまけになぜ

か、かつてないもの凄《すご》い集中力を発揮して勉強と練習に励《はげ》み、追試クリアに希望が持てるレベルに、たったこの一週間で成長した！　万々歳《ばんばんざい》じゃねーか⁉　あの変態の薬《オーウェル》を使わずして、一体、どうやって、この絶体絶命の窮地《きゅうち》を回避《かいひ》できたっていうんだよ⁉」

「そうかもしれませんけど……」

システィーナがちらりとリィエルの方を振り返ると。

「わたしは憎い……ッ！　苺タルトが憎い！　駆逐《くちく》してやる……ッ！　この世界から……一つ、残らず！」

フーッ！　フーッ！　と。リィエルが昂《たか》ぶる感情のまま、息を荒《あら》くしながら、ハーレイに迫っていた。

「そう……この世界の全ての苺タルトを、わたしの胃の中に駆逐してやるの！　残酷《ざんこく》にも歯で粉々にかみ砕《くだ》き、無惨《むざん》にも胃液で消化して吸収し、わたしの一部にしてやるッ！」

「……思うのだが、それ、普通《ふつう》に食べてるだけだよね？　ね？」

「もう大分、ボロが出てません？」

「………」

システィーナの冷静な分析《ぶんせき》と指摘《してき》にグレンは押し黙《だま》るしかない。

「憎い苺タルトを食べて消すために、必死に勉強を頑張《がんば》るなんて……微妙《びみょう》に薬、効いてませんよね？　なんかもうヤンデレみたいになっているっていうか……本当にリィエル、このままで大丈夫なんですか？」

その問いにグレンは答えられない。

そして、そんなグレン達を尻目《しりめ》に、リィエルはハーレイ相手に気炎《きえん》を吐《は》いて、息巻いている。

「さぁ！　ハーレイ！　追試を開始して！　早く、このわたしに苺タルトをこの世界から殲滅させるために！」

やっぱり、この頭のおかしな小娘《こむすめ》に関わるべきではなかった……ハーレイは後悔《こうかい》しながら、本日の一つ目の追試の準備を開始するのであった。

（クソッ！　リィエル＝レイフォードめ……人を舐《な》めおってからに！）

だが、一つ目の追試の準備を色々と用意しているうちに、ハーレイにいつもの冷静さが戻《もど》ってくる。

思えば、あの異様なリィエルの姿と言動に、ハーレイはすっかり呑《の》まれていた。感情制《せい》

御《ぎょ》で常に氷のような冷静さを保たねばならない魔術師として、恥《は》ずべき失態である。

（くっ！　どうせ、これもあのグレン＝レーダスの差し金に違いない！　リィエル＝レイフォードに異常な言動をさせ、この私を精神的に呑むことで、追試を有利に運ばせるとか⁉　ええい、なんと小癪《こしゃく》な！）

　よくよく考えれば、これは、いつもハーレイがグレンに一杯《いっぱい》食わされている時の黄金パターンだ。

　冷静になればなるほど、一瞬《いっしゅん》でもリィエルに呑まれてしまったことが腹立たしい。そうだ、どうせグレン＝レーダスの作戦に決まっているのだ。

（ふん……苺タルトが嫌《きら》いだと？　馬鹿め。リィエル＝レイフォードが重度の苺タルト嗜《し》好《こう》家であることは、最早疑いようのない事実なのだ！　私に制約《ギアス》をかけられたからと言って、妙《みょう》な強がりをしおって……生意気な！　化けの皮をはがしてやるッ！）

　昏《くら》い目で何事かをぶつぶつ呟《つぶや》いているリィエルを流し見ながら、ハーレイはリィエルに対する復讐《ふくしゅう》心を今一度燃やすのであった。

　そう、渋々《しぶしぶ》ながらもリィエルの追試監督を引き受けたのは、偏《ひとえ》に復讐のためなのだ。

（今こそ、貴様に刈《か》られた我が毛髪《もうはつ》の恨《うら》みや、貴様に破壊《はかい》された我が研究室の恨みを晴らしてくれるわ！）

こうして始まった第一の追試の内容は、攻性呪文《アサルト・スペル》の実践……魔術狙撃《そげき》試験だ。遠くから的に向かって攻性呪文《アサルト・スペル》を撃《う》ち、正確に当てる試験である。

単純なことと思うなかれ。

呪文《じゅもん》を起動するだけならば、然《しか》るべき魔術式と呪文を習得し、基礎《きそ》的な魔力捻出《ねんしゅつ》の呼吸法を覚えれば……つまり、真面目に勉強をすれば、わりと簡単にできるようになる。

問題は、その魔術行使の五工程《クイント・アクション》に必要な魔力制御《コントロール》と集中力《コンセントレーション》だ。

これらは訓練を積み、感覚的なものを摑《つか》まないとどうしようもない。

そして、これらができないと呪文は狙《ねら》った場所に当たらないし届かない。下手をすれば不発、最悪の場合、暴発の危険性も出てくる。

狙う、集中する、遠くに飛ばす、遠くに当てる……魔術狙撃には、魔術行使の基礎の全てが要求される。魔術狙撃の技術はあらゆる高位呪文を行使する基本土台であり、魔術狙撃への習熟は、魔術師の訓練としては基本中の基本なのだ。

「ふっ、知っているぞ？　リィエル＝レイフォード……貴様がこの魔術狙撃を特に不得手としていることをな！」

ハーレイが魔術狙撃の的を準備しながらほくそ笑《え》む。

そう、リィエルは苦手だ。

諸事情によりリィエルはまともな生《お》い立ちではなく、当然、まともな魔術を習っては来なかった。彼女が主力としているのは禁呪すれすれの術だ。

それゆえに、こういう基礎的な技術とはすこぶる相性《あいしょう》が悪いのだ。

「言っておくが、これから貴様が魔術で狙撃する的……一発でも外したら、失格とする！これは追試なのだからな！」

そして、ハーレイが両手を広げると、リィエルの遥《はる》か100メトラ先に、狙うべき的が出現する。

「な――ッ⁉」

それを見たグレンは、思わず絶句した。

「嘘《うそ》……」

「あ、あれは……ッ⁉」

システィーナも、ルミアも唖然《あぜん》として出現したその的を凝視《ぎょうし》する。

なんと、無数の苺《いちご》タルトが、人間でいう頭、胸、腹、両手、両足……そんな配列を象《かたど》って、宙にふわふわと浮《う》いているのだ。

「くっくっくっ……どうだ？　リィエル＝レイフォードよ……今回、貴様が狙うべき的は、

特別に苺タルトにしてやったのだぁ！」

半眼で頬《ほお》を引きつらせるグレン達の前で、ハーレイが胸を張って堂々と宣言する。

「わかる！　わかるぞ！　いくら貴様が強がろうが、貴様が苺タルトへの思いを捨てきれるはずがない！　くっくっく、辛《つら》かろう？　苦しかろう？　愛《いと》しの苺タルトを己《おのれ》の手で破壊せねばならないとはなッ！　とても、魔力制御に集中できまい⁉　ふはははははッ！　貴様に撃てるか⁉　リィエル＝レイフォード、敗れたりッ！」

（大人げねぇ）

（大人げないわね）

（大人げないなぁ）

グレン、システィーナ、ルミアの心中は完全に一致《いっち》していた。

「あの……先生？　ハーレイ先生、なんだかキャラが変わってません？」

「うーん、ちょっと神経質で頑固《がんこ》な人とはいえ、普段《ふだん》はもっと真面目な人なんだけどなぁ――」

「なんか、ハーレイ先生って、リィエルが関わると途端《とたん》に、子供っぽくなるよね？　なんで？」

不倶戴天《ふぐたいてん》の敵同士だが、案外、あの二人、仲が良いのかもしれない。

そんなことを、グレン達がひそひそと声を潜《ひそ》めて話し合っていると。

ざっ！　リィエルが魔術狙撃の定位置について、遠くで人型に浮遊《ふゆう》している苺タルトと対峙《たいじ》した。

そして、その据《す》わりきった冷酷《れいこく》な目で、苺タルトをまるでゴミでも見つめるように、吐き捨てる。

「見くびらないで、ハーレイ」

「なんだと？」

「最早《もはや》、私は苺タルトを完全に克服《こくふく》した。もう、こうして対峙しても……何も感慨《かんがい》は浮かばない――」

ぼそりと地獄《じごく》の底から響《ひび》くような声で呟いて、リィエルは苺タルト達へ左手の人差し指を向け、叫《さけ》んだ。

「《死ね》ッ！」

発射された、黒魔《くろま》【ショック・ボルト】の電気線が、１００メトラの距離《きょり》を一直線に飛び、苺タルトを砕く。

「《失《う》せろ》ッ！」

苺タルトを砕く。

「《消えてなくなれ》ぇぇぇぇぇ！」

苺タルトを破壊する、破壊する、破壊する、破壊する――

次々とリィエルの指から発射される電気線が、リィエルが大好きだった苺タルトを無慈《むじ》悲《ひ》に、容赦《ようしゃ》なく、正確無比に射貫《いぬ》き、破壊していく。

――気付けば。

「ば、馬鹿な……ッ!?　全弾《だん》命中だとぉ……ッ!?」

後に残ったのは、無惨に砕けて地に散乱する、苺タルトの死屍累々《ししるいるい》とした残骸《ざんがい》であった。

「し、しかも、一節詠唱《えいしょう》の即興《そっきょう》改変で!?　三節詠唱すら覚束《おぼつか》ない貴様が、いつの間にそんな技術を!?」

「わからないの？　ハーレイ」

戦《おのの》くハーレイに、リィエルが淡々《たんたん》と告げる。

「〝憎《にく》しみが人を強くする〟――それは真理」

「く――ッ!?　こんなはずでは！」

文句なしに満点を付けざるを得ないハーレイが悔《く》やしげに呻《うめ》くが――

「しかし、リィエル＝レイフォードよ。貴様、なんか涙目《なみだめ》になってないか？」

「な、泣いてない」

当のリィエルはぶるぶる震《ふる》えながら目尻《めじり》を手の甲《こう》で拭《ぬぐ》い、砕《くだ》けた苺タルトの残骸の山を、ちらちらと未練たらしく流し見ている。

「わ、わたしは憎い！　こんなにわたしを苦しめる苺タルトが憎いの！　だから、これはわたしに破壊された苺タルトを、蔑《さげす》みの目で見て清々してるだけ！　それだけ！」

そんなやり取りをしている、リィエルとハーレイを遠目に。

「えーと、先生。とりあえず、何か一言」

半眼のシスティーナが、ぼそりとグレンに問うと。

「食べ物を粗末《そまつ》にするんじゃねえ」

同じく半眼のグレンはロクでなしらしからぬ至極《しごく》、真っ当な意見で〆《しめ》るのであった。

とりあえず、リィエルが苦手としていた魔術狙撃の追試は、最高の成績で終わった。

次の追試は、同じくリィエルが苦手とする魔術薬学の試験だ。

魔術競技場から、校舎内にある魔術薬調合室へと試験の場を移し、ハーレイとリィエルが対峙する。

魔術薬の調合試験はシンプルだ。

試験監督《かんとく》から出題された魔術薬を、制限時間内に調合する。そして、その効果を実際に

使用して証明する。

その調合の手際《てぎわ》や、薬の効力などから総合的に得点を付けるのだ。

「さて……リィエル＝レイフォードよ……貴様には『治癒《ちゆ》の軟膏《なんこう》』を調合してもらおうか」

治癒の軟膏とは、傷を癒《い》やす法医呪文《ヒーラー・スペル》を、魔術薬の形で再現したものだ。

魔術薬には、使用した瞬間《しゅんかん》に効力を発揮する『即効《そっこう》型』と、使用した後に行使される魔術の効力を高める『触媒《しょくばい》型』の二種に大別される。

前者は誰《だれ》でも手軽に使用できるが、後者は専門の魔術師にしか使用できない制限がある代わりに、その効力は段違《だんちが》いだ。

この『治癒の軟膏』は、即効型魔術薬の基本にして奥義《おうぎ》のような薬である。単純なようで、これだけで一つの学問分野ができそうなほど奥深《おくぶか》い。魔術師の卵である学生に出す試験としてはぴったりの題材と言えた。

「くくく、だが、学生ならば誰でも作れる三等品ではつまらぬよな？　誇《ほこ》り高き魔術学院の生徒として、貴様には二等品の『治癒の軟膏』を調合してもらおうか！」

ハーレイは眼鏡を押し上げながら、不敵にリィエルへ言うのであった。

「よっしゃ！　読みが当たった！」

その時、扉《とびら》の小窓から調合室内の様子を窺《うかが》っていたグレンは、ガッツポーズをしていた。

治癒の軟膏には、特等、一等、二等、三等と等級が決まっており、当然、等級が上がるほど要求素材が増え、調合難易度と効力が上がっていく。二年次生が習う治癒の軟膏は通常、三等品なのだが……

「解答不可能な理不尽《りふじん》問題は出さねえが、嫌《いや》らしく捻《ひね》る——先輩《せんぱい》ならそう来ると思ったぜ！　優秀《ゆうしゅう》な生徒なら二等品を調合するのは、二年次生でもさほど困難な話じゃねーしな！」

「そうですね！　だから、それに備えて、リィエルには二等品の調合練習をたくさんさせたんですもんね！」

「リィエル、頑張《がんば》って！　落ち着いてやればきっとできるよ！」

グレン、システィーナ、ルミアの密《ひそ》かな応援《おうえん》を受けながら。

リィエルは調合台の上に、必要な素材を黙々《もくもく》と並べ、宣言した。

「調合式、開始」

そして、ばっと手を動かし始める。

「〝第五の日は命天。刻限は17。それらを主催《しゅさい》するは、エクレールとティリエル〟」

小型火炉《かろ》に火を付け、調合釜《がま》に魔術溶液《アルカヘスト》を注いでいく。

「〝弟切草《おとぎりそう》を4煎《せん》じ、エーテルもって二度、抽出《ちゅうしゅつ》。リコの油を1取り加え。三年置きしトネリコの、根の灰2、都度二に分けて、三度混ぜ。今日の主催がティリエルなので、樟脳《しょうのう》抜いて、朝摘《づ》みセージを一摘《ひと》まみ〟……」

テキパキと素材を処理し、釜へと落とし、調合式を進めていくリィエル。

その手際は、ハーレイが思わず目を見開いて唸《うな》るほどのものだった。

「ちっ、対策されてたか、忌々《いまいま》しい」

「よっしゃあ！　リィエル、その調子だーっ！」

「頑張って！　リィエル！」

魔術薬調合と言えば、釜を爆発《ばくはつ》させることしか知らないリィエルが、まさかこの領域まで来るとは。

じん、と胸が熱くなるのを覚えながら、グレン達はリィエルの調合を見守り続ける。

「〝右に三度、左に三度。縦に二度切り、横一度。これを白くなるまで繰《く》り返す〟……」

やがて、リィエルは乳鉢《にゅうばち》の中にできあがった白いクリームをへらで練り上げていく。

それを見て、〝くそ、これは高得点を取られたな〟と、ハーレイが歯噛《はが》みをしていると。

「〝そして、取りいだしたるクッキーを、叩《たた》いて砕きて粉にして、牛乳一さじ合わせ混ぜ〟」

「……ん？」

リィエルが妙《みょう》な挙動を始めた。

「あれ？　先生、あんな手順、治癒の軟膏にありましたっけ？」

不思議そうに見守る一同の前で。

「〝これを型に敷《し》き詰め器《うつわ》とし、クリーム中に、注ぐべし〟……」

やがてリィエルは、できあがったクッキーの器型へ、完成した治癒の軟膏を注ぎ込み

……

「〝苺《いちご》……ないから、毒苺でいい〟」

髑髏《どくろ》マークが書いてある棚《たな》から、毒々しい色合いの苺を持って来て、その軟膏の上に、ちょんちょんちょんと載《の》せていって……

「できた、ハーレイ。治癒の軟膏」

「誰が苺タルトを作れと言ったぁあああああああああ――ッ!?」

リィエルが据わった目で、得意げに掲《かか》げたそれは――（見た目だけは）完全な苺タルトであった。

「違う。苺タルトじゃない。これは立派な治癒の軟膏」

「なんだこの見た目は⁉　しかも毒苺まで使って再現しおって⁉　貴様、苺タルトを憎んでるとか嘘《うそ》だよな⁉　もう食べたくて食べたくて仕方ないんだよな⁉」

「そんなことない！　わたしは苺タルトが憎い！　この世界から消してしまいたいくらいに！　こんな風に！」

　さくっ！

「「「あ」」」

　思わず、目を点にする一同。

　リィエルがその苺タルトもどきに、据わった目でかじり付いてしまったのだ。あまりにも予想外過ぎるそのムーブに、グレン達は固まるしかない。

　そして、当然──

「こふっ……ッ！」

　毒苺の猛毒《もうどく》が速攻《そっこう》で効いて、リィエルは血を吐《は》き始め、その身体《からだ》がぶるぶると震え出す。

「はぐ！　はぐ！　もふ！」

　だが、リィエルは血走った目で、その毒苺タルトを食べ続ける。

　そう、その苺タルトもどきは本質的に苺タルトではないので、制約《ギアス》に引っかからずに食

べることが可能なわけで――

「馬鹿者ぉおおおおお――ッ⁉」

ハーレイがリィエルから毒苺タルトを取り上げ、グレン達が慌《あわ》てて調合室へと駆《か》け込んだ。

「リィエル、しっかり⁉」

白目を剝《む》いてがくがく震えるリィエルを介抱《かいほう》するルミアとシスティーナ。

「ええい、毒消し触媒《ベソアール》は⁉　毒消し触媒《ベソアール》はどこだぁあああ――ッ⁉」

大慌《おおあわ》てで調合室内中をひっくり返すように漁《あさ》るハーレイとグレン。

魔術薬学の追試は、てんやわんやの内に終わるのであった。

滅茶苦茶《めちゃくちゃ》なオチになったとはいえ、治癒の軟膏自体はちゃんと作れていたので、及第《きゅうだい》点《てん》は確保できたリィエル。

次はリィエルにとって最大の難関である座学試験。ペーパーテストだ。

「はぁー……はぁー……次だ……次さえ終われば……」

見守っているだけなのに、もうグレン達はぐったりと疲《つか》れていた。

「せ、先生……まぁ、わかってはいましたけど……『ＩＫＫ』……切れかかってますよ

ね？」

「ああ、薬の効果は一ヶ月保《も》つって聞いたんだがな……」

「リィエルの苺タルト愛は、薬の力を凌駕《りょうが》していたのかな……？」

システィーナ、グレン、ルミアが口々に言うが、今はもう言っても無駄《むだ》である。

後は祈《いの》るだけだった――

「はぁーッ！　はぁーッ！　クソ！　やはり、貴様のような頭のおかしな生徒に関わるのではなかったわ！　ええい、最後は座学試験だッ！」

ばんっ！

特別講義室で、ちょこんと席につくリィエルの机に、ハーレイは問題用紙を叩き付けた。

「貴様が赤点を取った黒魔術学《くろまじゅつ》、白魔術学《しろまじゅつ》、錬金術学《れんきんじゅつ》、召喚術学《しょうかんじゅつ》、数秘術学、占星術学《せんせいじゅつ》……それらの基本的な知識を、複合的に万遍《まんべん》なく出題しておいたッ！　これをクリアすれば、貴様の留年は勘弁《かんべん》してやるッ！　そして、件《くだん》の制約《ギアス》も解呪《とい》いてやるッ！　さぁ、心して解けッ！」

「ん。わかった。あの憎《にく》き苺タルトをこの世から（わたしの胃袋《いぶくろ》の中へ）消すために……がんばる！」

こうして、リィエル最後の戦いが始まったのである。

開始の合図と共に、リィエルは問題用紙をめくり、羽根ペンにインクを付けるのであった……

その一方、扉の小窓から試験室内の様子を、グレン達は身を寄せ合って、並んで覗《のぞ》き込んでいた。

「……リィエル、大丈夫《だいじょうぶ》かなぁ？」

「一応、詰め込み学習だが、対策はさせた。ＩＫＫの効果で、リィエルの勉強に対する集中力は高かったし、先輩もアレで公正な人だ。問題を捻りはするが、解けない問題は出さん。落ち着いて解けば、今のリィエルなら行けるはず……」

「頑張って、リィエル……」

グレン達が祈るように見守る中、リィエルは着々と問題を解いていく。

（ん。次の問題は……白魔術？　〝人の霊魂《れいこん》は十の霊域《セフィラ》で構成されている。この霊域《セフィラ》内におけるマナ循環《じゅんかん》法で練り上げた魔力が、最終的に通る外界と内界の境界となる霊域《セフィラ》の名《めい》称《しょう》を答えよ〟……ん。これは引っかけ。十一番目の隠《かく》された霊域《セフィラ》『知識《ダアト》』が正解）

リィエルは黙々と、順調に問題を解いていく。

解いていく。

……解いていく。

淀《よど》みなく手を動かすリィエルの様子に、ハーレイが悔《くや》しそうに舌打ちし、グレン達が手を握《にぎ》り固めて応援する。

このまま行けば、リィエルは無事、座学試験もクリアできるだろう。

そんな安堵《あんど》感が、グレン達の間に流れ始めたその時。

──事件は起きた。

「おい、リィエル＝レイフォード……貴様、一体、何をやっている？　真面目にやらんか……ッ！」

「……はっ⁉」

苛立《いらだ》つハーレイの声に、今まで淀みなく手を動かし、問題を解き続けていたリィエルが、ふと我に返る。

気付けば、途中《とちゅう》から解答欄《らん》には『苺タルト』、『苺タルト』、『苺タルト』と連続して並んでいる。

「い、一体、どうして……？」

それらをインクで消して、リィエルは再び、問題を解き始める。

（つ、次は錬金術……〝赤魔晶石《ましょうせき》の赤い色彩《しきさい》を生み出している主な要因は何か？〟そ、それは……根源素《オリジン》配列のトラムの列に火を多く含《ふく》むから、苺みたいに赤く……そう苺みたいに……苺……苺タルト……？　苺タルト⁉）

がくがくぶるぶる……リィエルの手が、小柄《こがら》な身体が、どんどん瘧《おこり》のように震《ふる》えていって。

そして――

「――ぁ、ぁあああああああああああああああああ――ッ⁉」

ぎょっとするハーレイの前で、リィエルは頭を抱《かか》えて奇声《きせい》を上げ、机の上で悶《もだ》え苦しみ始めた。

「なんなの⁉」

「苺タルトぉ⁉　苺タルトが欲《ほ》し、ぃ、ぁ、ぁあああああああああああああああ――ッ⁉」

そんなリィエルの様子を見ていたグレン達が、慌てて室内に押し入ろうとする。

「やばい！　多分、完全に『ＩＫＫ』が切れた！　ルミア！　早くリィエルにもう一度『ＩＫＫ』を――ッ！」

「は、はいっ！」

ルミアが、リィエルへＩＫＫを服用させようとするが……

「ストップだ、そこの連中！」

それは、回り込んできたハーレイによって阻《はば》まれる。

「今は試験中だぞ⁉　第三者が受験者に接触《せっしょく》することは許さんッ！　触《ふ》れたら即《そく》・失格にしてやるッ！」

「くっ⁉」

あまりにも正当な理由過ぎて、グレン達には、もうどうしようもない。

「うぁ、ぁあああああああああああああああ――ッ！」

そうしている間にも、リィエルは苺タルト禁断症状《きんだんしょうじょう》で悶え苦しんでいる。

「くっくっく……やはり、な」

そんなリィエルに、ハーレイが日頃《ひごろ》の恨《うら》みを晴らさんとばかりに、嫌《いや》らしく笑いかけた。

「やはり、貴様は口ではどうこう言っても、苺タルトを克服《こくふく》しきれてはいない！　今、確信した！」

「いや、遅《おそ》いっすよ。どう見てもバレバレでしょ」

グレンの突っ込みは届かない。

「どうだ、苦しいか⁉　苦しめ、もっと苦しめ！　我が頭髪《とうはつ》と研究室の恨みを思い知れッ！　はーっはっはっはっはっはっはーっ！」

「うぐぁあああッ⁉　うううううううううううう――ッ⁉」

「何、このシュールな図？」

正直、ハーレイもリィエルも、どっちもどっちである。

そして、ハーレイは苦しむリィエルの前で、恐《おそ》るべき暴挙に出だす。

「ふっ！　今こそ、これを見よ！　こんなこともあろうかと――」

ハーレイが懐《ふところ》の中に隠し持っていた紙袋《かみぶくろ》の中から取り出したのは――なんと苺《いちご》タルトであった。

「この美味《うま》そうな苺タルトを、制約《ギアス》で食せぬ貴様の前でぇ～～」

ぱくり！

「な――ッ⁉」

「う、嘘……ッ⁉」

「な、なんてことを⁉」

真っ青になるグレン達の前で、ハーレイが高笑いする。

「ふーっはははははっ！　人気店アバンチュールの高級限定品よ！　美味い、美味すぎ

るぞ！　リィエル＝レイフォードォオオオ――ッ⁉」

「ぁ、ぁああ、うあああ……ッ⁉」

頭を抱えたリィエルが、砂漠《さばく》で水を求めるような飢渇《きかつ》の表情で席を立ち、ふらふらと歩きだす。

「見よ！　限定品の苺タルトはまだまだこんなにあるのだッ！　これらを全て貴様の前でこの私が食べ尽《つ》くしてやるわ――ッ！　悔しかろう、苦しかろう⁉　ふははははははは――ッ！　苦しめ！　もっと苦しめ！　ふはーっはははははは――ッ！」

「ぁああああああああああ――ッ！　ぁああああああああ――ッ！　お、願……そ、それをわたしに……うううううううううう――ッ！」

リィエルが泣きながら必死にハーレイに取り縋《すが》り、その手の苺タルトへと手を伸《の》ばすが――やはり、制約《ギアス》のために手が届かない。

「なんていう外道《げどう》……ッ！　この人を人とも思わぬ所業……ッ⁉」

「ハーレイ先生！　貴方《あなた》の血は何色ですか⁉」

「五月蠅《うるさ》い！　黙《だま》れ、小娘《こむすめ》ども⁉　このハーレイ＝アストレイ！　今まで散々こやつに味わわされてきた苦汁《くじゅう》と屈辱《くつじょく》の恨みを晴らすため、最早《もはや》、悪魔《あくま》に魂《たましい》を売ったのだッ！」

そして、苺タルトをこれ見よがしにかじりながら、宣言する。

「はぐっ！　もぐもぐ！　さぁ、追試問題の続きを解くのだッ！　この私が苺タルトを食している前でなぁ⁉　ぱくっ！　もぐもぐ！　うむ、甘い物は大嫌《だいきら》いだったが、これは……悪くないな⁉」

「ぁぁぁ……ぁぁぁぁぁ……」

全身を震わせながら、絶望の表情で力なく席に着くリィエル。

「り、リィエル！　負けるな！　頑張《がんば》れ！　試験をクリアしたら、いくらでも好きなだけ苺タルトが食べられるんだぞ⁉」

「そ、そうよ、リィエル！　後、もう少し！　もう少しなんだからッ！」

「お願い！　頑張って――」

だが、そんなグレン達の声援《せいえん》もすでに、リィエルの耳には届かず。

「苺タルト苺タルト苺タルト苺タルト苺タルト苺タルト苺タルト苺タルト苺タルト苺タルト苺タルト苺タルト苺タルト苺タルト……」

壊《こわ》れた蓄音機《ちくおんき》のようにそんな事をぶつぶつ呟《つぶや》きながら、がくがく震える手で羽根ペンを握って……リィエルは解答欄をひたすら『苺タルト』で埋《う》めていく。もう、まともな理性も思考回路も欠片《かけら》すら残っていない。

最早、リィエルは限界だった。

「ふはははははは――ッ！　ざまあないな、リィエル＝レイフォードぉおおおお――ッ！　我が悲願と復讐《ふくしゅう》ッ！　ここに完成ッ！」

「リィエルぅうううううううううううううう――ッ！」

ハーレイの高笑いとグレンの悲痛な叫《さけ》びがアンサンブルした――まさにその時であった。

ぷつん！

何か糸のようなものが、切れる音と共に。

どんっ！

リィエルの全身から爆発《ばくはつ》的な魔力が嵐《あらし》のように巻き起こり、周囲の机を、教室内の窓を全て吹《ふ》き飛ばす。

「な、なんだぁあああ――ッ⁉」

「ま、マナが燃焼《ねんしょう》している⁉」

「この異常な波動は一体――ッ⁉」

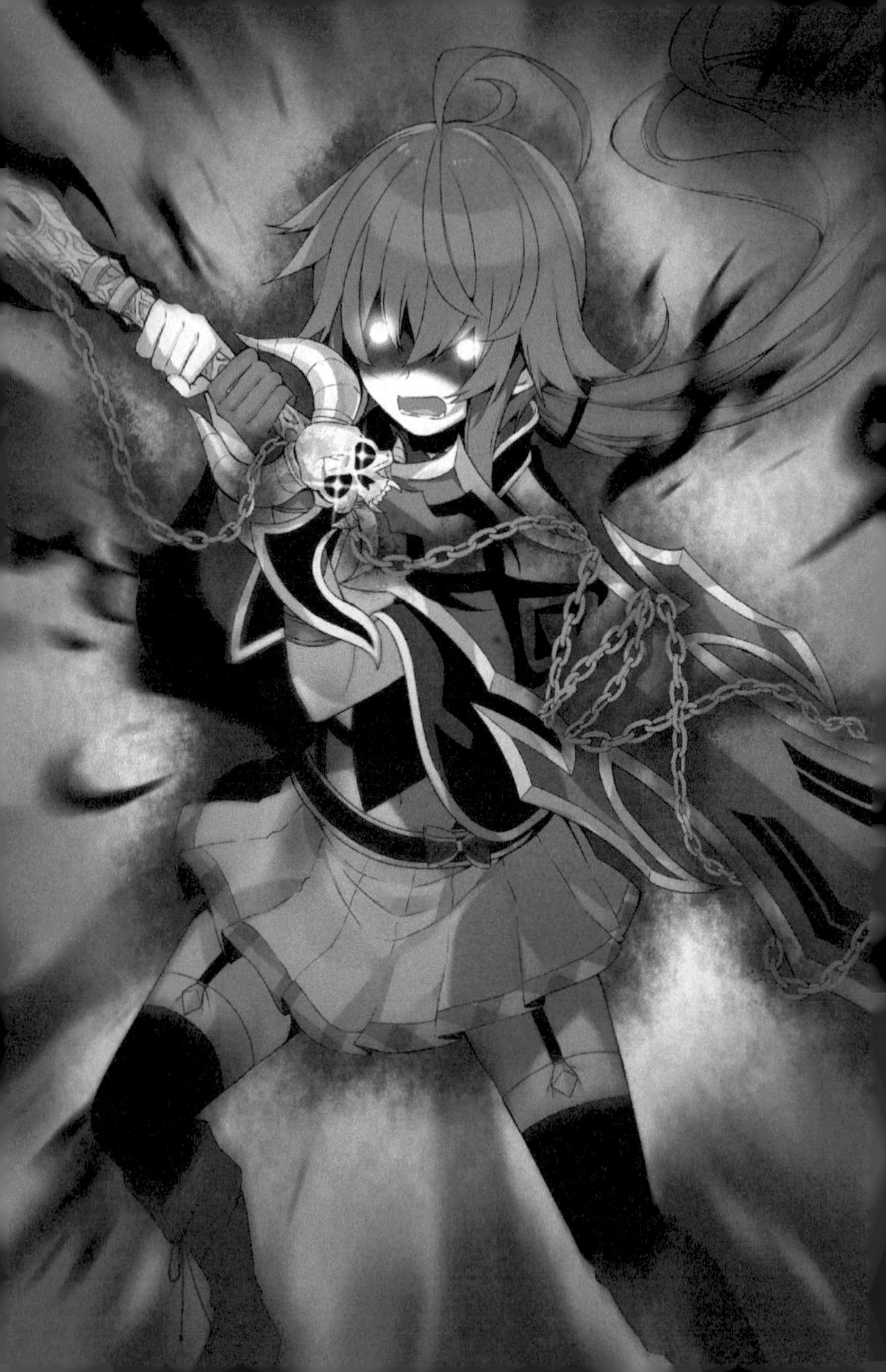

巻き起こる暴嵐に吹き飛ばされまいと藻掻《もが》き、驚愕《きょうがく》に目を剝《む》くグレン達の前で、リィエルの姿が異常なものへと変貌《へんぼう》していく。

全身から立ち上る暗黒のオーラ、巨人《きょじん》のように脹《ふく》れあがる存在感、圧迫《あっぱく》感、降りた闇《やみ》の奥からギラギラと真紅《しんく》の劫火《ごうか》を燃やす双眸《そうぼう》。口からシィイイと漏《も》れる炎《ほのお》のような吐息《といき》――

何かに完全覚醒《かくせい》してしまったリィエルの姿がそこにはあった――

「ま、まさか魔将星《ましょうせい》……ッ⁉」

「アホか⁉　ありゃそんな温《ぬる》いもんじゃねーぞ⁉」

恐《おの》れ戦《のの》くグレン達の前で。

「コノ世界ニ苺たると等トイウ物ガアルカラ、人ハコンナニモ苦シム……」

じゃきん！

リィエルが大剣《だいけん》を高速錬成《れんせい》する。

真っ黒に染まったその大剣の造形は禍々《まがまが》しく――そして普段《ふだん》の三倍以上も大きかった。

「ツマリ、苺タルト等トイウ罪業《カルマ》ヲ生ミ出シタコノ世界ハ、滅《ほろ》ビルベキ、滅ボスベキ、ソウスベキ――」

そして、場に圧倒的《あっとうてき》に脹れあがる殺気、邪気《じゃき》、魔気――

「ちょ、待て⁉　リィエル、落ち着け……ッ⁉」

「わ、わかった！　私が悪かった！　流石《さすが》に悪ふざけが過ぎた！　もう制約《ギアス》は解いてやる！　試験もクリアにしてやる！　だ、だから――」

グレンとハーレイが、暴走リィエルを宥《なだ》めようとするが――もう、時すでに遅し。

リィエルが狂気《きょうき》の笑《え》みを浮《う》かべ、ゆっくりと大剣を振《ふ》りかざして――

「滅《めっ》・殺《さつ》ッ！」

――一気に大剣を振り下ろす。

途端《とたん》、巻き起こる大爆発。

その剣に込《こ》められた壮絶《そうぜつ》なる魔力が盛大《せいだい》に炸裂《さくれつ》し、魔術的に強化されているはずの学院校舎を文字通り〝割った〟のであった――

〝ええ、凄《すご》い戦いでした……グレン先生とハーレイ先生が協力して、リィエルをなんとか封印《ふういん》しようとしたんですが、まるで相手になりませんでした……一方的でした……〟

〝人間と魔王の戦いって、きっとあんな感じなんだなって思いました〟

――その場で一部始終を見ていた二人の女子生徒談。

「さーてと、そろそろリィエルの追試も終わった頃《ころ》だよな～って……なんだこれ？」

学院の魔術教授セリカが、その教室の扉《とびら》を、がちゃりと開くと。

その中は、壁《かべ》や天井《てんじょう》が全て吹き飛び、焼け焦《こ》げて野晒《のざら》しになっている。

部屋の隅《すみ》では、システィーナとルミアが涙目《なみだめ》で抱《だ》き合ってガタガタと震《ふる》えており……

「……ば、馬鹿な……必殺の【イクスティンクション・レイ】が……」

「し、信じられん、私の魔術奥義《おうぎ》の数々が……まるで通用せんとは……」

ボロ雑巾《ぞうきん》となったグレンとハーレイが仲良く転がり、意識を失っている。

ちなみに、ハーレイの毛髪《もうはつ》は綺麗《きれい》に刈《か》られて頭の天辺《てっぺん》はつるつるだ。

そして——そんな惨劇《さんげき》の中心に。

「…………？」

リィエルがいつにもまして、ぼんやりとした表情で佇《たたず》んでいる。

まるで抜《ぬ》け殻《がら》のような有様だった。

「よ、リィエル。追試終わったか？」

セリカはそんな状況《じょうきょう》を特に気に留めることなく、リィエルに歩み寄る。

「……ん。多分、終わった……よく覚えてないけど」

「そっか、そっか。この一週間、よく頑張ったな、お疲《つか》れさん」

セリカは、そんなリィエルの頭をよしよしとなでる。

「そんな頑張ったリィエルに、ご褒美《ほうび》だ……ほれ」

すると、セリカは持っていた紙袋《かみぶくろ》をリィエルに手渡《てわた》す。

リィエルがそれを受け取り、中を開くと……

「……苺《いちご》タルト？」

「そうだぞー？　あの人気店アバンチュールの高級限定品だぞー？」

「食べていいの？」

「もちろんさ。頑張ったお前のために買ってきたんだ」

にこやかに応じるセリカ。

すると、リィエルはしばらくの間、その苺タルトをじっと見つめ……やがて、控《ひか》えめに恐《おそ》る恐るかじり付いた。

途端、舌が溶《と》けるような爽《さわ》やかな甘酸《あまず》っぱさが、リィエルの口内に広がっていく……

と、どこか虚《うつ》ろだったリィエルの瞳《ひとみ》が、きらきらとした光を取り戻《もど》していき……

「どうだ？　美味《うま》いか？」

「ん。おいしい」

にっこり、と。

あの無表情なリィエルの顔に、珍《めずら》しく、特上の笑みが浮かぶ。

「「はぁ〜〜〜……」」

そんな様子を見たシスティーナとルミアは、安堵《あんど》したような、疲れたような……なんとも微妙《びみょう》な溜《た》め息を吐《つ》くのを禁じ得ないのであった。

……こうして。

なんだかんだで、総合的には何とか及第点《きゅうだいてん》を獲得《かくとく》して、リィエルの追試は無事に終了《しゅうりょう》するのであった。

それから一時期、ハーレイはリィエルと苺タルトを見ただけで発狂《はっきょう》してしまうほどのトラウマを植え付けられ、グレンはこの監督《かんとく》不行き届きの不始末による減俸《げんぽう》で、金銭的に食事制限をされる〝制約《ギアス》〟がかかることになるのだが……それはまた別の話である。

秘密の夜のシンデレラ

Cinderella of the Secret Night

Memory records of bastard
magic instructor

めき始める。

「ねぇねぇ、見て見て！」

「きゃーっ！　イヴ教官よ！」

休み時間。アルザーノ帝国《ていこく》魔術学院校舎内の廊下《ろうか》にて、生徒達が黄色い声を上げてざわめき始める。

そこには、その場の生徒達の視線を一身に集める娘《むすめ》の姿があった。

イヴだ。帝国宮廷魔導士《きゅうていまどうし》団特務分室の元室長であり、今はこの学院に新設された『軍事教練』の授業を一手に引き受ける特別講師。

そんなイヴが、その鮮《あざ》やかな赤髪《あかがみ》を闇《やみ》に輝《かがや》き燃える炎《ほのお》のように揺《ゆ》らし、自信に満ちた足取りで、廊下を颯爽《さっそう》と歩いていた。

「はぁ～、素敵《すてき》……いつ見ても、惚《ほ》れ惚《ぼ》れしちゃうくらい完璧《かんぺき》よね！　身なりも、立ち振る舞《ま》いも！」

「当然よ！　だって、イヴさんはさる高貴な家の出身なんですもの！」

女子生徒達も……

「それだけじゃねえよ！　超《ちょう》美人で、スタイルも抜群《ばつぐん》、おまけに知的！」

「炎を自在に操《あやつ》って戦う姿も、まるで戦女神《いくさめがみ》か何かみたいに格好良いし！」

「鬼《おに》教官だけど、どこか優《やさ》しいし、教え方も上手《うま》いし！」

「完璧だぜ！　完璧超人ってまさにイヴさんのためにある言葉だぜ！」

　男子生徒達も……

「はぁ……あれほどの女性には出会ったことがない……なんとか彼女にお近づきになりたいんですが……」

「高嶺《たかね》の花が過ぎますよ、ラインハルト先生……我々には、とても……」

　同僚《どうりょう》の男性教師陣《じん》も。

　誰《だれ》もが羨望《せんぼう》と憧《あこが》れと賞賛の眼《め》で、イヴを遠く見つめている。

「けっ……皆《みんな》、あんな女のどこがいいっていうんだ？」

　そして、そんなイヴを眺《なが》めながら、廊下の壁に背を預けるグレンは、ふて腐《くさ》れていた。

「あーあー、服に化粧《けしょう》に香水《こうすい》、装飾《そうしょく》品……いつもいつも嫌味《いやみ》たらしく、高級品で固めてくれちゃってまぁ！」

「もうっ！　先生ったら！　いくら先生が今月厳しいからって、イヴさんに当たらないでくださいっ！」

　システィーナがグレンを咎《とが》める。

「うるせぇ！　わりと餓《が》死《し》が現実的になってきた今の俺の気持ちが、お前にわかるか⁉

何かバイトしないとマジで死ねるわ！」

「それは、先生がバカなことして減俸されたり、無駄遣《むだづか》いしまくったりするからでしょ⁉　自業自得《じごうじとく》です！　それと講師のバイトは基本、禁止ですからね⁉　わかってるんですか⁉　また減俸されたいんですか⁉」

そんなグレンは、とある木の枝を囓《かじ》っていた。

学院敷地《しきち》内で取れるこの枝は、シロッテと言って、噛《か》めば樹液に含《ふく》まれるある程度の糖分を摂取《せっしゅ》できる。

諸事情により万年金欠病のグレンにとっては生命線となる枝であり、貧困《ひんこん》と惨《みじ》めさの象徴《しょうちょう》であった。

「けっ！　けっ！　どうせあの女、生まれてこのかた、金に苦労したことなんてないんだろうよ！　あーあ、金持ちは羨《うらや》ましいぜーっ！」

すると──

「聞き捨てならないわね」

グレンの前を通り過ぎようとしていたイヴが、グレンの前で足を止め、グレンを冷ややかに流し見た。

「今の私は、イグナイト公爵《こうしゃく》家の公女でもなんでもないわ。ただのイヴよ。それでも私

と貴方《あなた》にここまでの違《ちが》いがあるのは、ただひたすら人間としての〝格〟の差よ。わかる？」

「ぐ、この、言わせておけば……」

「ふっ、無様ね、グレン。そんな枝を噛んでて恥《は》ずかしくないわけ？　人間というものは、その意識の高さと在り方が、そのまま自然と外面となって現れるものなの。人をやっかむ暇《ひま》があったら、まず自分を省《かえり》みなさい」

そう、つんと言い捨て、イヴはその場を颯爽と去って行く。

「あ　の　女ぁ〜ッ！」

「でも、ド正論ですよね」

グレンが悔《くや》しそうに地団駄《じだんだ》を踏《ふ》み、システィーナが呆《あき》れたように、ぼそりと呟《つぶや》いた。

「でも、イヴさんって本当に凄《すご》いよね……憧れちゃうなぁ」

「うん……普段《ふだん》、どんな生活してるんだろうね、イヴさん」

傍《そば》で叫《わめ》くグレンを放置し、システィーナとルミアが、尊敬と羨望の目でイヴの背中を見送る。

「きっと凄い豪邸《ごうてい》に住んでいるんだろうな〜、使用人とかたくさん使って」

「ふふ、そうだよね、イヴさん、そんなイメージだよね」

「ん……わたしにはよくわからないけど、イヴは多分、すごい」

リィエルがこくこくと頷《うなず》く。

「けっ！　けっ！　けーっ！」

グレンはひたすら、拗《す》ねてふて腐れているのであった。


——そして、時と場所は変わって。

フェジテ西区——労働者階級の一般《いっぱん》住宅地が広がるその一画に、その四階建てのアパートはあった。

築何十年だろうか？　ひび割れた建物の壁《かべ》には蔦《つた》が張り巡《めぐ》っている。いかにも安普請《やすぶしん》で低家賃のボロアパートといった体《てい》だ。

そんなアパートの一室の扉《とびら》を、その娘は、がちゃりと開いた。

学院から帰宅したイヴだ。

イヴは周囲を注意深く見回し、こそこそとその部屋に入る。

そこは、いわゆる１ＤＫ部屋だ。そのボロくて狭《せま》い殺風景な部屋に、高貴で高級感溢《あふ》れるイヴの姿は、目眩《めまい》がするほど似合っていない。

イヴは身に纏《まと》う高級な衣類や装飾品を丁寧《ていねい》に外し、クローゼットや宝石箱の中へ大事に

しまう。

(後で洗濯《せんたく》しなきゃ……)

上下の下着にシャツ一丁というラフ過ぎる格好になったイヴは、後でシャワーを浴びるため、浴室の給湯器に得意の炎の魔術で、火を入れた。

(炎の魔術はこういう時に便利ね。石炭代、バカにならないし)

風呂《ふろ》を沸《わ》かしている間、イヴは石の調理台の上に炎の魔術法陣を描《えが》き、それを熱源に、鍋《なべ》に大量のお湯を沸かし始める。鍋の横にあるのは、紙袋《かみぶくろ》に入った残り少ない乾燥《かんそう》パスタだ。

(……パスタって、コスパがいいのよね。同じ値段のパンより摂取熱量が多いのは助かるわ……)

やがて、湯が沸くと、イヴはパスタを茹《ゆ》でようと、塩壺《つぼ》を取った。

(あ……塩、残り少ないわね。塩をけちると美味《おい》しく茹で上がらないし……でも……)

しばらくの間、イヴは塩を盛ったさじを、迷うように鍋と塩壺の間でいったり来たりさせ、やがて微妙《びみょう》にけちりながら、湯の中へ塩を入れる。

パスタを茹で上げ、湯を切って皿に盛る。

「………」

テーブルについたイヴは、その塩茹でパスタを、フォークで黙々《もくもく》と口へ運んでいく……

ソースも何もかかってない、素パスタを。

（……オリーブ、空っぽだったの忘れてた……）

パスタを黙々と口へ運ぶ。

……黙々と。

（…………）

……やがて。

「もう嫌《いや》！　こんな生活！」

がんっ！　イヴは涙目《なみだめ》でテーブルを叩《たた》くのであった。

「なんで、この私がパスタを茹でるのに使う塩の量で、いちいち気を揉《も》まなきゃならないのよ⁉」

そう、これが今のイヴの私生活の実態——彼女はとても貧乏《びんぼう》だった。

軍時代のイヴは、イグナイト公爵家の公女様であった。お金に困ったことなど一度もない。

だが、今は勘当《かんどう》された身だ。自由に使えるお金など限られている。

当然、生活レベルは庶民《しょみん》クラスに落とさないといけないのだが……

「くっ、私は貴族よ！　洋服代に化粧代……身なりにだけは、手を抜《ぬ》くわけにはいかないの……ッ！」

たとえ、落ちぶれようとも、外面だけは完璧でありたい。

そんな彼女の見栄《みえ》っ張りな願望が、市井《しせい》の一人に落ちた今、完全に足を引っ張っていた。

イヴが望む身なりの維持《いじ》には、大金がかかるのだ。

「とはいえ、私も成長したわ！　この生活が始まったばかりの頃《ころ》は何も知らなくて、下々の連中から毟《むし》り取られるばっかりだったけど！　今は生活必需品《ひつじゅ》の相場も覚えたし、値切り交渉《こうしょう》も上手くなった！　少々心苦しいけど、ブラックマーケット街で高級品を安く手に入れることも覚えたわ！」

突然《とつぜん》、世の中に放り出された世間知らずなイヴが、なんとかこの領域に到達《とうたつ》することが出来たのは、涙ぐましい努力と散財の賜物《たまもの》だった。

「なんとか外面だけは完璧に取り繕《つくろ》いながら、生活できるようになったわ……だけど、今月、どうしよう？」

改めてそれに思い至り、イヴは頭を抱《かか》えて溜《た》め息を吐《つ》くのであった。

そう、今月ばかりは拙《まず》い。

色々とあって、お金がない。来月からは上手く回していけるはずだが、今月ばかりは本

当にピンチだ。

そして、最悪なことに、今月はまだ始まったばかりなのだ……

「このままじゃ、私も近いうち、グレンみたいにシロッテ生活……？　うぅ……嫌よ、あんな惨めな姿！　そこには落ちたくない！　で、でも……」

イヴが悲哀《ひあい》に満ちた表情で、テーブルの上の新聞を広げる。

すると、イヴはその新聞の中にチラシが入っていることに気付いた。

何気なく、そのチラシを手に取り、文面に目を通してみると……

「高級キャバレークラブ『ナイト・エデン』？　キャストの女性募集《ぼしゅう》？」

要は、求人広告である。

「いわゆる水商売っていうやつね……ふん！　汚《けが》らわしい！」

イヴが憎々《にくにく》しげにそのチラシを睨《にら》み付け、吐《は》き捨てる。

「つまらない男に媚《こび》売って、色目使って接待する……よくこんな誇《ほこ》りの欠片《かけら》もない仕事できるわね⁉　私ならこんな仕事、死んでもしないわ！　こんな風に誇りを投げ売りするくらいなら、飢《う》えて死んだ方がマシよ！」

激高するイヴ。

だが。

「何よ！　どうせ給料だって、激安の端金《はしたがね》に決まって――……」

そのチラシの下端《かたん》に記載《きさい》されていたその給金額は……。

「……えっ？　こんなに貰《もら》えるの？」

……イヴを思わず硬直《こうちょく》させるには、充分《じゅうぶん》過ぎるほどであった。

「…………」

先程《さきほど》までの激高ぶりはどこへやら。

イヴは、じっとその給金額を半眼で見つめている。ただ、ひたすら見つめ続けるのであった。


――そして。

「……――というわけで、彼女が今日からこの『ナイト・エデン』のキャストの一員として働くことになったフレア君だ。皆《みんな》、よろしく頼《たの》むよ」

「ふ、フレアです、よろしく……うぅ……なんで私がこんなことに……？」

高級キャバレークラブ『ナイト・エデン』店内にて、スタッフ一同に紹介《しょうかい》されている
イヴ――源氏名『フレア』の姿があった。

背に腹は代えられない。ついに彼女は誇りを投げ捨てたのである。

ナイト・エデンとは、上流階級層の男性を主な客層にした、会員制の接待飲食営業店だ。来店した男性客が、キャストと呼ばれる女性従業員を指名し、その娘《むすめ》に接待をさせるという方式の店だ。

高級と名がつくだけあって、このナイト・エデン店内のホールはとても広く、高級感に溢れている。ソファーやガラステーブル等の調度品一つとっても、とても一般人《いっぱんじん》が手を出せるような代物《しろもの》ではない。提供される酒や料理も一流のものばかりだ。

店内ホールの奥にはステージがあり、歌手やピアニスト、ダンサーが交代で芸を披露《ひろう》しては、男性客の目を楽しませている。

当然、男性客の接待を直接担当するキャスト達の質は、そこらのパブやナイトクラブとは比較《ひかく》にならない。皆《みな》一様に華《はな》やかなドレスと装飾《そうしょく》品で身を包んだ一流の美女ばかり。

だが、そんなキャスト達の中にあっても、イヴの存在は一際《ひときわ》強く輝《かがや》いていた。鮮《あざ》やかな真紅《しんく》のドレスに身を包んだイヴの妖艶《ようえん》な美しさは、他の娘達とは一線を画していたのである。

「あ、あの子が噂《うわさ》の……？」

「ええ、そうよ。あの審美眼《しんびがん》でうるさい支配人が一目で、逆に採用を懇願《こんがん》したっていう……」

「凄い子が入ってきたわね……」

その場の誰《だれ》もが、イヴの圧倒的《あっとうてき》な存在感と美貌《びぼう》の前に気後《きおく》れし、困惑《こんわく》している。

イヴが元々身に纏う、貴人としての格や気品も相まって、今のイヴは誰もが思わず溜め息を吐いてしまう、絶世の美女となっていたのだ。

もっとも──

（く、屈辱《くつじょく》……屈辱だわ……ッ！　この私が……この私がぁ……ッ！　こんな……こんなぁ……）

──当のイヴは、生活苦からとはいえ、こんな仕事をしなければならない事態に、必死に涙と震《ふる》えを堪《こら》えている状態ではあったが。

（でも、背に腹は代えられない……おまけにこんな副業、身バレしたら一発アウト……だから、今の私には『相貌失認化《そうぼうしつにんか》の魔術』を施《ほどこ》してあるわ）

この魔術は暗示系の白魔術《しろまじゅつ》であり、これをかけておくと、人から見た今のイヴの姿と、記憶《きおく》の中のイヴの姿が一致《いっち》しなくなる。要するに、素顔《すがお》を晒《さら》して、知り合いに見つかっても、決してイヴだとはバレない術。万が一の事態に備えての予防線であった。

（まぁ、私ほどの魔術師ともなれば、知り合いの誰かがこんな術使ってても、一発で見破るんだけど……それよりも問題は、この術が魔力の変動に弱くて、私が何か魔術を行使す

れば、たちまち解けてしまうってことね）

つまり、このクラブ内にいる間、イヴは魔術を使用できない。

（そこが不安だけど……まぁ、なんとか上手《うま》くやっていくしかないわ）

そんなことを考えていると。

「さて、新スタッフの紹介も終わったところで、もうすぐ開店だ。皆、今日もよろしく頼むよ」

支配人が、スタッフ達の前で挨拶《あいさつ》をし、それに応じてスタッフ達が開店に向けてキビキビと動き始める。

「フレア君。君はこの業界は初めてだそうだから、色々と慣れないこともあるだろう。だが、安心したまえ」

そして、支配人はどこか不安げなイヴを安心させるように言うと、人の名前を呼んだ。

「ダレス君！　ダレス君！」

「うぃ〜っす、なんすか店長ぉ？」

イヴの前に、燕尾服《えんびふく》を着崩《きくず》した、いかにもやる気なさげな黒髪《くろかみ》の青年がやって来る。

だが、支配人はそんな青年の態度は特に気にせず、イヴに言った。

「彼はダレス君。最近入ったばかりだが、非常に有能なボーイだよ。この店では、男性客

を接待するキャストを、ボーイが陰《かげ》で補佐する方式だ。フレア君には彼を専任でつけよう。何か困ったことがあったら、遠慮《えんりょ》なく彼を頼《たよ》りたまえ」

「はぁ……」

気のない返事をして、青年をちらりと一瞥《いちべつ》するイヴ。

「ダレス君も、フレア君が安心して仕事に専念できるよう、頼んだよ」

「了解《りょうかい》～っす。お任せ、店長」

青年――ダレスの返事に満足そうに頷《うなず》き、支配人は去って行く。

「つーわけで、あんた……フレアだっけ？　まぁ、しばらくは俺がアンタ専門のフォローだ。よろしくな」

そして、ダレスはそう言って、イヴに気さくに笑いかけるのであった。

（あーあ、新人の子の補佐か。また、厄介《やっかい》な仕事が回って来ちまったぜ）

その時、ボーイの青年――ダレスは、密《ひそ》かにそんなことを考えていた。

（ったく、あまりの金欠に、学院に内緒《ないしょ》でバイトを始めたはいいが、結構、大変な仕事なんだよなぁ、ここ）

そう。このボーイのダレス、その正体は――なんとグレンであった。

（ふっ、こんな副業、バレたら一発アウト。だから、今の俺には『相貌失認化の魔術』を施してある。これで安心してバイトできるってもんだぜ！）

そして、相変わらずロクでなしであった。

（まぁ、俺くらいになれば、知り合いの誰かがこんな術使ってても、一発で見破れるから、油断は禁物だがな）

そんなことを考えつつ、グレンは自分に任された新人のキャスト……フレアをじっくりと観察する。

（しっかしまた、どえらい美人だな）

当のフレアは、その芙蓉《ふよう》のかんばせをどこか陰らせ、心ここにあらずといった感じで目を伏《ふ》せて、時折、周囲へ視線を彷徨《さまよ》わせていた。

（どうやら不安らしいな。聞いての通り、こいつはこの業界、初めてのようだ。この立ち居振《ふ》る舞《ま》いに気品……こりゃ多分、どこぞの高貴な家のお嬢様《じょうさま》か何かだ。そんな娘がこんな業界に来るとは……まぁ〝ワケあり〟か）

もっとも、この業界、〝ワケあり〟じゃない人の方が少ないのだが。

まぁ、それはさておき。

「おい、フレア！」

グレンが声をかけると、フレアはびくっと身を震わせ、グレンを不安げに流し見る。

「そう構えんなって！　大丈夫《だいじょうぶ》だ、誰もお前を取って食いやしねえよ」

「べっ、別に、私は……」

「安心しろ。ここは高級店だ。客層は上品な連中ばかりだし、いわゆる〝枕営業《まくら》〟は厳禁されてる。……店の品位に響《ひび》くしな」

「まっ⁉　まく……らッ⁉」

枕営業という言葉を聞いた途端《とたん》、顔を赤らめ、どもるフレア。

どんだけこいつは初心《うぶ》で世間知らずなんだと呆《あき》れつつも、グレンはフレアを励《はげ》ました。

「とにかく、何かトラブってても、俺がなんとかしてやっから、まぁ、気楽にいこうぜ？　フレア」

「……わ、わかったわ。よろしく、ダレス……」

すると、フレアはぼそぼそと呟《つぶや》いて、ぎこちなく頷く。

こうして、双方《そうほう》、自信満々のくせして『相貌失認化の魔術』をまったく見破れず、互《たが》いが互いを認識できない……そんな状態のグレンとイヴの、奇妙《きみょう》な仕事関係が始まるのであった。

――そんなこんなで、数日後。

ナイト・エデン店内にて。

キャストの娘達が、ガンガン指名され、客と一緒《いっしょ》にテーブルにつき、忙《いそが》しそうに接待している中。

「暇《ひま》ね」

「そうだな」

手持ちぶさたで呆然《ぼうぜん》と立ち尽《つ》くしているイヴの切ない姿と、その隣《となり》で欠伸《あくび》をしているグレンの姿があった。

開店当初こそ、イヴはその類い稀《まれ》な容姿で人を惹《ひ》きつけ、多くの指名を取ったものの、今は誰も見向きもしない。

「一体、なぜ……？　この私が、こんな……こんな惨《みじ》めな……ッ！」

「ぶっちゃけ、お前、つまんねえし」

屈辱に身を震わせている涙目《なみだめ》のイヴへ、グレンが呆れたように言った。

そう、この業界。あくまで〝接待〟が重要だ。外見だけでいつまでも売れるほど、甘い業界ではないのだ。

「なんか人間じゃなくて、人形を相手してるみたいっつーか？　客が何を話しても、〝ふ

ん〟とか、〝そう〟とか、〝別に〟とか……一緒に酒飲んでて面白《おもしろ》いわけねーだろ？　お前、接待が仕事だってこと忘れてねーか？」

「……ぐ」

「おまけに、いっつも何かに苛《いら》ついているようなしかめっ面《つら》しやがって、可愛《かわい》げの一つもありゃしねえ……あーあ、お前って、俺のムカつく知り合いにそっくりだぜ」

「うるっさいわね！　貴方《あなた》だって、そのいっつもやる気なくて、へらへらしてるとこ！　私の嫌《きら》いな知り合いにそっくりよ！」

かーっ！　と怒《いか》りに任せて、イヴがグレンへと吠《ほ》えかかる。

「はいはい、つまんない女でごめんなさいね！　他の子達みたいに、色目使ったり、媚《こび》売ったり……そんなの私には無理よ！　どうせ私はつまんなくて可愛げのない女よ！　悪い!?」

するとグレンがにやにやと笑い始めた。

「……な、何よ？」

「いや、元気あるじゃねーか」

訝《いぶか》しむイヴへ、グレンが言った。

「お前さ、無愛想なのもあるけどさ、そもそも覇気《はき》っつーか、元気がなかったんだよな」

「まぁ、わかる。〝ワケあり〟なんだろ？　本来なら、お前はこんなとこにいるべき女じゃねえんだろ？　プライドが許さねえんだろ？」

「ふん！　そうよ、その通りよ！　私はイグ――……」

つい家名を出しかけて、慌《あわ》てて口を噤《つぐ》むイヴ。

「とにかく今は忘れろ。お前が本来在るべき立ち位置に返り咲《ざ》くためにも、今は金を稼《かせ》がなきゃな。雌伏《しふく》の時だ。それくらいはわかるだろ？」

「そう……だけど。でも、どうすればいいのよ？　自分でもわかってるけど、私、あんまり可愛くない性格だし……人に媚売るのも下手だし……」

すると、そんな自信なさげなイヴへ、グレンはさらりと提案した。

「別に媚売るだけが接待じゃねーだろうが。まぁ、そうだな。色々あるが……まずはもっと笑えよ。お前、すっげぇ美人なんだからさ」

「ぴっ⁉」

「ただでさえ、美人過ぎて近寄り難《がて》ぇんだ。まずは笑わねえとな。お前なら笑えば、きっとそれだけで格段に可愛くなるぜ？」

にやりと笑いかけるグレン。

「……ッ！」

すると、面と向かって美人と褒《ほ》められ、ほんの少しだけ頬《ほお》を赤くしていたイヴが、やがて溜《た》め息を吐《つ》いて返す。

「何？　口説いているわけ？」

「は？　バカ言え。俺はお前のボーイだぜ？　お前が稼いでくれねーと、俺の給金に響くんだよ。俺のためだ。ほら、頼《たの》むから、とっとたくさん稼いで来てくれよ……俺も〝ワケあり〟なんだよ。頼むよ～」

「はぁ～、情けないわね、貴方って人は。プライドないの？」

「プライドで飯は食えねーんだよ。世の中、強《したた》かにいかねーとな？」

「本当、あいつにそっくりね……」

呆れたように肩《かた》を竦《すく》め、苦笑いするしかないイヴ。

「はぁ～、なんか、貴方と話していると、なけなしのプライドにしがみついて肩肘《かたひじ》張ってるのが、バカバカしくなってくるわ」

そんなイヴの姿を見たグレンが、してやったりと笑う。

「お、いいんじゃねえか？　フレア。それだ、それ。今、大分、肩の力が抜《ぬ》けたっていうか、表情が柔《やわ》らかくなっていたぜ？」

「え？　……そうかしら？」

「ああ、今までのお前は、マジで近寄りがたいオーラぷんぷん放ってたからな。まぁ、そんだけ表情が柔らかくなりゃ、そろそろ……」

と、その時だ。

「フレアさんっ！」

キャストの娘《むすめ》が、イヴの元へと駆《か》け寄って来る。

「ご指名が入りましたよ？　十番テーブルのあの方です！」

キャストが指差す先を見れば、身なりの良い老紳士《しんし》がイヴに向かって、微笑《ほほえ》みながら手を振っているのが見えた。

「え？　私？　なんで急に？　しかもあの人って、確かこの店の常連で、凄《すご》い上客の……？」

「ほら、行ってこい、フレア」

グレンがイヴの背中をぐいっと押した。

「難しく考えんな。相手が誰《だれ》であろうと、俺みてえなアホ男を軽くあしらうくらいのつもりで話して来いよ」

「貴方を相手にしてるつもりで？」

「ああ、そうだ。直感だが、お前は多分、それくらいで丁度良い」

「わ、わかったわ……やってみる」

そう言うと、イヴはおずおずとテーブルへと向かう。

だが、ふと、足を止めて、イヴはグレンを振り返らずに言った。

「そ、その……ありがと、ダレス」

「へぇ？　下々の者にも、ちゃんとお礼言えるんだな？　偉《えら》いぜ、どこぞの高貴なお姫《ひめ》さんよ？」

「う、うるさい！　バカ！」

だが、二人の間に流れる空気は、不思議と険悪なものではなかった。

――この辺りを境に、イヴの快進撃《かいしんげき》は始まった。

誰に対しても物怖《ものお》じせず、媚は売らず、おまけに気位も高いけど、まるで旧来の友人のように話しやすい……グレンがプロデュースした、そんなイヴのキャラが受けたのである。

「成る程《ほど》、至言ね。流石《さすが》は大商会の会長様だわ。言うことが違《ちが》うわね……ふふ、本音よ？　嘘《うそ》だと思う？」

今が押せ押せの有力商会の会長の自慢《じまん》話を相手にしても……

「はぁ……部下に噛《か》み付かれたからって、いちいち腐《くさ》らないの、まったく……はいはい、話なら聞いてあげるわ。後、ちょっと部下の馴《な》らし方のコツも教えてあげるわ」

部下との付き合い方に悩《なや》む官僚《かんりょう》の愚痴《ぐち》を相手にしても……

イヴは誰を接待しても、余裕溢《よゆうあふ》れる立ち居振《ふ》る舞《ま》いで、颯爽《さっそう》と捌《さば》いていく。

ぼっち属性とはいっても、イヴはかつて特務分室室長として、軍の上層部や政府高官ら海千山千の連中と渡《わた》り合って来た〝出来る女〟だ。おまけに、イヴは見識が広く知的で、もともと有識者層が多いこの店の客のどんな話題にも深くついていける。受けないはずがない。元々、この業界で成功する素地はあったのだ。

やがて接待に慣れ、指名を取れるようになって、心に余裕もできたのか、イヴの笑顔も自然と増えた。

時折、店内に花咲《さ》くイヴの笑顔はまるで女神《めがみ》の微笑《びしょう》で、その一角だけ明るく光が満ちるかのようだ。

そんなイヴの笑顔を一目見るため、イヴに魅《み》せられた男性客達が店へと足繁《あししげ》く通い、イヴを指名しては、お金を落としていく。

　そして、そんなイヴの多大な売り上げは、グレンの手腕《しゅわん》に依《よ》るところも大きかった。

「おおっと、フレアちゃんと盛り上がっているとこ、失礼、紳士様！」

「ダレス⁉」

　イヴが男性客と会話で盛り上がっている最中、その会話の切れ目へ絶妙《ぜつみょう》に割って入るグレン。

　目を瞬《しばたた》かせているイヴを余所《よそ》に、グレンが逞《たくま》しく営業をかける。

「さて、紳士様。ここら辺で一つ、高いお酒行っちゃいませんかねぇ？　こちらの高貴で可愛いフレアちゃんに、ちょおっと、いいとこ見せちゃいましょうよ⁉　お、行く⁉　本当に行っちゃう⁉　さっすが紳士様、お目が高いッ！　支配人ッ！　ロマンコーツの二十年もの、ボトルでオーダー入りましたぁ～ッ！　はい、皆《みんな》、拍手《はくしゅ》、拍手～～～ッ！」

　グレンがアドリブでそう派手にアピールすると、店内のスタッフ達が総立ちで拍手して、場を盛り上げる。乗せられて注文した紳士も満更《まんざら》でもないようで、頭を掻《か》いて苦笑《くしょう》している。

　場が沸《わ》き立つ中、イヴにウィンクするグレン。よくやるわ……と半ば呆《あき》れながらも苦笑を返すイヴ。

二人三脚《ににんさんきゃく》で、イヴの指名数と人気は最早《もはや》、とどまるところを知らず、この界隈《かいわい》での知名度も上がっていく。

だが、人気が上がれば、当然、トラブルも増えていく――

「あの……ギオンさん？　す、少し近過ぎるわ。もうちょっと離《はな》れて……」

「ぐふふ、いいではないか、いいではないか！　フレアちゅわん！」

「きゃっ！　い、今、貴方《あなた》、背中を触《さわ》って……太股《ふともも》もッ⁉」

「いいではないか！　フレアちゅわぁん！　もっと一緒《いっしょ》に盛り上がろうよ～っ！　ぐへへへ……」

「ちょっと、や、止《や》め……」

「はーい、ストップ～ッ！」

「痛たたたた――ッ⁉」

「ダレス⁉」

「当店では、キャストへのお触りは固く禁止されてまーす。それを守っていただかないとお～」（パキポキ）

「ひぃ⁉　ごめんなさい！」

「ほっ……ありがとう、ダレス……助かったわ」

「いいってことよ」

このように、イヴが酒癖《さけぐせ》の悪い客に絡《から》まれることもあったし——

「フレア。ほら、水だ。落ち着いて、ゆっくり飲め。……大丈夫《だいじょうぶ》か？」

「う、うぅ……大丈夫じゃない……」

「ったく、あの客、完全にお前を酔《よ》い潰《つぶ》すつもりだったな……あんなのには付き合わなくていいぞ？」

「……ごめん、ダレス、助かったわ……貴方が強引《ごういん》に、私をあの場から連れ出してくれなかったら、私……」

「気にすんな。お前はしばらくここで休んでろ。客の相手は、俺が他のキャストの娘に協力を仰《あお》いで、なんとかしておいてやるから」

「……いつも、世話になるわね……」

「俺はお姫様の従者だからな」

「……もう……バカ……」

このように下心丸出しの客に、イヴが酔い潰されてしまうこともあった。

だが、そんなトラブルの都度、グレンが手厚くフォローを入れる。

イヴもグレンがフォローしてくれるからこそ、のびのびと安心して接待に専念できた。

そして、瞬《また》く間《ま》に時は流れ——

「乾杯《かんぱい》」

ある日の閉店後。閑散《かんさん》とした店の中で、グレンとイヴが二人きりで小さく打ち上げをしていた。

「良かったな、フレア。ナイト・エデンの売り上げNo.1だってよ?」

「……自分でも信じられないわ」

テーブルを挟《はさ》んで向き合うグレンとイヴ。お祝いのシャンパンを注いだグラスを、二人で小さく打ち鳴らす。

未《いま》だ、正体に気付いていない二人ではあったが、今やすっかり仕事仲間として打ち解けていた。

「きっと、貴方のおかげね、ダレス」

「何言ってんだ、お前の実力じゃねーか」

「それでもお礼を言わせて。私、貴方がいなかったら、とっくに辞《や》めてたかクビになってたわ」

「そっか？　お前は頭良いし、言うて中々強《したた》かだぜ？　多分、俺がいなくたって……」

——……。

互《たが》いに穏《おだ》やかに微笑《ほほえ》み合い、ちびちびとシャンパングラスを傾《かたむ》けながら、二人は会話を弾《はず》ませていく。

「はぁ、なんだ……お前って、最初はいけ好かねえ女だと思ってたけど、案外、可愛《かわい》い女じゃねーか」

「ふん、何よ。貴方こそ。こんな所にいるにしては、今時珍《めずら》しい、なかなか良い男じゃない？」

酒の力も手伝って、二人は段々とフランクになっていく。

「実はね。私には、貴方にそっくりな知り合いがいるんだけど……貴方は彼とは全然違うわ。貴方はお調子者のようで、とても紳士《しんし》で優《やさ》しいし」

「お、偶然《ぐうぜん》だな。俺にも知り合いに、お前にどこか似ているやつがいるんだが……お前も

そいつとは全然違うな」

「あら、私に似ている女？　ちょっと興味あるわ。話してみてくれない？」

「ああ、いいぜ？　名前は伏《ふ》せるが、俺の本来の職場の同僚《どうりょう》の女でな……こいつがまた酷《ひで》ぇ女でよぉ……」

……フランクになっていく。

「（略）——と、いうわけでさ。ぶっちゃけ酷《ひど》くね？　そいつ！　どう思うよ、フレア！」

「うっわ、最低ね。貴方にそんな態度取るんだ。なんて嫌《いや》な女……その子、絶対、何か勘《かん》違《ちが》いしているわよ」

「だろだろ⁉」

……フランクになっていく。

「私の知り合いの、貴方そっくりな男は……（略）——とまぁ、こういうわけよ。貴方、そーゆー男、どう思う？」

「は⁉　なんだそいつ！　くそロクでなしな男だな⁉　お前をそんな冷たい扱《あつか》いすんの⁉　デリカシーなさ過ぎだろ！」

「でしょでしょ⁉」

………フランクになっていく。

やがて、酒の入るまま、くたりと脱力《だつりょく》してきたイヴが、グレンへ熱っぽい流し目を送っていた。

「この世の中、本当にロクな男がいやしないわ。でも、そうね……ダレス、貴方ならきっと、周りの女の子達が放っておかないのでしょうね……」

「ははは、っ！　残念ながら、俺にそういう浮《う》いた話はねえな！」

「あら、本当に？　勿体《もったい》ない。見る目ないのね、貴方の周りの子達……」

「そういうお前だって……引く手数多《あまた》なんだろ？　きっと」

「ふふ、残念ながら、私、そういう浮いた話に縁《えん》がないの」

「お前の周りの男共は目が節穴かよ」

ここまで、フランクになって来て。

二人とも、ふと我に返る。

グラスを傾ける手を止める。

今までの会話を振《ふ》り返る。

「…………」

「…………」

しばらくの間、なんともくすぐったい沈黙《ちんもく》がその場を支配し……

「ちょ……ちょっと、俺、今日は飲み過ぎたかなぁ？　ははは……」

「そ、そうね！　わ、私もちょっと飲み過ぎたみたいね！　うん！」

「そ、そろそろ、上がるか⁉」

「そ、そうしましょう！　明日も早いんだし！」

二人は顔を赤らめ、慌《あわ》てたように後片付けをし、その場はお開きになるのであった。


──次の日、学院にて。

「お前って、本当に嫌な女だなっ！」

「ふんっ！　貴方って、本当に最低最悪のロクでなし男ねっ！」

校舎のとある廊下《ろうか》の一角にて、グレンとイヴが、またいつものように、大喧嘩《げんか》をしていた。

「まーた、グレン先生とイヴさんだわ……二人とも飽《あ》きないなぁ」

「ん。グレンとイヴ、喧嘩ばっかり」

それをどう止めたものかと、システィーナとリィエルが半眼で眺《なが》めている。

「実は俺、お前に似た知り合いがいるんだが、そいつはお前と違って本当に淑女《しゅくじょ》で可愛い、良い女だぜ⁉　お前も少しは見習ったらどうだ⁉」

「偶然ね！　私にも貴方と似た知り合いがいるんだけど、彼は貴方と違って本当に紳士で尊敬できる好青年よ！　貴方こそ彼を見習ったらどう⁉」

「はぁ～ッ！　可愛くねぇ！　お前を貰《もら》ってくれる男なんて一人もいねえだろうな！　お前は行き遅《おく》れのお局《つぼね》様ルート確定だな！」

「なっ、それはこっちの台詞《せりふ》よ！　貴方とくっついてくれる女なんて絶対いないでしょうね！　貴方は寂《さび》しい喪男《もおとこ》人生確定よ！　精々、孤独《こどく》死に気をつけることね！」

「ああ⁉　なんだよ⁉」

「ふんっ！　何よ⁉」

と、そんな二人を前に。

「はぁ～……なんだかなぁ？」

システィーナは呆《あき》れるしかない。

だが、ルミアだけは違った。

「な、なんだろう……この状況《じょうきょう》、何かすごく嫌な予感がする！」

乙女《おとめ》的な第六感で何かを察し、額に脂汗《あぶらあせ》を浮かべている。

「ど、どうしたの？　ルミア」

そんなルミアを前に、システィーナは不思議そうに小首を傾《かし》げるしかないのであった。

こうして、グレンとイヴの、秘密の夜の仕事の日々は、ゆっくりと過ぎていき……過ぎていき……

そして。

（もうすぐ、この生活も終わるわね）

ナイト・エデンの更衣室《こういしつ》で、イヴがいつものドレスに着替《きが》えながら、そんなことをぼんやりと考えていた。

（お金は十分稼《かせ》いだわ。来月からはこんな仕事しなくてもやっていける。……それに、これは学院の講師的には違反行為《いはんこうい》だし……いつまでも続けるわけにもいかないし……潮時ね）

着替えたイヴは、鏡台の前に腰掛《こしか》けて、化粧《けしょう》と髪《かみ》を整え始める。

だが、なんだか、その手つきは妙《みょう》に重く感じられた。

（ダレスとも、もうすぐお別れ、か）

そして、そんなことを考えた時、ついに手が止まってしまう。

（……何よ？　彼がなんだっていうのよ？　馬鹿馬鹿しい）

重くなった手を無理矢理動かし、身支度《みじたく》を続ける。

（元々、彼と私は住む世界が違うの。たまたま偶然、その道が少し交錯《こうさく》しただけ。一瞬《いっしゅん》、袖《そで》が振り合っただけ……それだけ）

そう。

最初からそんなことわかりきっていたし、イヴだって元々、そういうつもりでこの仕事を始めたのだ。

そして、ここは自分のいるべき世界ではない。この仕事を辞めたら、もう二度とこの店の一切《いっさい》に関わらない……そう心に決めていたのだ。

なのに、なんだ？

この店を辞めて、ダレスともう二度と会うこともなくなる……そう考えるとなぜか、この胸がざわつくのは。

「……………………」

イヴが鏡に手をつき、己《おのれ》の心の中を探《さぐ》るかのように、鏡の中の自分をじっと見つめていると……

「フレアさんっ！　そろそろ開店ですよ！　準備ＯＫですかぁ⁉」

「……わかったわ、今、行く」

同僚のキャストの女の子に呼ばれ、イヴは立ち上がった。

今は考えても仕方ない。

ちゃんと、仕事をしよう。

そう思い直し、イヴは無理矢理、胸のモヤモヤを振り払《はら》って、更衣室を出るのであった。


そして、いつものように、ナイト・エデンの営業が始まる。

だが、その日はいつもと違って最悪だった。

「いえ、だから、何度も申し上げているように、カーズ様には、当店のご利用をお控《ひか》えしていただくことになっておりまして……」

「あああーッ！　うるさい、うるさい、うるさいっ！　僕は客だぞ、文句あるのか⁉」

ナイト・エデンの入り口付近で、支配人と男性客が揉《も》めていた。

その男性客は、だらしない小太りの男だ。身につけているスーツや装飾品《そうしょくひん》は、やたら高級品揃《ぞろ》いである。すでに大分、酒が入っているらしく、目の焦点《しょうてん》も虚《うつ》ろで呂律《ろれつ》も怪《あや》しく、どうにもまともな様子ではなかった。

「カーズよ」

イヴの隣《となり》に佇《たたず》むキャストの娘《むすめ》が、そっとイヴに耳打ちする。

「さる有力商会の会長の御曹司《おんぞうし》様。でも、当人に能力は皆無《かいむ》で、典型的な親の七光りのボ

ンボン。自分はまったく働かず、親のお金で放蕩三昧《ほうとうざんまい》」

「屑《くず》ね」

「うん。でもね……」

キャストの娘が、不意に顔をしかめた……その時だった。

「へぇ？　そんなにこの僕に逆らうんだ？　じゃあ仕方ないな！」

そのボンボン……カーズが指を打ち鳴らすと、カーズの周りに、フード付きマントに身を包んだ四人の男達が集まってくる。

その立ち居振る舞《ま》い、漂《ただよ》う魔力《まりょく》の気配から、イヴは一目で男達の正体を看破した。

「魔術師！」

「そうよ。カーズは、モグリの魔術師を大金はたいて四人も雇《やと》ってる。彼らは完全にカーズの犬よ。カーズに命じられた通りの暴力と破壊《はかい》を周囲に振りまく……彼らに燃やされ、潰《つぶ》された店もあると聞くわ。この界隈《かいわい》で、彼に逆らえる者はいない……」

そう、魔術師と一般人《いっぱんじん》との間には天と地ほどの差がある。

（まぁ……見た感じ、どいつもこいつもその身から漏《も》れる魔力すら隠《かく》せない三流の雑魚《ざこ》だけど……一般人から見れば、絶望的な戦力差よね）

そんなイヴの雑感を証明するように……

「わ、わかりました！　申し訳ございません！　どうか当店でごゆるりとお楽しみください！　だから、どうかご容赦《ようしゃ》を！」

……支配人がついに折れた。

「ははっ！　わかればいいんだよ、わかれば！　よぉっ！」

カーズが支配人を殴《なぐ》りつける。

吹《ふ》き飛ばされた支配人が、気を失って床《ゆか》を転がっていき、周囲から悲鳴が上がった。

「さぁて、出番かな」

すると、目が笑ってないグレンが指を鳴らしながら、カーズ達へ向かって歩き始めていた。

「……待って！」

そんなグレンの後ろ袖を、イヴが掴《つか》んで引き留める。

「駄目《だめ》よ、ダレス！　相手は魔術師なのよ⁉」

「いや、でも大したレベルじゃ」

「貴方《あなた》は一般人にしては、腕《うで》っ節《ぷし》に自信があるみたいだけど！　それでも四人の魔術師は相手が悪すぎる！　最悪、殺されてしまうわ！」

「……フレア？」

「お願い、無茶しないで……私、貴方が殺されるところなんか見たくない」

何かを必死に訴《うった》えかけるようなイヴの目に、グレンが渋々《しぶしぶ》拳《こぶし》を下げる。

と、その時だ。

「あー、もう、せっかく来てやったのに今日はブスばっかだな……この僕に相応《ふさわ》しい一流の女の子は……って、おおおおお――っ!?」

上がるカーズの下品な声。

振《ふ》り返れば、カーズがイヴを指差していた。

「君！　君！　そこの赤毛の君！　君を指名してやろう！　ありがたく思いたまえ！」

「…………」

イヴを頭の天辺《てっぺん》からつま先まで、好色そうな目で舐《な》めるように睨《ね》めつけてくるカーズに、イヴは腕組《うでぐ》みしながら冷ややかな流し目を返す。

その場の誰《だれ》もが固唾《かたず》を呑《の》んで、その動向を見守っている。

……やがて。

「わかりました、ご指名ありがとうございます。今宵《こよい》は精一杯《せいいっぱい》、おもてなしさせていただきますわ」

イヴは諦《あきら》めたように一つ嘆息《たんそく》し、颯爽《さっそう》とカーズの元へと向かうのであった。

「……おい、フレア」

「大丈夫《だいじょうぶ》よ」

「だがよ……」

「ごめん、ダレス。騒《さわ》ぎを起こしたくないの……〝ワケあり〟だから」

そう言われてしまうと、グレンは口を噤《つぐ》み、イヴの背中を黙《だま》って見送るしかない。

こうして、イヴの今夜の接待営業が始まるのであった。


（そう、これでいい。……これでいいのよ）

イヴは、特務分室の元室長、執行官《しっこうかん》No.1《魔術師》。カーズ程度が雇った魔術師など、何百人いようが物の数ではない。その気になれば、一瞬で制圧できる。

だが、今のイヴは素性《すじょう》を隠している立場なのだ。

いくらカーズ側に非があろうとも、ここで魔術絡《がら》みの騒ぎを起こせば、確実に警邏《けいら》庁や学院に話がいく。

そうすれば、イヴがこの店で働いていたことなど、すぐに上層部にバレてしまうだろう。

今でこそ、この業界で働く人達にも様々な立場や事情があり、決してバカにしていい仕事ではないと気付いたイヴであったが、当初の自分もそうだった通り、世間一般のこの業

界に対する偏見《へんけん》は強い。

ここで働いていたことがバレれば、せっかく学院で築いたイヴの信用や立場など、瞬時に地に墜《お》ちる。

それだけならまだしも、最悪、懲戒免職《ちょうかいめんしょく》もあり得る。

(そうなったら、私には、もうこの世界のどこにも居場所がないわ……だから、我慢《がまん》。……一時、我慢して、この屑の相手をするの)

そう、それだけ。

自分を殺し、我慢してやり過ごせば、それで丸く収まるのだ。

だから、イヴは覚悟《かくご》を決めた。

——だが。

これから、イヴが受けることになる屈辱《くつじょく》は、これまで誇《ほこ》り高く生きてきた彼女にとって、あまりにも過酷《かこく》なものであった。

同じテーブルにつき、カーズと隣《とな》り合ってソファーに腰掛け、必死に接客をするイヴ。

だが、そんな彼女をあざ笑うように……

「本当にわかってるの？　僕の話、理解できてる？　適当に相槌《あいづち》打ってるだけじゃない？

君にはちょっと難しかったかな？　ねぇ？」

「え、ええ、もちろん……」

「ほら、嘘《うそ》！　今、目、泳いだよ、フレアちゃん！　あはは、いいんだよ、無理しなくて！　女って皆《みんな》、バカなんだからさ！」

「……ッ！」

「早く！　ほら、早く注いで、遅《おそ》いって！　指示待ち人間だな、君は！　ほら、注いだら飲む！　ほら、飲んで飲んで飲んで！」

「う……その……これ以上は……」

「かぁ～っ！　女って本当に空気読めないなぁ～ッ！　僕、君のお客様なんだけど？　君って、本当に顔だけなんだね！　いやぁ参っちゃうな、あはははは！」

「…………ッ！」

「ちょ、ちょっと……カーズさん……どこ触《さわ》ってるんですか⁉　そ、そこは……」

「うるさいなぁ、けちけちするなよ……君、どうせ、顔と身体《からだ》しか価値のない女なんだからさ……」

「……～～～ッ！」

パワハラ、アルハラ、セクハラ……わざとやっているのかと思うくらい、ありとあらゆる屈辱がイヴを襲《おそ》った。

その度《たび》、グレンの目の端《はし》が敵意剝《む》き出しに吊《つ》り上がり……護衛の四人の魔術師達が、そんなグレンを牽制《けんせい》するように目を光らせる。

（くっ……私は大丈夫だから！　だから、抑《おさ》えて！　ダレス！）

イヴは訴えかけるような目をグレンへと送り続ける。

こうして、イヴは健気《けなげ》に、屈辱に耐《た》え続けていたのだが……

「よーし、決めた！　今夜は君を買ってやるよ！」

そんな言葉が、カーズの口から突《つ》いて出た時。

「……、」

もう、さしものイヴも限界だった。

「君、頭は悪いけど、顔と身体は一級品だからね！　……で？　いくら？」

「……当店ではそのような枕《まくら》営業は行っておりません。お引き取りを」

妙《みょう》に底冷えする声を放つイヴだが、酒気で顔を真っ赤にしたカーズはお構いなしに言い放った。

「ははは、ところで、君……元貴族だよね？」

「──ッ⁉」

カーズの妙に鋭《するど》い指摘《してき》に、イヴが硬直《こうちょく》する。

「ふふん、当たりぃ……僕みたいにこの界隈に精通してるとね……わかるんだよ……君みたいに落ちぶれてやってきた子はね。皆、君みたいなオーラ出してるんだ、〝こんなの違《ちが》う、私の居場所はここじゃない〟って……」

「…………」

「ぷっ！　僕ね、そんな落ちぶれた子を買うのが大好きなんだよね！　君みたいなお高くとまった子が、金に困った挙げ句、屈辱に震《ふる》えながら股《また》を開く瞬間《しゅんかん》とか、もう最高でさ！」

「…………」

イヴが固く拳を握《にぎ》りしめて俯《うつむ》き、黙っていると、カーズはさらに続けた。

「本当に女ってバカだよねぇ？　いくら外面だけ取り繕《つくろ》っても、もう貴人でもなんでもないのに。それに一度落ちぶれたらもう二度と戻《もど》れない、これがこの世界の厳然たるルー

ルだ。わかるかい？　君はこの底辺で、僕みたいな強い男に媚《こ》びながら生きていくしかないんだ……ほら、媚びなよ？　もし、具合が良かったら、しばらくは君を飼ってあげてもいいよ？　うん？」

　もう、イヴには何も聞こえない。

　限界だった。握りしめた手は白くなり、ぎゅっと固く瞑《つぶ》った目尻《めじり》には涙《なみだ》が浮《う》かぶ。不覚にも涙を堪《こら》えられない。

　なぜなら、〝一度落ちぶれたら二度と戻れない〟――そんなカーズの指摘は、イヴが家を勘当《かんどう》されて以来、ずっと抱《かか》えてきた不安だったからだ。

（もう無理ですって？　私が貴族に返り咲《ざ》くのが？　そんなの薄々《うすうす》わかってる……わかってるのよ……ッ！）

　だが、ここまでコケにされ、誇りを傷つけられ、黙っていられるはずがない。そこまで落ちぶれてはいない。

　たとえ、家を勘当されても……自分は貴族なのだから。

〝恩には報《むく》い、侮辱《ぶじょく》には剣《けん》を〟

（もう、どうなってもいいわ……思い知らせてやる……ッ！）

　ずっと、ひた隠《かく》していた逆鱗《げきりん》を的確に抉《えぐ》られてしまったイヴは、すでに感情の制御《せいぎょ》がま

るで利《き》かなかった。

ここで騒ぎを起こせば、イヴを襲うのは本格的な破滅《はめつ》だ。

でも、もうどうしようもない。

涙目になりながら、イヴは自分に残された最後の誇りを守ろうと、予唱呪文《ストック》を時間差起動《ディレイ・ブート》させ、炎《ほのお》を手から生み出そうとして――

「えっ⁉」

――だが、なぜか、イヴの手から炎は出なかった。

「残念ながら、当店では――」

その代わりにやって来たのは――

「――枕営業は禁止しておりまぁあああああああああああっすぅっ！」

猛然《もうぜん》と駆《か》け寄ってくるグレン。

その空気をブチ抜《ぬ》いて振り抜かれた右拳《こぶし》が、カーズの顔面にめり込む。

「ぎゃあああああああ――ッ⁉」

カーズは周囲のテーブルとソファーを盛大《せいだい》に破壊《はかい》しながら、ド派手に吹《ふ》き飛んでいった。

「ダレス⁉」

「ははは、悪いなフレア。俺、もう限界だわー、あっははは……、……お前を泣かせるや

つは許さねえ」

笑っているようで、まるで笑っていないグレン。全身の血が静かに沸騰《ふっとう》しているような威圧感《いあつ》。

その左手には──愚者《ぐしゃ》のアルカナが握られていた。

「ったく、この世間知らずのクソボンが……お前ごときに、あいつの何がわかるってんだ？　ああ？」

「ひぃっ⁉　な、なんてことするんだ、お前は⁉　くそっ、やれっ！　やってしまえ！」

顔面を醜《みにく》く変形させたカーズが、周囲の四人の魔術師《まじゅつし》達に吠《ほ》える。

四人の魔術師達が慌《あわ》てて、呪文《じゅもん》を唱え始めるが……なぜか、誰《だれ》一人として呪文を起動することができない。

「な、何やってんだ⁉　お前達、早くあいつを……」

だが、そんな風に、取り巻きの魔術師達がもたついている間に……

「うるせえ、寝《ね》てろ！　バカ共！」

グレンは電光石火の早業《はやわざ》で、あっという間に、魔術師達を全員、殴《なぐ》り倒《たお》してしまった。

「ひ⁉　ひぃいいい──ッ⁉　な、なんなんだ、お前は⁉」

「てめぇには、ちょっと、キツいお仕置きが必要だなぁ？　ほら、ツラ貸せや。ちょい裏

行こうぜ？　な？」

グレンは腰《こし》が抜けたカーズの首根っこを引っ摑《つか》み、ずるずると店外へと引き摺《ず》っていく

……

「だ、誰か助けて……助けてぇえええええええええええええ──ッ!?」

カーズの悲鳴が、みっともなく辺りに木霊《こだま》するのであった。

「ダレス……あ、貴方《あなた》は……」

イヴは、そんなグレンの背中を見つめ続けるのであった。

……。

「──つーわけで、俺、店辞《や》めることになったわ！」

全てが終わった後。

グレンは店の裏路地で、イヴを相手に、あっけらかんと話していた。

「カーズの奴《やつ》は、散々にボコってこの辺りの元締《もとじ》め（ルチアーノ家）に引き渡《わた》しといたから平和になるだろうが……流石《さすが》にこんな騒《さわ》ぎを起こしちゃな……ああくそ、学院にバレなきゃいいんだが……バレるよなぁ……はぁ～」

「…………」

イヴはそんなグレンを改めて見る。

グレンは魔術を使った。ゆえにグレンの『相貌失認化《そうぼうしつにんか》』はもう解けている。

イヴは、ダレスがグレンであることを、もう認識できている。

今までなぜ見破れなかったのか、そんな自分を不甲斐《ふがい》なく思うが、今となってはどうでもいい。

……魔法はもう解けた。

現実に返る時がやってきたのだ。

「そんじゃま、俺は消えるぜ。迷惑《めいわく》かけちまったな、フレア」

そう言って、グレンがイヴにくるりと背を向ける。

「あの屑《くず》の言うことなぞ気にすんな。お前ならいつか絶対に返り咲ける」

「⁉」

「なんだかんだ、お前は目の前のことを精一杯《せいいっぱい》に頑張《がんば》れる、いい女じゃねーか。一度や二度の挫折《ざせつ》が何だ？　いつか必ず、皆、お前のことを見直してくれるさ。だから頑張れよ、じゃあな」

最後にそう言い残し、グレンはイヴの前から去って行く。

「待って、ダレス！」

そんなグレンを、イヴはあくまで〝フレア〟として呼び止めた。

多分、それが今後の互《たが》いのためにも一番良いと思ったのだ。

これまでの二人の時間は、本来ありえない魔法の時間だったのだから。

「なんだ？」

「……本当に色々とありがとう。貴方に会えて良かったわ」

「ふっ。また、縁《えん》があればいつかな」

「会えるわよ。間違《まちが》いなく」

「……だと良いんだが」

そう言い合って。

互いに、微笑《ほほえ》みあって。

そっと別れるのであった。

これが、〝ダレス〟と〝フレア〟が交《か》わす最後の言葉となった。

——後日。

「ばっかじゃないの⁉　一体、何考えて生きてるんですか⁉」

学院校舎内にシスティーナのキンキン声が響《ひび》く、響く、響く。

「お金に困って、そんないかがわしいお店でバイトしてたなんて！　今までの功績との帳消しで、大減俸《げんぽう》だけで済んだだけ、ありがたく思いなさいよね⁉　ねぇ、聞いてる⁉」

「う、うるせぇ……頼《たの》む、勘弁《かんべん》してくれ……空《す》きっ腹《ぱら》に響くぅ……」

半ばミイラ化したグレンが、教卓《きょうたく》に突《つ》っ伏《ぶ》してカクカクと震え、システィーナが大説教。ルミアが苦笑いし、リィエルが目を瞬《しばたた》かせている。

まぁ、いつもの光景だった。

「やべ……俺、マジで餓死《がし》するかも」

「まったく！　本当に仕方のない人ですね！　し、仕方ないから、しばらくは私が、お、お弁当でも……」

だが、システィーナが髪《かみ》の毛をくるくるしながら、そっぽを向いて何事かを言いかけた、その時だった。

どんっ！　教卓に突っ伏すグレンの顔のすぐ傍《そば》に、バスケットが置かれた。

「あん？」

グレンが見上げれば……そこにはいつの間にか、実に不機嫌《ふきげん》そうなイヴが立っていた。

ジト目でグレンのことを見下ろしている。

「あれ？　イヴさん？」

「どうしてここに……」

そんなシスティーナ達の言葉には答えず、イヴはグレンへ言った。

「〝恩には報い〟……食べたければ、食べれば？」

「は？」

「こ、こんなのでよければ、しばらく私が作ってあげても……いいけど」

「……え？」

一方的にそう言い捨てて、ほんの少しだけ顔を赤くしたイヴが、くるりと身を翻《ひるがえ》して去って行く。

「あいつ、なんなんだ？　突然《とつぜん》……」

「さ、さぁ……？」

そんなイヴの意外過ぎる様子に、グレンとシスティーナは目をぱちくりするしかなく
……

「い、嫌《いや》な予感がするよ！　やっぱりこの状況《じょうきょう》、なんだか、すごく嫌な予感がするっ！どうしよう!?」

「？」

ただ一人、乙女《おとめ》の第六感センサーで何かを察したルミアが真っ青になって慌て、リィエ

ルが不思議そうに小首を傾《かし》げるのであった。

ちなみに、バスケットの中身……イヴがグレンへ渡した弁当のメニューは『塩茹《しおゆ》でパスタ・ソースなし』。

後で、二人がまた喧嘩《けんか》することになるのは、最早《もはや》、言うまでもない。

未来の私へ

To the Future Me

Memory records of bastard magic instructor

「あの〜、すみません……少し、お尋《たず》ねしたいことがあるんですけど……」

フェジテの、とある大通りにて。

通行人の一人に、おずおずと声をかける少女がいた。

アルザーノ帝国魔術《ていこくまじゅつ》学院の制服を纏《まと》い、純銀を溶《と》かし流したような銀髪《ぎんぱつ》と翠玉《すいぎょく》の虹彩《こうさい》を湛《たた》えた瞳《ひとみ》を持つその少女は、システィーナだ。

普段《ふだん》は、その楚々《そそ》と整った顔立ちに自信が満ちているが、今はどこか不安げだ。目はキョロキョロと周囲を上滑《うわすべ》りし、明らかに挙動不審《ふしん》である。

「あら？　その制服……あの学院の生徒さんね？」

声をかけられた通行人の婦人は、穏《おだ》やかに笑って応じる。

「ふふ、学生さんが一体、私に何の御用《ごよう》かしら？」

「その、つかぬことをお聞きしますが……今、聖暦何年でしょうか？」

「……？」

奇妙《きみょう》なことを問われた婦人は、しばらくの間、目を瞬《しばたた》かせていた。

やがて気を取り直し、婦人は少し戸惑《とまど》いながらも親切に答えた。

「ええと……今は聖暦1、8、7、3年だけど……それがどうかしたの？」

「はい、今は１８５３年じゃなくて、１８７３年。間違いありませんね？」

「え、ええ……まぁ……」

「あ、ありがとうございましたッ！」

すると、青ざめたシスティーナが、くるりと踵《きびす》を返し、走り去っていく。

婦人はそんなシスティーナの背中を不思議そうに見送るのであった。


「あ、改めて整理するわ！」

とある路地裏で、ルミア、リィエルと落ち合ったシスティーナは、震《ふる》える声で宣言した。

「私達の住んでいた時代は、聖暦１８５３年！　間違いないわね⁉」

「う、うん……そうだね」

ルミアも、どこか不安と動揺《どうよう》を隠《かく》せない表情で応じる。

「で、今は、聖暦１８７３年……これも間違いないわよね⁉」

「うん……たくさんの人に聞いて回ったけど、皆《みんな》、そう言ってたよ……」

「ん。間違いない」

すると、リィエルがいつも通り眠《ねむ》たげに口を開いた。

「わたし、新聞を拾った。この新聞のここに、１８７３って書いてある。……でも、これ

って何の数字？」
「ぁ、ぁああああ……ッ⁉」
きょとんと疑問を零《こぼ》すリィエルに応じる余裕《よゆう》もない。
システィーナは頭を抱《かか》えて、天に向かって叫《さけ》ぶのであった。
「わ、私達……本当に二十年後の世界にやって来ちゃったぁああああああああああ
ああ────ッ⁉」

ここで話は前後して──
「フゥハハハハハ────ッ！　不可能を可能に成し上げる男ッ！　このオーウェル＝シュ
ウザーがついにやったぞぉおおおおおお────ッ！」
──全ての発端《ほったん》は、学院の魔導《まどう》工学教授オーウェル＝シュウザーの新作発明品が完成し
たことであった。
「私はついに時間旅行を可能とする魔導装置の開発に成功したのだッ！　名付けて
『時間破壊突破大砲《タイム・ボカンキャノン》』ッ！　ククク、私は私の才能が恐《おそ》ろしいッ！」
研究室内に、オーウェルの狂気《きょうき》と歓喜《かんき》に満ちた叫びが響き渡《わた》っている。

そんなオーウェルの隣《となり》には、人が余裕で入れそうな、いかにも胡散臭《うさんくさ》い、大口径の大砲《たいほう》があった。

「嫌ぁあああああああ——ッ！」

猛烈《もうれつ》に嫌な予感しかしないその造形とネーミングに、システィーナは悲鳴を上げるしかなかった。

「むぅ……芋虫《いもむし》みたい。動けない」

「あ、あはは……どうしよう……」

早速《さっそく》、実験台として拉致《らち》された、システィーナ、ルミア、リィエルの三人は、全身ぐるぐるの簀巻《すま》きで、まったく身動きが取れない状態であった。

「ふっ！　なぜか、グレン先生が逃《に》げてしまったからな！　今回の実験台は代わりに君達というわけだ！　光栄に思いたまえ！」

「あの薄情者《はくじょうもの》ォオオオオ——ッ！」

「説明しよう！　この『時間破壊突破大砲《タイム・ボカンキャノン》』はッ！　大砲の弾《たま》代わりに君達を盛大《せいだい》に撃《う》ち出し、その勢いで時間と空間の壁《かべ》を破壊《はかい》し、限界突破《とっぱ》——」

「説明いいですッ！　わかる！　言わなくても大体わかりますからッ！」

「ちなみにッ！　今回の発明は、時間跳躍《ちょうやく》魔術の理論を、アルフォネア教授の監修《かんしゅう》の下《もと》、

共同構築したッ！　貴女《あなた》の惜《お》しみない協力に感謝ッ！」

「いやぁ、何か面白《おもしろ》そうだったから」

「混ぜるな危険んんんんッ!?」

とても良い笑顔《えがお》で、がっし！　と握手《あくしゅ》を交《か》わし合うオーウェルとセリカの姿に、システィーナは絶望にむせび泣くしかなかった。

「さぁ、早速、実験開始ッ！」

「大丈夫《だいじょうぶ》、痛くないぞ～、痛くないからな～、……多分」

セリカが、身動きが取れないシスティーナ達を一人一人抱えて、怪《あや》しげな大砲の中へと詰《つ》めていく。

「だ、だ、誰《だれ》か助けてぇえええええええええええええええ――ッ!?」

システィーナの悲痛な叫びも虚《むな》しく……

「時空干渉虚数法陣《かんしょうきょすうほうじん》・展開《オーバー・ロード》ッ！　四次元連鎖崩壊《れんさほうかい》術式・起動《フル・ドライブ》ッ！　第十三金鍵《ハイパー・》権能《バースト》・解放ッ！　時素励起段階《ルインマキシマムトランス》MAXッ！　目標設定、二十年後ッ！　ククク、見せてやるぜッ！　時を支配する〝黄金の力〟をッッッ！　……あ、点火します」

オーウェルは、大砲のお尻《しり》に引いてある導火線に、マッチで火を点《つ》けて……そして……

「……気付いたら、ここに居たんだったわ……二十年後のこの世界に」

システィーナは頭を抱えて盛大な溜《た》め息を吐《つ》くのであった。

「何⁉　何なの⁉　あの変態の能力は、確かに変態的に突《つ》き抜《ぬ》けてはいたけどさ⁉　それをさっ引いても、時空間転移なんて、いくらなんでもあり得ないでしょ⁉　バカなの⁉」

「し、システィ、落ち着いて……」

「これが落ち着いていられるもんですかッ！　〝時間を越《こ》えるのは、近代魔術《モダン》では不可能〟だって、アイリッシュが完璧《かんぺき》な魔術証明までしたっていうのにぃいいいい――ッ！」

「でも、あのシュウザー教授とアルフォネア教授が力を合わせたら……？」

「ああああああああ！　んもぉおおおおおおお――ッ！」

ルミアの妙《みょう》に説得力ある言葉に、システィーナは悶《もだ》え叫ぶしかない。

「と、とにかく！　事実として、私達は二十年後の世界へと来てしまったわ⁉　ど、どど、どうしよう、ルミアぁ～～ッ⁉」

そして、だーっ！　と、目幅《はば》の涙《なみだ》を流しながら、システィーナはルミアへと泣きつくのであった。

「う～ん……」

すると、こんな状況《じょうきょう》とはいえ、比較的《ひかくてき》落ち着いているルミアが、少し考えて言った。

「とりあえず、二十年後とは言ってもここはフェジテなんだから……きっと魔術学院もあるよね？　まずは、この時代のシュウザー教授を探してみない？　教授に会えば、きっと何とかしてくれると思う……」

「そ、それだわ！　さっそく、学院に向かいましょう！」

見えた光明に、システィーナは歓喜の表情で食いつくのであった。

こうして、自分達の時代へと帰るべく、行動を開始した三人娘《むすめ》達。

流石《さすが》、二十年後の世界というべきなのか、フェジテの街並みは、色々と様変わりしていた。

街のあちこちに知らない店や建物が増えていたりと、大体、こんな風に発展するんだろうな……という想像通りの変化を見せている。

だが幸い、ここがフェジテの街であることは間違《まちが》いなく、見覚えのある道や建物を辿《たど》りながら、三人は魔術学院へと急いでいた。

「はぁ～、そこまで大きく、街の構造が変わってなくて良かったわ……」

「ううん、すごく変わった」

システィーナの雑感を、珍《めずら》しくリィエルが語気強く否定する。

「……あそこの角にあった、苺《いちご》タルトの屋台……ない」

「ああ、あの屋台のおばちゃん、わりといい歳《とし》だったから……この二十年の間に、引退しちゃったのかもね」

「むぅ……困る。絶対に元のジダイへ帰ろう、システィーナ」

こんなことでようやく事態の深刻さを理解したらしいリィエルに苦笑いしつつ、歩いていると。

「ついたわ！　ここが二十年後のアルザーノ帝国魔術学院よ！」

一行は鉄柵《てっさく》に囲まれた学院の正門前へと辿り着いていた。

「これが二十年後の学院……？　なんか、全然変わってないね」

ルミアがちょっと、拍子《ひょうし》抜《ぬ》けしたように苦笑いする。

「まぁ……元々、歴史と伝統ある学院だから変化は少ないんでしょうね」

システィーナが肩《かた》を竦《すく》めて応じる。

よく見れば、正門を出入りしていく学院の女子生徒達の制服も、システィーナ達が着ているものとまったく同じであった。

と、そこでシスティーナが、とある困った事実に気付く。

「あ！　そういえば、学院には結界が張られていて、登録されてない部外者は出入りでき

ないんだったわ！」

「そうだったね……流石に二十年後の世界の学院に、私達が登録されているはずはないし……」

「となると、許可証が必要なんだけど……守衛になんて説明しよう？」

システィーナとルミアが頭を悩《なや》ませていると。

「システィーナ？　ルミア？　何をやってるの？　入らないの？」

リィエルがすでに正門をくぐって、敷地《しきち》内へと入っていた。

「あれっ⁉　普通《ふつう》に入れるの⁉　おかしいわね……？」

「二十年前の私達の登録が、まだ残っていたのかな？」

システィーナの疑問に、ルミアが小首を傾《かし》げて応じる。

「そ、そんなはずは……卒業と共に、登録は削除《さくじょ》されるはずなんだけど……うーん、どういうこと？」

「あはは、おかげで何も問題なく入れるからいいんじゃないかな？」

「まぁ……それもそうね……」

気にしても仕方ないし、都合が良いと言えば都合が良い。

一行はそのまま、学院敷地内へそそくさと侵入《しんにゅう》するのであった。

「さて、シュウザー教授の研究室は二十年前と同じ場所かしら？　そもそも、あの人、クビにならずにまだ、ちゃんと在籍《ざいせき》してるのかしら？」

「誰かに聞いてみる？」

「うん、そうしよう」

するとシスティーナは、ちょうど今、自分達とすれ違った女子生徒に向かって、声をかけた。

「あっ、ちょっと、すみませーん、そこの貴女、少し聞きたいことが……」

「……あぁん？」

すると、その女子生徒が、いかにも鬱陶《うっとう》しそうに振《ふ》り返った。

「……えっ？」

その女子生徒の姿に、システィーナは思わず硬直《こうちょく》した。

その女子生徒の纏《まと》っている制服は特注なのか、明らかに通常のものと規格が違っていた。

やたら長いスカートの裾《すそ》に、やたら長いケープの裾。

そして、鋲《びょう》付きのブレスレットやチョーカー、チェーンにピアスなどを身につけ、頭には『喧嘩《けんか》☆上等』などと東方語で書かれた鉢巻《はちま》き。なぜか、肩には鉄パイプを担《かつ》いでいる。

その女子生徒は、そんないかにも反体制的な不良少女であったのだ。

「おめー、なんか私に用か?」

やたら威圧《いあつ》的に聞いてくる不良少女。目つきがとても怖《こわ》い。

その整った美貌《びぼう》は間違いなく美人なのだが、とにかく怖い。

「あ、あ、ぁあああ……」

だが、システィーナが気圧《けお》されていたのは、そんな怖い雰囲気《ふんいき》ではない。

その不良少女の目鼻立ち、銀髪《ぎんぱつ》に翠玉《すいぎょく》色の目。どう見ても、システィーナの面影《おもかげ》がたっぷりだったのである。

ここは二十年後の世界。

そこにいる、自分そっくりの少女。

そんな符合《ふごう》から導き出される結論は決まりきっている。

「ぁあああああああああああああああああ──ッ⁉ あ、貴女はまさかぁあああああああ──ッ⁉」

「うっせぇ、黙《だま》れよこのクソアマ」

不良少女が鉄パイプでシスティーナのあごをしゃくり上げ、至近距離《きょり》でメンチを切ってくる。

「ひぃ⁉」

「おめー、人の顔見て、化け物見るみてーに吠《ほ》えるなんて、いい度胸してんじゃねーか？　あ、ごら」

「ご、ごめんなざいっ！」

「へっ……それで？　この泣く子も黙るフェリーナ様に何の用事だ？　つまんねーコトだったら、マジブッコロだかんな？」

「あわ、あわわわわわ……」

すっかり萎縮《いしゅく》したシスティーナは本来聞くべきことを忘れ、頭に浮《う》かんだ質問をそのまま投げてしまった。

「え、ええと……貴女の母親の名前って……な、なんていうんですか？」

「あぁん？　お袋《ふくろ》ぉ？」

フェリーナというらしい不良少女が不機嫌《ふきげん》そうに顔を歪《ゆが》め、システィーナの顔を深く覗《のぞ》き込んでくる。

「システィーナっつーんだが？　それがどうかしたかよ？」

「やっぱりぃいいいいいいいいいいいいいい――ッ⁉」

システィーナは頭を抱《かか》えて、天に向かって吠えるしかなかった。

（ということは何⁉　この子、私の娘⁉　二十年後の私の娘なの⁉　こんな反社会的な不良娘が、私の娘なの⁉　泣きたい！）

「そういえば、おめー……あのクソババアに似てんな。親戚《しんせき》か？」

そんな口汚《くちぎたな》いフェリーナに。

「ちょっと！　実の母親に向かって、クソババアとは何よ⁉」

ようやくいつもの調子が戻《もど》って来たシスティーナが抗議《こうぎ》する。

「あ⁉　いきなりなんだ、てめー？　やんのか、ゴラ⁉」

フェリーナがいきり立って、鉄パイプを向けるが、システィーナは素早《すばや》くそれを掴《つか》んだ。

「その汚い言葉遣《ことばづか》いをやめなさい！　制服もちゃんとしたのに着替《きが》えて！　ていうか、この鉄パイプは何⁉　こんなの完全に校則違反《いはん》でしょうが！　捨てなさい！」

「うっせえなッ！　これは私の魔導杖《まどうじょう》だよ⁉　魔術師が杖持ってて何が悪ぃんだ⁉　あ⁉」

「嘘《うそ》吐《つ》きなさいッ！　こんな杖があるもんですかッ！」

鉄パイプを互《たが》いに掴み合って、システィーナとフェリーナが睨《にら》み合う。

「ったくウゼェ！　さっきからお袋みてーなこと言ってんじゃねーよ⁉　なんなんだ、てめーは⁉」

「貴女《あなた》こそ何なのよ⁉　一体、どういう教育受けたらそうなるわけ⁉　くっ……絶対、父親のせいだわ！　そうに決まってるわ！」

と、その時だ。

「おい……うちのクソババアはともかく、親父《おやじ》のことを悪く言ったら許さねえぞ……？」

フェリーナの雰囲気が妙《みょう》に底冷えするものに変わって、システィーナが思わず怯《ひる》む。

その隙《すき》に、フェリーナはシスティーナの手を振りほどき、突《つ》き飛ばす。

「うちの親父はスッゲェ、カッコ良くて良いヤツなんだ……こんな私のことをちゃんと理解してくれる人なんだ」

「う……」

「へっ、正直、なんであのデキた親父が、あの口うるせぇババアを選んだのかサッパリだぜ」

「ぐ……」

「それにあのババア、夫婦《ふうふ》であることをいいことに、所構わず親父にイチャつきやがってぇ……私だって、もっと親父とイチャイチャしてーのに！」

「……え？」

「おまけに、あのババアの遺伝のせいで、私の胸も育たねーし！　ああああああ、思い

出すほど腹が立つ！」

「それは私のせいじゃなぁあああああああああああああいッ！」

脊髄《せきずい》反射で突っ込まざるを得ないシスティーナであった。

「ていうか何⁉　やっぱり、私、大人になっても育ってないの⁉　知りたくなかった！」

「お前、何言ってんだ？　アホか？」

するとフェリーナはうんざりしたように溜《た》め息を吐いて、くるりと背中を向けた。

「まーいい。ボコってやろうかと思ったが、なんか気分じゃねー。ふん……じゃあな」

そして、そのまま、その場を立ち去っていく。

「あ……」

システィーナはただ、その場に立ち尽《つ》くし、呆然《ぼうぜん》と見送るしかなかった。


「はぁ……そうよねぇ……二十年後だもんね……」

すっかり意気消沈《しょうちん》したシスティーナが、学院敷地内の道路を歩いていた。

「そりゃ、私だって、結婚《けっこん》して子供くらい出来ているよね……」

「そうだね……私達が卒業後、二十歳《はたち》くらいで結婚したとしたら……今頃《いまごろ》、私達と同い年くらいの子供がいるってことになるよね……」

溜め息を吐くシスティーナに、ルミアが苦笑いして応じる。

「それにしても、システィの娘《むすめ》さん……フェリーナさん、だっけ？」

「ん、すごかった。格好いい」

「ぁあああああ、言わないでぇええええええええ——ッ⁉」

こくこく頷《うなず》くリィエルに、システィーナはぶんぶん頭を振って、子供のように否定した。

「違う！　違うのよ！　私の子供があんな……あんなぁ～ッ！　私のせいじゃない！　絶対、父親のせいよ！　そうに決まってるわ！」

「ねぇ、システィ……そのことなんだけど……彼女のお父さんって……」

と、ルミアが何か重要なことを言いかけた、その時であった。

「ルミリア様！　ぼ、僕と付き合ってくださいっ！」

そんな鬼気迫《ききせま》る叫《さけ》びが突然《とつぜん》、三人の耳に飛び込んでくる。

システィーナが反射的に目をそちらへ向けると、そこには異様な光景が広がっていた。

「……え？」

まず、目につくのは、何人もの男子生徒を侍《はべ》らせた女子生徒だ。

遠目にも絶世の美少女とわかるその女子生徒は、元々攻《せ》めている制服を、さらに攻めた着こなしをしている。首のリボンを緩《ゆる》め、胸元《むなもと》を開け、スカートの丈《たけ》をギリギリまで短く

している。

様々なアクセサリーで、全身を飾《かざ》り、リップグロスやアイライナー、ファンデーション等でバッチリとメイクを決め、そのふわふわの金髪《きんぱつ》にはピンクのメッシュ。とてもお洒落《しゃれ》だ。

そんな、あざと可愛《かわい》さを極限まで高めた少女の足下《あしもと》に、一人の男子生徒が平伏《ひれふ》していた。

「ずっと貴女のことが好きだったんです……ぼ、僕もルミリア様の彼氏の一人に加えてくださいッ!」

「あはは、あなたも私の彼氏さんになりたいんだ?」

ひたすら平伏して頼《たの》み込んでくる男子生徒に、その美少女——ルミリアは朗《ほが》らかに微笑《ほほえ》んで言った。

「……で? あなたはこの私のために何ができるのかな?」

そして、周囲に侍る男子生徒達へ、順々に視線を移していく。

「アイク君はバカだけど、すっごく格好いいイケメンだし、ジェイ君はブサメンだけどとってもお金持ち。ルトガー君はすっごく頭良くて、宿題やテストを代わりにやってくれるし、ガレス君はとっても強いから、私の気に入らない人をお仕置きしてくれるの。他の皆《みんな》も、私にすっごく良く尽くしてくれるよ? それで……あなたは、私のために何がで

きるの？」

「そ、それは……」

　すると、平伏《へいふく》する男子生徒は意を決したように言った。

「僕には何もありません！　でも、ルミリア様を好きだという気持ちと、優《やさ》しさだけは誰《だれ》にも負けません！　僕は貴女を誰よりも大切にします！　だから――」

　その瞬間《しゅんかん》。

　ぐしゃっ！　ルミリアは朗らかな微笑みのまま、その男子生徒の頭を踏《ふ》みつけた。

　そして、もうその男子生徒には興味を失ったとばかりに、自分に侍る男達へとニコニコと振《ふ》り返る。

「さ、皆、行こう♪」

「る、ルミリア様ぁああ――ッ！　お願いします！　お慈悲《じひ》を！　お慈悲をぉおおおお――ッ!?」

「あはは、うるさいなぁ。あ、皆～、そこに落ちてるゴミ、どっかに捨てといてくれないかな？」

「「「御意《ぎょい》！　ルミリア様ッ！」」」

「NOOOOOOOOO――ッ！」

「あはは、まるで豚《ぶた》みたい！　お掃除《そうじ》ありがとう！　皆、大好きだよ！」

悪意の欠片《かけら》もなく、ルミリアがそう言い放った……その時だった。

「ちょっと、待ってください」

そんなルミリアの手を、語気強く摑む者がいた。

ルミアだ。

微《かす》かな憤《いきどお》りをその表情に浮かべて、ルミリアに詰《つ》め寄っていた。

「あなたは酷《ひど》いです。男の人は、あなたの便利な玩具《おもちゃ》じゃ……」

そう言いかけて、ルミアは言葉に詰まっていた。

なぜなら、そのルミリアの目鼻立ち、ふわふわの金髪、大きな青玉色の瞳《ひとみ》……どこをどう見ても、ルミアの面影《おもかげ》がたっぷりだったのである。

「……え？　えええ……？」

「あれ？　あなた、私のお母さんにそっくりだね？　ひょっとして、お母さんの親戚さんかな？」

額に脂汗《あぶらあせ》を浮かべて硬直《こうちょく》するルミアに、ルミリアがにこやかに問う。

「あの、つかぬことを聞きますけど……あなたのお母さんの名前は……？」

「え？　い、ルミアって言いますけど？」

「はぅうううううううううううううううううううう――ッ⁉」

　さも当然のように返ってきた答えに、ルミアは涙目《なみだめ》で、卒倒《そっとう》しそうな勢いで叫んでいた。

「ちょっと、ルミリア！　あなたは何を考えてるんですかっ⁉」

　そして、たちまち説教モードとなった。

「そ、そんなに男の人をたくさん引き連れて！　まるで召使《めしつか》いのようにあごで使って！　そもそも、全員、彼氏ってなんですか⁉　そんなふしだらなの絶対、駄目《だめ》だよ！　女の子はもっと貞淑《ていしゅく》にしなきゃ！　自分の一番大切な人に尽くすことが――」

　ルミアは顔を真っ赤にし、目をぐるぐるとさせながら、まくし立てるが。

「あはは、あなたもまるでお母さんみたいなことを言うんだね……何か古いなっていうのかなぁ……」

　ルミリアはにこやかに笑って、それを受け流していた。

「でも、私、そんなお母さんのことを凄《すご》く尊敬しているんですよ？」

「え？」

「はい。私のお母さんはとっても美人で、可愛くて、優しくて……皆に好かれる人でした。だから、皆、お母さんに親切にしてくれるんです」

「え？　……え？」

「でも、お母さんって、バカですよね……せっかく女神《めがみ》のようにモテていたのに、それを全然、利用しなかったんだもの。自分に向けられるたくさんの好意を断って、たった一人の男性に尽くしちゃうんだもの」

「…………」

「そんなの勿体《もったい》ないですよね？　だから、私はお母さん譲《ゆず》りのこの美貌《びぼう》を利用して、皆の愛されガールになるんです！　私はお母さんとは違《ちが》います♪　皆を利用して、人生イージーモードを送るんですぅ♪」

そんなことを、まるで天使か女神のような微笑みと共にのたまうルミリアの姿に……

（く、黒い⁉　この子、真っ黒だよぉ⁉）

ルミアは、足下が崩落《ほうらく》するような感覚を覚えていた。

そして、続くルミリアの呟《つぶや》きが、ルミアをさらなるどん底へと突き落とす。

「うふふ、こうして、世界一の愛されガールになって……いつか私、お母さんからお父さんを奪《うば》うんです」

「……え……？」

「いくらお母さんが美人だからといっても、私の方が若くてぴちぴち……いずれ……クス

クス……だから、そこらの十把一絡《じっぱひとから》げの男の子達に、この肌《はだ》に指一本触《ふ》れさせないもーん……だって私はお父さんのものだしー？　……クスクス……うふふ」

「あ、あああ……」

「それでは、お母さんの親戚《しんせき》さん、ご機嫌《きげん》よう。私、これから、彼氏さん達に餌《えさ》やり……じゃなくて、私の手作りのお弁当で、お食事会だから♪」

そんなことを、どこまでも妖《あや》しい笑みを浮《う》かべて呟きながら、ルミリアが去って行く。

「あ、あの子が……私の娘……」

ルミアは絶望のあまり、がっくりと崩《くず》れ落ちるしかなかった。

システィーナは、そんなルミアの肩《かた》を、ぽん、と叩《たた》いた。


ルミリアと別れた後。

システィーナとルミアは、学院校舎内を、とぼとぼと歩いていた。

オーウェルの研究室の場所は、道行く生徒に聞いたが、気は果てしなく重かった。

「ねぇ、ルミア……〝千の絶望が詰まった箱〟の逸話《いつわ》……知ってる？」

「うん……とある女の人が、うっかりその箱を開けちゃって、世界に様々な絶望や災厄《さいやく》が解き放たれちゃったんだよね。でも、その箱には、最後に希望が残るんだけど……」

「実はそれ、希望じゃなくて〝全てを知ってしまう〟という絶望だったのよね……それが世に放たれずに、箱に残ったから、逆説的に〝希望〟になったわけで……」

「……知らなくていいことって……あるよね……あはは……」

そんなとりとめもないことを言い合いながら、システィーナとルミアは深い溜《た》め息を吐《つ》くのであった。

「ん。わたしにはよくわからないけど……元気出して、二人とも」

そんな二人の顔を、リィエルが心配そうに上目遣《うわめづか》いで見る。

「早く、元のジダイに帰ろう？　そして、みんなで苺《いちご》タルト食べよう？　そうすれば元気出ると思う」

「そうね……」

システィーナが乾《かわ》いた笑みを浮かべた、その時であった。

「きゃあああ！　見て見て、学院生徒会長のリィンさんよ⁉」

「魔術《まじゅつ》の座学も実践《じっせん》も、常に首席の完璧超人《かんぺきちょうじん》！　我が校の誇《ほこ》り、リィンさんよぉおおっ⁉」

「ああん、いつ見ても素敵《すてき》……？」

廊下《ろうか》の向こうで黄色い声が上がり、システィーナ達は顔を上げる。

すると、一人の女子生徒が、周囲の羨望《せんぼう》と尊敬の眼差《まなざ》しを一身に集めながら、颯爽《さっそう》と歩いてくるのが見えた。

美しい淡青色《たんせいしょく》の髪《かみ》を、きっちりとリボンで結《ゆ》った少女だ。鋭《するど》く澄《す》んだ群青《ぐんじょう》の瞳には理知的な光が溢《あふ》れている。

可愛いというより美人、美人というより格好いい……まるで絵に描《か》いたようなクール・ビューティーがそこにはいた。

「ねぇ、このパターン飽《あ》きたわ……あの子、ひょっとして……」

「リィエルの……？」

システィーナとルミアが、リィエルと、リィンと呼ばれた女子生徒を、交互《こうご》に見比べる。

案の定、リィンにはリィエルの面影がありまくりだった。

「ま、まぁ、私達の子供達がいるくらいなんだから、リィエルの子供がいてもおかしくないよね……」

「で、でも……」

システィーナが、隣《となり》で目をぱちくりさせているリィエルと、こっちに向かって歩いてくるリィンの姿を、もう一度よく見比べる。

リィンは、小柄《こがら》なリィエルと違い、女性としては背がやや高めで、すらりとしている。

そして、その胸部装甲《そうこう》には、決定的なまでの戦力差があった。

女の子なら誰でも羨《うらや》むような、まるでモデルのように豊かな双丘《そうきゅう》が、リィンのそこにはそびえ立っていたのだ。

「──何か納得《なっとく》いかないッッッ！」

「ど、どうしたのシスティ⁉」

突然《とつぜん》、涙目で憤慨《ふんがい》するシスティーナに、ルミアがびっくりしたような目を向けるのであった。

「なんで⁉ 私のその呪《のろ》いは遺伝したのに、リィエルのは遺伝しなかったの⁉ ずるいでしょ、そんなのぉおおおお──ッ！」

システィーナが意味不明なことで大騒《おおさわ》ぎし始めた、その時である。

「……は、母上？」

三人娘《むすめ》達に気付いたリィンがふと足を止め、リィエルを凝視《ぎょうし》していた。

「母上……い、一体、なぜ、そのような格好で、こんな所に……？」

「え？」

「母上って……リィエルのこと？」

そんなリィンの言い回しに、戸惑《とまど》うシスティーナとルミア。

「そ、そういえば、リィエルは魔造人間……ひょっとして、二十年後もそんなに容姿が変わってないのかも」

「ああ、なるほど」

そして、二人が納得した、その瞬間《しゅんかん》であった。

じゃきん！　突然、リィンの手に巨大《きょだい》な剣《けん》が出現していた。

リィエルとまったく同じ、錬金術《れんきんじゅつ》による超《ちょう》高速武器錬成だ。

「はい？」

「え？」

硬直するシスティーナとルミア。

そして――

「母上ぇえええええええ――ッ！」

リィンが、いきなり目を血走らせ、リィエルに向かって神速で突進《とっしん》、稲妻《いなずま》のように斬《き》りかかってきたのだ。

「ん――」

当然、リィエルも大剣《だいけん》を錬成し、リィンの一撃《いちげき》を悠然《ゆうぜん》と受け止める。

大気がひしゃげ、耳をつんざくような衝撃音《しょうげきおん》。

大剣と大剣が激しく噛《か》み合い、周囲に剣圧が嵐《あらし》となって巻き起こる。

「きゃあああああ――ッ⁉」

システィーナとルミアが、その余波に巻き込まれ、もみくちゃにされながら吹《ふ》き飛ばされていく……

「流石《さすが》は母上！　この程度の不意討《ふいう》ちは通りませんか！」

「……いきなり、何？　あなた……わたしの敵？」

交差する剣越《こ》しに睨《にら》み合うリィンとリィエル。

「とぼけないでください！　〝父上ともっと多くの時間を共にしたかったら、このわたしを倒《たお》せ〟……かつて、貴女《あなた》はこの私に、そう仰《おっしゃ》ったじゃありませんか⁉」

「……ん？　言ったっけ？」

「言いました！　貴女はいつも父上をべったり独《ひと》り占《じ》めしていてッ！　だから、私が父上とべったりするため、私は貴女を倒すと誓《ちか》った！　そのために私は強くなったんです！」

そして、リィンは鍔《つば》迫《ぜ》り合いをやめ、ばっと飛び離《はな》れる。

「さぁ、尋常《じんじょう》に勝負！　死合いです！　今日こそ、私は貴女を超《こ》える！」

「ん。なんだかよくわからないけど……かかってきて」

「《かかって来るな》ぁあああああああああああああ――ッ！」

不意に、システィーナが、黒魔《くろま》【ゲイル・ブロウ】を即興改変《そっきょう》で唱えた。

「ぬわぁあああああ⁉　横槍《よこやり》とは卑怯《ひきょう》なぁああああ――ッ⁉」

巻き起こる収束突風《とっぷう》が、リィンを廊下の彼方《かなた》へと押し流していく。

「い、今のうちに行くわよ⁉」

「こんなところで騒ぎを起こしちゃ、駄目《だめ》だよ、リィエル！」

そして、その隙《すき》に、システィーナとルミアは、きょとんとするリィエルの手を引いて、脱兎《だっと》のごとく逃《に》げ出すのであった。


――とまぁ、そんなこんな、色々な苦労や心労の果てに。

「いやぁ、今日という日を待っていたぞぉ、三人ともぉおおお！　フゥハハハハハハハハハハハ――ッ！」

ようやく三人は、オーウェルの研究室へと辿《たど》り着いていた。

「今日、君達が私の前に現れるのはピッタリ計算通り！　二十年越しに実験は大成功というわけだな！　まぁ、わかっていたがな、天才だからな！　はーっはははははははははッ！」

二十年の歳月《さいげつ》を経て、見かけはいぶし銀な中年男性へと変貌《へんぼう》したものの、その言動はま

るで変化していないオーウェルが、三人を出迎《でむか》えていた。

「もう！　おかげでこっちは散々な目に遭《あ》ったんですよ⁉　早く私達を元の時代に帰してください！　ていうか、私達帰れるんですよね⁉」

システィーナは一番、不安な部分をオーウェルに問う。

だが、心配は無用だったらしい。

「当然！　元々、二十年前の私が未来に送った君達を、二十年後の私が元の時代へ送り返す……そういう計画だったのだ！　実際、君達は二十年前、未来へ送ってから、十分後に帰還《きかん》したという事実がある！　そこは心配しなくていい！」

「ほっ……それは良かった……」

安堵《あんど》の息を吐くシスティーナとルミアであった。

「それでは、早速《さっそく》、君達を元の時代へと送り返す準備をしようッ！」

オーウェルが、研究室の真ん中に鎮座《ちんざ》している巨大な何かにかかる、かけ布を、ばっ！と取り払《はら》う。

現れたのは、システィーナ達をこの時代へと送った、あの忌々《いまいま》しい『時間破壊突破大砲《タイム・ボカンキャノン》』だ。

「あ、やっぱりそれなんですね」

システィーナは、頬《ほお》を引きつらせてその大砲《たいほう》をジト目で見つめた。

「うむ！　しかし、専用の魔術火薬の調整や時空間照準装置の較正《こうせい》など、細かな準備が色々とある！　三時間ほど待っていて欲しい！」

「はぁ……まぁ、三時間くらいなら」

そして、早速、大砲に向かって作業を始めるオーウェルは、こんなことを言うのであった。

「よかったら、準備が終わるまで、二十年後の世界でも見学していったらどうだ？」

そして――

「時間までどうする？　ルミア」

システィーナ達は、何やら意味不明な作業に没頭《ぼっとう》するオーウェルを眺《なが》めながら、暇《ひま》をもてあましていた。

「うーん、三時間……まだ結構、かかるみたいだね……」

「むぅ……早く帰りたい」

手持ち無沙汰《ぶさた》なのは、ルミアもリィエルも同じらしい。ちょっぴり疲《つか》れたような表情をしていた。

「「「…………」」」

そして——沈黙《ちんもく》。不思議な沈黙が、三人の間を支配していた。

恐《おそ》らく、自分達が今、考えていることは、なんとなく一緒《いっしょ》なのだろう……そんな気がひしひしとする沈黙だ。

やがて、そんな沈黙に耐《た》えられなくなったのか。

「ねぇ、ルミア……今まで、なんとなく触《ふ》れないでいたことなんだけど……私、やっぱり、どうしても、気になることがあってさ……」

ふと、システィーナが呟《つぶや》いていた。

「……私達の子供のこと？」

「うん、それもあるけど……ほら、もっと気になること、あるでしょ？」

はぐらかすルミアをいなし、システィーナがぐっと核心《かくしん》に迫《せま》る。

「私達の子供……あの子達の父親って……一体、誰《だれ》なの？　私達、誰と結婚《けっこん》したの？」

「…………」

押し黙《だま》るルミア。

「それに……べ、別に他意はないんだけどさ……グレン先生って……一体、誰と結婚したの？　他意はないけど」

「…………」

さらに、押し黙るルミア。

「ケッコンって、よくわからないけど……わたし、ケッコンするなら、グレンがいいなって思ってた」

そして、リィエルが眠《ねむ》たげに、ぼそりとそんなことを言う。

沈黙。沈黙。沈黙。

やたら重苦しい沈黙が、三人の間に漂《ただよ》って……

「……探《さぐ》る？」

「……うん」

……やがて、そんな結論へと至っていた。

「あの……先生が誰と結婚してても、恨《うら》みっこなしにしようね？」

と、妙《みょう》にそわそわと緊張《きんちょう》しているルミア。

「べ、別にアイツが誰と結婚してようが、わ、私には関係ないけど！　……うん、そうね、恨みっこはなしね」

と、妙にそわそわと緊張しているシスティーナ。

「グレン……わたし達の誰かとケッコンしてくれていると、いいな」

そして、リィエルがいつも通り眠たげに、そんなことをぼそりと呟いて。

三人娘の未来での極秘《ごくひ》ミッションがスタートするのであった。


「……とはいえ、どう調べれば良いのかしら？」

「シュウザー教授は、尋《たず》ねても、意味深に笑うだけで教えてくれなかったしね……」

システィーナ達は、こそこそと学院校舎内を歩いていた。

「一番早いのは、私達の子供達に直接聞いてみることだよね」

「うう……でも、あの子達に会うの……なんか気が重いのよね……」

と、システィーナが溜《た》め息を吐《つ》いたその時だった。


どぉおおおんっ！


凄《すさ》まじい爆発音《ばくはつ》と共に、校舎が震《ふる》えていた。

「な、何⁉　何、今の音⁉」

「多分、中庭の方から聞こえてきたと思うけど……」

三人が戸惑《とまど》っていると。

「は、始まったぁ〜〜ッ！」

「我が校の名物トリオ！　フェリーナちゃん、ルミリアちゃん、リィンちゃんの仁義なき親子喧嘩《げんか》だぁ〜ッ！」

「中庭に急げ！　彼女達の戦いを見逃《みのが》すなッ！」

何人かの生徒達が、そんなことを叫《さけ》びながら、三人の傍《かたわ》らを急いで走り去っていく。

「……システィ」

「うん」

システィーナ達は、互《たが》いに顔を見合わせて頷《うなず》くと、その生徒達の後を追うのであった。

そして、学院の中庭には——

「うるせえ、クソババア！　私のことはほっとけってんだ！」

「あはは、見て見て、お母さん、この高級ブランドバッグ。おねだりしたら、ジェイ君が買ってくれたの♪」

「ここで会ったが百年目……お命頂戴致《ちょうだいいた》します、母上」

フェリーナ、ルミリア、リィンら、未来の子供達がいて……

「お、親に向かって何よ、その言葉遣《ことばづか》いは！　いい加減そのバカみたいな格好を止《や》めて、真面目に勉強なさい！」

「ルミリア、駄目だよ……男の人は、あなたの財布《さいふ》じゃないんだよ？　今日という今日は許さないからね！」

「……ん。リィン、また腕《うで》を上げた。でも、まだ弱い。返り討《う》ち」

身なりの良い三人の女性が、フェリーナ達と睨《にら》み合っていた。

その三人の女性については、最早《もはや》、言うまでもない。

歳《とし》を経て、ますます輝《かがや》かんばかりに美しく成長した（一人、ほとんど変わってないが）、未来のシスティーナ達であった。

ちなみに、未来システィーナの胸部は、やっぱり変化してなかった。

「あ、悪夢の光景だわ……」

「し、システィしっかり⁉」

頭を抱《かか》えて蹲《うずくま》るシスティーナを、ルミアが介抱《かいほう》する。

そんなシスティーナ達を余所《よそ》に、未来システィーナ達は、子供達と激しい口論を繰《く》り広げていく……

「大体、お袋《ふくろ》達、ズリィんだよ⁉　いっつもいっつも親父《おやじ》を自分達で独占《どくせん》しやがって⁉　親父はアンタラだけのもんじゃねーだろ⁉」

「し、仕方ないじゃない⁉　あの人はいつも仕事で忙《いそが》しいんだから！　たまの休日くらい

「無駄《むだ》だよ、フェリーナ姉さん。そんなことよりも、どうやったらお母さん達から、お父さんを奪《うば》えるか考えた方が利口だよ」

「もうっ！　ルミリアったら！　何度も言うけど、男の人は物じゃ——」

「ルミリア姉様の言うとおりです、フェリーナ姉様、やはり力尽《ず》くで父上を奪いましょう」

「ん。良い度胸。グレンは渡《わた》さない。かかってきて」

……そんな、親子達の会話を。

「……ん？　んん⁉」

システィーナは脂汗《あぶらあせ》をだらだらと流しながら、聞いていた。

「なんか……なんか、今の会話おかしくないですかね⁉　んんん⁉」

「あはは、そうだね……おかしいね」

流石《さすが》のルミアも、非常に複雑で曖昧《あいまい》な笑《え》みを浮《う》かべざるを得なかった。

「これって、ひょっとして……グレン先生って……」

「言わないでッッ！」

致命《ちめい》的な何かを言おうとしたルミアの口を咄嗟《とっさ》に塞《ふさ》ぐシスティーナ。

私達だって——」

「あり得ない！　そ、それだけはいくらなんでもあり得ないでしょ⁉　いくらアイツがロクでなしだからといって！　それだけは──ッ！」

そして、システィーナは、ルミアとリィエルの背中をぐいぐいと押して、元来た道を戻《もど》ろうとする。

「帰りましょう！　やっぱり未来のことなんか知るべきじゃないわ！　さっさと元の時代に帰って、ここで見聞きしたことは全部忘れて──ッ！」

と、その時だった。

「おいおい、グレン。見ろよ。連中、まーたやってるぞ？」

二十年後もまったく容姿が変わっていないセリカが、そんなシスティーナ達の傍らを歩いていって……

「ったく……俺の嫁《よめ》達と娘《むすめ》達は、しょーがねーなぁ」

一人の男性が呆《あき》れたような調子で、セリカの後をついていった。

二十年の歳を経て、相応の大人の貫禄《かんろく》を得てはいるが、間違《まちが》いない。

その男性は確かに、グレン＝レーダスであった──

「ま、そこが可愛《かわい》いところなんだが。いやぁ、俺は良い嫁さん達と、娘達に囲まれて幸せ──」

「《この・ロクでなし》ゃぁあああああああああああああ――ッ！」

瞬間沸騰《しゅんかんふっとう》したシスティーナが呪文《じゅもん》を叫ぶ。巻き起こる大爆発が、未来グレンを直撃《ちょくげき》する。

「ぬぉわぁあああああああああああああ――ッ⁉　なんか懐《なつ》かしいこの感覚ぅううううう――ッ⁉」

「アンタねぇえええええ――ッ⁉」

システィーナは、真っ黒焦《こ》げになった未来グレンの胸《むな》ぐらを摑《つか》んで引き起こす。そしてグレンの首をガクガクと揺《ゆ》すりながら、顔を真っ赤にして、目をぐるぐるさせて叫んだ。

「一体、何やってるのよ⁉　まさか、本当に、私達三人に手を出したっていうの⁉　教師が生徒に手を付けたの⁉　信じられないッ！」

「げぇえええええっ⁉　お前は白猫《しろねこ》⁉　ひょっとして、オーウェルのアホが話していた二十年前の⁉　あれマジ話だったのかよ⁉」

「百歩譲《ゆず》って、私達の誰かを選ぶのはいいとして！　まさかの三重婚《さんじゅうこん》⁉　ハーレム⁉　男の妄想《もうそう》⁉　馬鹿じゃないの⁉　いくらなんでも、やっていいことと悪いことがあるでしょおおおおおおお――ッ⁉」

「おいおい、落ち着けよ、二十年前のシスティーナ」

すると、セリカがそんなシスティーナの肩《かた》を叩《たた》いて宥《なだ》めた。

「しっかし、若々しいその姿……懐かしいなー。今じゃ、すっかり私の方が歳下の若輩《じゃくはい》者に見えるもんなー、約一名除いて」

「あ、あ、アルフォネア教授⁉」

システィーナがそんなセリカを、キッと睨みつける。

「貴女《あなた》はいいんですか⁉　こんな状況《じょうきょう》！　先生が私達三人と結婚《けっこん》して！　そんなの倫理《りんり》的に許され――」

「え？　私？」

すると、セリカはにへらっと笑ってデレデレしながら答えた。

「家族がたくさん増えて超嬉《ちょううれ》しい。可愛い嫁達や孫達に囲まれて、超幸せなんだけど？ここが天国か」

「貴女は元々、そういう人でしたねぇぇぇぇぇぇぇぇぇ――ッ⁉」

完全に聞く相手を間違えていた。

「やっぱ、先生が悪いんです！　これは一体、どういうことですか⁉　説明してくださいッ！」

そして、叱責《しっせき》の矛先《ほこさき》を未来グレンへと変える。

「いや……俺だって、流石に三人と結婚するなんてアウトだって思ってたよ……そのくらいの分別はあるぜ？」

「じゃ、なんで⁉」

「そりゃ……あれは確か、お前らが卒業してからしばらく経《た》った頃《ころ》だな……ある日、突然《とつぜん》、お前らがもの凄《すご》く真剣《しんけん》な顔で、〝私達三人と結婚してくれ〟って、言ってきて……」

「え⁉」

「当然、バカ言うなって、俺は何度も断ったぞ？　だが、どうしてもって、泣いて頼《たの》まれて……そうじゃないと私達、幸せになれないって言われて……だから、その……俺も男として、覚悟《かくご》決めたっつーか……」

「嫌《いや》ぁあああああああああああああああああああ——ッ！」

知りたくなかったさらなる驚愕《きょうがく》の事実に、システィーナが天を仰《あお》ぐ。

「るるる、ルミア⁉　どど、どうしよう⁉　この状況、私達のせいだよぉ——ッ⁉」

「私は、それでもいいかな……」

「ん。みんな、グレンとケッコンできてすごくよかった」

「ちょ⁉　ル、ルミア⁉　リィエル⁉　何言ってるの⁉」

と、場がさらなる混迷《こんめい》を極《きわ》めようとしていると。

「おーい、グレンと私が帰ったぞー」

「「「あっ⁉ お父さん、お婆《ばあ》ちゃんおかえり──ッ！」」」

フェリーナ、ルミリア、リィンが目を輝かせて、未来グレンと未来セリカの元へ駆《か》けつけ、取り囲む。

「なぁなぁ、親父！ ばーちゃん！ 聞いてくれ！ また、遠征《えんせい》で不良チームを四つ〆《しめ》たぜ⁉ 舎弟《しゃてい》も五千人を超《こ》えたし、帝国制覇《ていこくせいは》は目前だ！」

「私は、今月、新しい彼氏がまた十四人、増えました。有力な政府高官はほぼ私の下僕《げぼく》です♪ えへ？」

「私は姉様達ほどたいしたことではありませんが……帝国軍の人達に辻《つじ》千人組み手を挑《いど》んで、全勝しました」

「やるなぁ、お前ら！」

「いやー、流石、私の孫達だ。えらいえらい！」

ニコニコデレデレしながら、フェリーナ達を撫《な》でるグレン&セリカ。

「おかしい！ 何かおかしいって⁉ 褒《ほ》める要素どこ⁉」

「そんな、私の可愛い自慢《じまん》の孫達にお土産《みやげ》だ。『絶大な力を持つ悪魔《あくま》を舎弟にする禁忌《きんき》の魔導書《まどうしょ》』、『見つめただけで男を完全魅了《みりょう》支配する魔眼《まがん》』、『あらゆる物を絶対切断する禁

喧嘩上

断の魔剣《まけん》』……どうだ？　受け取ってくれるか？」

「「「わーい、ありがとう！　お婆ちゃん大好き――ッ！」」」

「子供に、何を渡しているんですかぁあああああああああ――ッ⁉」

最早、システィーナのツッコミは色々と追いつかなかった。

「なぁなぁ、親父、ばーちゃん、聞いてくれよ⁉　相変わらずお袋が、勉強しろ、真面目に学生しろってうっせーんだよ！」

「私達、もう必要ないのにね。お父さんとお婆ちゃんの指導のお陰《かげ》で、私、白魔術《しろまじゅつ》をもう極限まで極めちゃいましたし……」

「だよな⁉　私も親父達のお陰で、黒魔術《くろまじゅつ》、極めちゃったしな！　勉強することマジねーよな⁉」

「私は錬金術《れんきんじゅつ》です。お婆ちゃんを除いて、この帝国で私達に並ぶ使い手はいませんね」

「才能すっごいのね⁉　タチ悪いわね⁉　私達の子供達⁉」

すると、セリカがうんうんと頷《うなず》きながら、孫娘達へ言った。

「まぁまぁ。お前達の母親達も、お前達にきちんとして欲しいという親心から口うるさく言ってるんだ。そこはちゃんと汲《く》んでやらなきゃ駄目《だめ》だぞ」

「ば、ばーちゃん……でも……」

「かと言って、お前達はもう一人前の立派な魔術師だ。お前達のやりたい事や生き方もよくわかる……」

「わかるの⁉　わかっちゃ駄目でしょ、そこは！」

「……というわけで、だ」

システィーナのツッコミをさらりと流し、セリカがニヤリと笑った。

「魔術師と魔術師が、互《たが》いに流儀《りゅうぎ》と主張を違《たが》え、互いにそれらを譲れない時……やるべきことは昔から一つだ。……わかるな？」

こくん、と頷く孫娘達。

「ふっ……〝汝《なんじ》、望まば、他者の望みを炉《ろ》にくべよ〟……」

そして、セリカは両手を頭上で交錯《こうさく》させて叫《さけ》ぶのであった。

「レッツ、ファイッ！」

「うぉおおおおおおお――ッ！　死ね、お袋《ふくろ》ぉおおおおおお――ッ！」

「あはは！　今日こそ、私の精神支配魔術で私の下僕にしてあげるね、お母さん⁉」

「斬《き》る！　いいいいやぁあああああああああ――ッ！」

途端《とたん》、弾《はじ》かれたように、未来システィーナ達へ襲《おそ》いかかる子供達。

「煽《あお》るなぁあああああ――ッ⁉」

天に向かって突っ込むシスティーナ。

「なんて、生意気なッ！　返り討《う》ちにしてあげるわッ！」

「来て！　《銀の鍵《かぎ》》！」

「甘い！　いいいいいやぁあああああああああああ——ッ！」

そして、未来システィーナ達が、子供達を真っ向から迎《むか》え撃《う》つ。

たちまち、その場は稲妻《いなずま》と炎嵐《えんらん》が吹《ふ》き荒《あ》れ、空間と時間が歪《ゆが》み、剣戟《けんげき》が咆哮《ほうこう》する地獄《じごく》の戦場と化すのであった。

「ああああああああもうっ！　何なの⁉　コレ何なのぉおおおおおおおおおお——ッ⁉」

最早《もはや》、天変地異としか表現できないその壮絶《そうぜつ》な親子喧嘩《げんか》を前に、システィーナは頭を抱《かか》えて蹲《うずくま》るしかない。

「う、嘘《うそ》よ、こんなの……夢……こんなの夢に決まってるわぁああああああああああああ——ッ！　覚めて！　夢なら早く覚めてぇえええええええええ——ッ⁉」

と、その時である。

「へっ！　見せてやるぜ！　《其《そ》は摂理《せつり》の円環《えんかん》へと帰還《きかん》せよ・五素は五素に・象と理を紡《つむ》ぐ縁《えん》は乖離《かいり》せよ》——」

死闘《しとう》の最中、フェリーナが何やら不吉《ふきつ》な呪文《じゅもん》を唱え始める。

「え？　あの呪文……まさか……？」

「喰《く》らいやがれ、お袋！　ばーちゃんから教えてもらった、黒魔改《かい》【イクスティンクション・レイ】いいいいいいいいいいい──ッ！」

「孫になんてもの、教えてるのよぉおおおおおおおお──ッ⁉」

システィーナの魂《たましい》のツッコミも虚《むな》しく、フェリーナの手から、極光の波動が放たれて

──

「甘いわ、娘《むすめ》！　【イクスティンクション・レイ】──ッ！」

「って、未来の私も凄いのね⁉」

未来システィーナも、同じ呪文で迎撃《げいげき》する。

真っ向からぶつかる、二つの究極呪文。

当然、大爆発《ばくはつ》。

視界を埋《う》め尽くす極光。

世界が白く、白く、染め上げられていって──

「もう、嫌ぁああああああああああああああ──ッ⁉」

システィーナの叫びが、圧倒的《あっとうてき》な光と音の洪水《こうずい》の中に呑《の》み込まれていって──

そして――

「――ハッ⁉」

システィーナは弾かれたように、テーブルに突っ伏《ぶ》していた頭を起こしていた。

「はぁー……ッ！　はぁー……ッ！」

激しく暴れる心臓、炎《ほのお》のように熱く荒《あら》い息を吐《は》きながら、ぶんぶん首を振《ふ》って周囲を確《かく》認《にん》する。

そこは、学院附属《ふぞく》図書館の閲覧《えつらん》室であった。四方が書架《しょか》に囲まれ、ランプの光が、薄闇《うすやみ》を淡《あわ》く払《はら》っている。

テーブルの正面にはルミアが、その隣《となり》にはリィエルが腰掛《こしか》け、二人で教科書を開き、ルミアがリィエルに何かを教えている。

テーブルの上には、参考文献《ぶんけん》やノートが開きっぱなしで散乱していた。

「あ、起きたんだ」

システィーナの覚醒《かくせい》に気付いたルミアが朗《ほが》らかに微笑《ほほえ》んだ。

「システィったら、最近、頑張《がんば》りすぎだから……少しは休めた？」

（そうだ……そうだったわ……私達、放課後に、明日の魔術法学のテスト勉強を皆《みんな》でやってて……私、なんだか、急に眠《ねむ》くなってきちゃって……それで一眠りするからって……）

と、いうことはつまり。

「さっきまでの出来事は全部、夢……そうか、夢かぁ……はぁ〜〜……」

システィーナは心底、安堵《あんど》の息を吐《つ》くのであった。

そう、オーウェルがあんな大砲《たいほう》を作った事実なんてない。システィーナ達が未来に行った事実もない。

全部、夢だったのである。

（ど、道理でおかしいと思ったのよ……いくら教授達が凄いといっても、現代魔術じゃ時空間転移はできないことが証明されてるし……そもそも、重婚《じゅうこん》は法律違反《いはん》……うう……もっと早く夢だと気付くべきだったわ……）

システィーナは寝《ね》ぼけ眼《まなこ》をこすりながら、教科書をちらりと見る。

それは魔術法学——魔術関連の法律に関する教科書だ。

開かれた頁《ページ》には、魔術師の結婚についての各種法文が記載《きさい》されている。

重婚。流石《さすが》に、現在は法的に禁止されているが、一昔前までは後世のために、絶対に血を残さなければならない魔術師には、わりと重婚に関して法律が寛容《かんよう》であったらしい。

(それで、〝もし、重婚ＯＫだったらどうする？〟なんて、ルミアが冗談《じょうだん》言って、盛り上がって……だから、あんな夢を見ちゃったのかしら……？)

ぱたん……システィーナは盛大《せいだい》な溜《た》め息を吐きながら、教科書を閉じるのであった。

「どうしたの？　システィーナ、なんか変」

「ん。システィ」

「な、なんでもないわ」

立ち上がって伸《の》びをし、何度も深呼吸をして、未《いま》だ動転している気を落ち着かせるシスティーナ。

そして、ふと思うのであった。

(もし、将来、私が結婚して……子供ができたら……うん、教育と躾《しつけ》だけは、ちゃんと、しっかり、きちんとやろう……絶対に……うん……ッ！)

そんなことを、システィーナが未来の自分へと誓《ちか》っていると。

「おーい、お前ら。そろそろ、閉館の時間だぞー、はよ帰れー」

ちょうど、その時。

通路の奥から、グレンがのっそりと現れていた。

「ま、勉強熱心なのは褒めてやるけどな」

「あ⁉　先生⁉」

するど、未だ少し夢見心地《ゆめみごこち》なシスティーナは、グレンの姿を見た瞬間《しゅんかん》、反射的に叫んでいた。

「言っておきますけどね！　先生と私の子供には、ちゃんとマトモな教育とマトモな躾を、しっかりきっちりしますからねッ⁉　先生みたいな、いい加減な放任主義、私は絶対に、絶対に許しませんからねッ⁉」

途端。

「「「…………」」」

グレン、ルミア、リィエルの目がシスティーナに集まる。

「……あ」

圧倒的な沈黙《ちんもく》がその場を支配し、システィーナが頬《ほお》を引きつらせる。

じわじわと自分の言った言葉の意味を理解していき、そして、その顔がみるみる真っ赤に沸騰《ふっとう》していく。

「あのー、白猫《しろねこ》？　お前、藪《やぶ》から棒に何言ってんだ？　大丈夫《だいじょうぶ》か？」

「嫌《いや》ぁぁぁぁぁぁぁぁぁぁぁぁぁぁぁぁぁぁぁぁぁぁぁぁぁぁぁぁああああ——ッ！」

涙目《なみだめ》になったシスティーナは、大混乱のままに周囲の本を引き抜《ぬ》き、次々とグレンへ投げつけるのであった。

「痛ぇ⁉　えええ⁉　何⁉　一体、俺が何をしたぁ⁉」

「忘れろぉ⁉　忘れてぇ！　お願い忘れてくださいぃいいいい――ッ！」

「ぎゃあああああ――ッ⁉　何なのこの理不尽《りふじん》⁉　泣いていい⁉」

――なんだかんだで。

今日も学院は平和なのであった。

特務分室のロクでなし達

Bastards of the Special Missions Annex

Memory records of bastard magic instructor

ルヴァフォース聖暦1853年グラムの月10日。

自由都市ミラーノで開催《かいさい》された世界魔術《まじゅつ》祭典とアルザーノ―レザリア首脳会談――そして、その裏側で発動してしまった【邪神《じゃしん》招来の儀《ぎ》】。

唐突《とうとつ》に始まった世界滅亡《めつぼう》のカウントダウンに世界各国が混乱を極《きわ》める中、アルザーノ帝《てい》国《こく》軍統合参謀《さんぼう》本部長アゼル＝ル＝イグナイト卿《きょう》がその醜《みにく》い野心を燃え上がらせ、アルザーノ帝国女王アリシア七世に対し、これ好機とクーデターを引き起こす。

イグナイト卿率いる賊軍《ぞくぐん》の電撃《でんげき》戦とその戦力差に、女王率いる友軍は為《な》す術《すべ》なく敗走。

そして、ミラーノはたちまち賊軍の完全支配下に置かれてしまう。

一方、その頃《ころ》――

女王の懐刀《ふところがたな》でもある帝国宮廷《きゅうてい》魔導士《まどうし》団特務分室のメンバー達――《星》のアルベルト、《法皇》のクリストフ、《隠者《いんじゃ》》のバーナードの三人は、そんな女王の窮地《きゅうち》に駆《か》けつけるべく行動を開始しようとしていた。

が、盤面《ばんめん》の膠着《こうちゃく》状態を狙《ねら》う天の智慧《ちえ》研究会第三団《天位《ヘヴンス・オーダー》》【神殿の首領《マジスタ・テンプリ》】パウエル＝フューネの妨害《ぼうがい》工作に遭《あ》い、やむを得ず交戦。

その次元違《ちが》いの実力差に、特務分室の三人は手痛い敗北を喫《きっ》してしまう。

戦闘《せんとう》行動不可能な状態まで追い込まれた彼らは、賊軍の目から逃《のが》れるため、その傷ついた身体《からだ》を引きずって、命からがら某所《ぼうしょ》に潜伏《せんぷく》せざるを得なかった。

状況《じょうきょう》は——一言で表せば、最悪。

かつてないほどの苦境が、特務分室の三人に重くのし掛《か》かっているのであった——

「アルベルトさん、バーナードさん……身体の調子はどうですか？」

ミラーノに存在する、とある場末の聖堂の地下墓地内《カタコンベ》にて。

緩《ゆる》くウェーブする髪《かみ》が特徴《とくちょう》的な十代後半の少年——クリストフの案ずるような言葉が、狭苦《せまくる》しい空間に反響《はんきょう》した。

先刻のパウエルとの戦闘で全身酷《ひど》く負傷したクリストフは、墓所内に立ち並ぶ石柱の傍《そば》に力なく座り込んでいる。

「かぁ〜っ！　かつてないほど最悪じゃわい！　痛い！　痛すぎる！　泣きたい！」

床《ゆか》に安置されている棺《ひつぎ》の上に腰《こし》かける初老の男——バーナードが、がっくりと項垂《うなだ》れながら、子供のようにぼやく。

「俺達は先の戦闘で治癒《ちゆ》限界に達してしまった。しばらくの間、法医呪文《ヒーラー・スペル》はほとんど利《き》かない。……自然治癒に頼《たよ》るしかない」

石壁《いしかべ》に背を預けて佇《たたず》むアルベルトの声も、いつになく重い。

バーナードもアルベルトも、クリストフに負けず劣《おと》らず負傷している。身体に傷のない部分はなく、その身に纏《まと》う魔導士礼服はボロボロの血塗《ちまみ》れだ。

特に、アルベルトは右腕《みぎうで》と右眼《みぎめ》の負傷が激しく、右腕はだらりと下げられ、右眼には包帯が雑にぐるぐると巻かれていた。

周囲の壁のくぼみや床に、誰《だれ》の物とも知れぬ無数の棺が並ぶ、手狭《てぜま》な地下墓地内《カタコンベ》。

そんな空間の真ん中に、唯一《ゆいいつ》焚《た》き火のように灯《とも》された魔術の光源。

その頼りない光がぼんやりと照らし、闇《やみ》から浮《う》かび上がらせるのは、傷ついた三人の魔導士達の深刻そうな表情であった。

「加え、魔力体力の消耗《しょうもう》が加わり、俺達三人の戦闘能力《パフォーマンス》は著《いちじる》しく低下している。万全《ばんぜん》な状態の約三割といったところか」

アルベルトの冷静な分析《ぶんせき》に、バーナードが表情を苦くした。

「外の状況はどんなじゃ？　クリ坊《ぼう》」

「ええ……魔術で観測は続けていますが、やはり芳《かんば》しくない状況です」

クリストフは、ミラーノ都市内に隠密《おんみつ》起動している索敵《さくてき》結界を覗《のぞ》きながら、力なく首を振《ふ》りつつ言った。

「女王陛下の行方《ゆくえ》は完全に不明です。現在の賊軍の動きや配置から、討《う》ち取られたり、捕《と》らえられたりといった可能性は低いですが……逆に言えば、首尾良《しゅびよ》くミラーノを脱出《だっしゅつ》できた可能性もまた低いでしょうね」

「ほむ？　となると、どこ行ったんかの？　アリシアちゃん」

するると、そんなバーナードの問いにアルベルトが口を挟《はさ》んだ。

「ミラーノ全域の霊脈《レイ・ライン》変動値から推測するに……恐《おそ》らく異界化の結界を使って、ミラーノの何処《どこ》かに潜伏したのだろう。このミラーノには、《王者の法《アルス・マグナ》》能力を持つルミア＝ティンジェルがいる。彼女の力を使えば、決して不可能な話ではない」

「ははーん？　さてはアリシアちゃんと一緒《いっしょ》にいたグレ坊が、上手《うま》くやったかの？」

「あの男は間抜《まぬ》けだが、土壇場《どたんば》になれば抜け目ない。その可能性は高いだろうな」

バーナードが察したように頬の端《はし》を吊《つ》り上げ、アルベルトが静かに頷《うなず》く。

「ただ、もし、陛下が異界内に潜伏しているならば、それは一時しのぎに過ぎん。世界は矛盾《むじゅん》を許さない。即興《そっきょう》の異界は何時か必ず崩壊《ほうかい》する」

「じゃな。今の内に手を打たんと……それで、クリ坊？　なんとかしてアリシアちゃんと連絡《れんらく》はつかんかの？」

「……それは……すみません、無理ですね」

バーナードの問いに、クリストフが力なく首を振った。

「もし、予想通り異界化の結界を使用して潜伏したのであれば、僕達がいるこの現世と異界では存在位相が異なります。あらゆる魔術を利用しても連絡はつかないでしょう」

「まあ、そらそうな」

バーナードが頭をかいて溜《た》め息を吐《つ》くと、アルベルトも補足した。

「抑《そもそ》も、俺達の潜伏が紙一重の状態だ。此方《こちら》から何らかの魔術を使用して、友軍に渡《わた》りを取ろうとした瞬間《しゅんかん》、いくら秘匿《ひとく》しようがその魔術回線を傍受《ぼうじゅ》され、察知される」

「ああー、確かにリディアちゃん、抜け目なさそうじゃしのう……そうなったら戦闘能力がめっちゃ低下してる、わしらは一巻の終わりじゃのう」

「外では、賊軍がその大兵力を生かし、ミラーノ全域に格子《こうし》状展開しています。せめて、友軍と連携《れんけい》が取れなければ、僕達には万に一つも勝機はありません」

「ぐぬぬ……今、アリシアちゃん側には、グレ坊の他にイヴちゃんもおるんじゃろ？　確かに友軍と賊軍の戦力差は絶望的じゃが、イヴちゃんが指揮執《と》ってくれりゃあなぁ」

「どうだろうな。あの女はああ見えて精神的に惰弱《だじゃく》なところがある。……友軍側に与《くみ》したのであれば、実の父親と姉と敵対することになる。今のあの女が、果たして真面《まとも》に指揮を執れる状態かどうか」

「じゃろうなぁ……意外とメンタル弱いのが玉に瑕《きず》なんじゃよなぁ……あの子」

はぁ～っと。

バーナードの深い溜め息が、薄暗《うすぐら》い地下墓地《カタコンベ》の空間に霧散《むさん》していく。

改めて状況を整理すれば整理するほど、あらゆる状況が最悪であった。

不利材料・不安要素ばかりが山のごとしで、有利材料は何一つ見当たらない。

これがもし戦戯盤《チェス》ならば、いかなる達人でも即座《そくざ》に両手を挙げて投了《とうりょう》を宣言すること
だろう……そんな状況だ。

だが――

「……む？　どうした？　クリ坊」

バーナードが、ふと気付いたように、クリストフへと声をかける。

「大丈夫《だいじょうぶ》かぁ？　お主。こんな詰《つ》んだ状況だってのに、ニヤニヤ笑っちまって」

「……あれ？　僕、笑っていましたか？　これは失礼」

すると、クリストフが口元を押さえながら言った。手で自分の顔を触《さわ》ると、ニヤニヤ
……とまではさすがにいかないが、確かにバーナードの指摘《してき》通り、微《かす》かな笑《え》みが浮かんで
いたことに気付く。

「やれやれ……なんだか随分《ずいぶん》と余裕《よゆう》そうじゃのう？　ホンマ、大丈夫かぁ？」

そんなクリストフの様子を少し心配したのか、バーナードが呆《あき》れたような声を上げ、アルベルトも鋭《するど》い表情を変えずにクリストフをじっと流し見ている。

「ははは、いえ、すみません。余裕というわけではないのですが……」

すると、クリストフはほんの少しばつが悪そうに苦笑《くしょう》しながら、こめかみをかく。

「……少し、思い出したことがありまして」

「思い出したことじゃと？」

「ええ。まぁ、昔のことです」

穏《おだ》やかに頷き、クリストフは地下墓地《カタコンベ》の天井《てんじょう》辺りをつと見上げた。

そして、過去の記憶《きおく》へ、ぼんやりと思いを馳《は》せ始めるのであった――

――――。

クリストフ＝フラウルは、結界魔術の大家フラウル出身の若き魔術師だ。

同じ貴族でありながら、イヴのイグナイト家とは違い、クリストフのフラウル家は武門ではなく、真理を探求する研究者としての魔術師の家系であった。

だが、幼い頃から女王アリシア七世に目通りがあったクリストフは、早くに亡《な》くした母

親のように接してくれる女王に、そして、その卓越《たくえつ》した能力やカリスマ性に心酔《しんすい》。次第《しだい》にそのフラウルの秘伝の結界魔術を、帝国のため、女王陛下のために役立てることを望むようになる。

長じたクリストフは家の反対を押し切って、当然のようにアルザーノ帝国軍士官候補学校に入学。職業軍人としての魔術師——即《すなわ》ち『魔導士』の道を志す。

クリストフは生来、虫も殺せぬ心優《やさ》しく穏やかな性格であり、当初は彼に軍人など向いていないと誰もが思っていた。軍学校入学試験時の適性試験の試験官も、クリストフを落とすか否《いな》か、ギリギリまで迷ったという。

だが、彼には知られざる本性《ほんしょう》——その穏やかな心の奥底に秘めたる不屈《ふくつ》の闘志《とうし》と、何より誰にも負けない女王陛下に対する忠誠心があった。

入学当初こそ平凡《へいぼん》だったが、クリストフはそんな気性に支えられ、地道で粘《ねば》り強い鍛錬《たんれん》の果てに頭角を現す。〝直接的な戦闘では然程《さほど》目立たぬものの、結界魔術を瞬時に展開し、部隊の戦術を大幅《おおはば》に広げられる希有《けう》な人材〟と、その価値を理解できる者達からは高い評価を下される魔導士として成長していく。

そして、アルザーノ帝国士官候補学校での充実《じゅうじつ》した時間は飛ぶように過ぎて。

それは——卒業と仕官を目前に控《ひか》えた、とある日のことであった。

アルザーノ帝国《ていこく》首都、帝都オルランド郊外《こうがい》。

五つの巨大《きょだい》な塔《とう》からなる帝国宮廷魔導士団《きゅうていまどうし》の総本部──『業魔《ごうま》の塔』にて。

「よう、クリストフ！　今日の模擬《もぎ》魔術戦の結果はどうだった⁉」

所用で塔内の廊下《ろうか》を歩いていたクリストフが、突然《とつぜん》、背後から駆《か》け寄って来た何者かに肩《かた》を組まれて、たたらを踏《ふ》んだ。

「っと、とと……やぁ、ベア」

クリストフがその何者かの正体を確認《かくにん》し、苦笑する。

線の細いクリストフより一回り大柄《おおがら》で、いかにもやんちゃ坊主《ぼうず》感溢《あふ》れるその少年の名はベア＝フリーデン。どこか女性的なクリストフとは見かけも気質も正反対なベアは、クリストフの同期生であり、士官候補生寮《りょう》の同室の友人であった。

「ちなみに、俺は全戦全勝だったぜ？　最近、俺、絶好調みたいだ！」

「あはは、凄《すご》いじゃないか、ベア。僕は勝ちはなかったな……負けもなかったけど」

「ああー、今日のルールじゃ、やっぱそんなかぁ」

ベアが苦笑いしながら、クリストフの肩をポンポンと叩《たた》く。

「うん……僕はベアと違《ちが》って攻性呪文《アサルト・スペル》に決定力がないからね。君が羨《うらや》ましいよ」

「何言ってんだ？　それでも負けなしってのは凄いことじゃねーか。それに、お前は一対一の戦いで力発揮するタイプじゃないだろ？」

ベアがニヤリと笑って言った。

「チーム戦だったら、お前の所属したチーム、今年に入って負けなしだろ？」

「そうだったかな？」

「そうだよ、ちゃんと数えとけ。だから、俺はいつもお前と組みてえし、ぶっちゃけ、運悪くお前が敵チームに回った時は諦《あきら》めてるぜ」

大仰《おおぎょう》に肩を竦《すく》めてみせるベア。

苦笑するクリストフ。

地獄《じごく》のような訓練の三年間で培《つちか》った絆《きずな》が、談笑《だんしょう》する二人の間に確かにあった。

「しかし、今日の模擬魔術戦……なんか、上の連中がえらく視察に来てたよなぁ？」

「僕らの卒業と仕官も、もう近いからね。帝国軍の各部署が、自分の所に欲《ほ》しい人材を、今の時点からチェックしているんじゃないかな？」

「やっぱ、そうか？」

すると、ベアがクリストフの耳元へ口を近付けて、囁《ささや》くように言った。

「実はここだけの話……俺、あのクロウ＝オーガム百騎長《ひゃっきちょう》から声がかかったんだ……

〝卒業後はウチに来ないか？〟ってさ」

「……クロウ百騎長？　ということは、あの鬼《おに》の精鋭戦闘部隊《せいえいせんとう》、帝国宮廷魔導士団第一室からのスカウトってこと⁉　凄いじゃないか！」

帝国軍には様々な部隊・部署が存在するが、帝国宮廷魔導士団第一室は、間違いなく帝国軍の中でも精鋭中の精鋭、最強部隊の一角だ。直接的な荒事《あらごと》・戦闘行動を行わせれば、右に出る部隊はいないとまで言われている。

クロウ＝オーガムは、そんな部隊のエースとして軍内で鳴らしている。そんな人物から声がかかるあたり、ベアは将来性も含《ふく》めて上層部で相当に評価されているのだろう。

「はは、あんがとな。なんかこう……貧乏《びんぼう》貴族の三男坊《ぼう》だった俺も、やっと人から認められたみたいで嬉《うれ》しいぜ。まぁ、まだどうなるかわからんけどな」

自慢《じまん》げに鼻を擦《こす》りながら、ベアが続ける。

「つか、クリストフ。お前はどうなんだ？　俺はお前にも、何らかのスカウトがかかってると思うんだが？　教えろよ、俺とお前の仲だろ？」

「えーと……」

すると、クリストフが頬《ほお》をかきながら、ちょっと言い辛《づら》そうに言った。

「実は……王室親衛隊《ロイヤル・ガード》から声がかかっていたり……して」

「ろ、王室親衛隊《ロイヤル・ガード》ォ⁉」

　思わず声がひっくり返ってしまうベア。

　王室親衛隊《ロイヤル・ガード》──女王陛下と王室を直接守護する、帝国軍最大の栄誉《えいよ》ある〝選ばれた〟部隊である。もちろん、第一室と並んで最強部隊の一角だ。

「軍卒したての新人が、いきなり王室親衛隊《ロイヤル・ガード》なんて聞いたことねーぞ⁉」

「それに、帝国宮廷魔導士団情報調査室、帝都防衛近衛騎士団《このえきしだん》、国境警備師団第一魔戦隊……後、帝国軍魔導技術開発局からも……」

「ど、どれもこれも、帝国軍に名高き精鋭部隊じゃねーか⁉」

　ベアが、がっしとクリストフの首に腕《うで》を回す。

「おっまえ！　僕には関係ないよ～的なツラしといて、俺以上にスカウト来てんじゃねえか！　羨ましすぎるぜ、この！　この！」

「ご、ごめんよ！　別に隠《かく》すつもりはなかったんだけど！」

　茶化すように首を絞《し》めてくるベアの腕を、クリストフがばしばしと叩く。

「まぁ、やっぱ、俺みてえな脳筋より、お前の方が貴重で引っ張りダコだよなぁ。お前一人いりゃ色々できるし、仲間の力を引き出すの上手《うま》いしな」

「そうかな？」

「そうなんだよ。で？　お前、どうするんだ？　所属希望先」

ベアがクリストフの顔を横から覗《のぞ》き込んで聞いてくる。

「やっぱ、王室親衛隊《ロイヤル・ガード》か？　まぁ、そうだろうな？　お前、女王陛下大好きだもんな？」

すると。

「…………」

しばらくの間、クリストフが押し黙《だま》って、言った。

「……ベア。実は、もう一つ、こんな僕に声をかけてくれている部署があるんだ」

「げっ⁉　まだ、あんのかよ⁉　どこだよどこだよ⁉　ゲロっちまえ！」

興味津々《きょうみしんしん》とばかりに目を輝《かがや》かせてくるベアへ、クリストフが言った。

「帝国宮廷魔導士団、特務分室……」

途端《とたん》、ベアが素《す》っ頓狂《とんきょう》な声を上げた。

「と、特務分室ぅ〜〜ッ⁉」

「そうなんだ。第一志望としてはやっぱり、ベアの言う通り王室親衛隊《ロイヤル・ガード》なんだけど……なんだか、妙《みょう》にこの特務分室のことも気になっててさ……」

そんな困ったような表情を浮《う》かべるクリストフへ、ベアが慌《あわ》てて言った。

「や、やめとけやめとけ！　特務分室だけはやめとけ！」

「いや、確かに第一室や王室親衛隊《ロイヤル・ガード》を表の最強部隊とするなら、特務分室は裏の最強部隊とか言われてるし、そんな特務分室に憧《あこが》れている連中も少なくねえけどさ！　友人として警告する、そこだけはやめとけ！」

目を瞬《しばたた》かせるクリストフへ、ベアが凄むように説明する。

「まず、公《おおやけ》に出来ないような汚《よご》れ仕事や裏仕事ばっかりらしい。それに回ってくる任務はどれもこれも超《ちょう》難度。そんな危険な任務ばかりだから人員の損耗《そんもう》率もアホみてえに高えらしく、しょっちゅう人が入れ替《か》わってる。今だって席に空きが多いそうだ。安心かつ安寧《あんねい》に人生を歩みたかったらな……」

「ありがとう、ベア。僕を心配してくれてるんだね？　でも、安心かつ安寧に人生を歩みたかったら、軍隊になんか入ってないよ」

クリストフがくすりと微笑《ほほえ》む。

「この限られた命で何を為《な》すか、どう生きるか。僕はそこに安寧以外の意味と価値が欲しいからここに居る。……それは君も同じだろう？」

「ベア？」

「まぁ、そりゃそうだがな……はぁ～、そいえば、お前ってそういうやつだったたな。本当に見かけと中身が一致《いっち》しねえ野郎《やろう》だ」

ベアが肩を竦めて、呆《あき》れたように言った。

「まぁ、それをさっ引いても特務分室はやめとけ。こんな特殊《とくしゅ》な部署に好き好んで集まるような連中だ。どっか一風変わったおかしな奴《やつ》らばっかりで……」

——と、その時だった。

廊下の先から複数の人の気配が近付いてくる。

それを一早く察知したベアがクリストフを引っ張って、廊下の壁《かべ》に寄った。

「ベア？」

「おっとおっと、噂《うわさ》をすればなんとやら。件《くだん》の特務分室様達のお出ましだ」

すると。

前方から数人の集団が近付いてくるのがわかった。

任務帰りらしく、彼らは全員薄汚《うすよご》れてボロボロであった。

侃々諤々《かんかんがくがく》とやりとりをしながら、クリストフ達の前を過《よ》ぎっていく。

「はぁ～、やれやれだわ。今回も、グレンが駄々《だだ》こねたせいで、大変だったわ」

「てめぇの言う通りやってたら、民間人を何人見捨てることになったんだよ⁉　要人一人救えりゃそれでいいのか⁉　他はどうでもいいってのか⁉」

「は？　元よりそういう任務なんだけど？　まだ正義の魔法使いを気取るつもり？　いい

加減、任務に私情を挟《はさ》むのやめたら？　子供じゃないんだから」

「あの赤い髪《かみ》の女が、特務分室室長、執行官《しっこうかん》ナンバー1《魔術師》のイヴだ」

ベアがクリストフに耳打ちしてくる。

「あの女の価値判断基準は万事《ばんじ》が万事、手柄《てがら》と戦果のみ。自身が戦果を上げるためなら、あらゆるモノを駒《こま》のように利用して切り捨てる、冷酷《れいこく》無比な鉄の女だ」

「いっやぁ～ッ！　しかし、おかげで今回の任務はスリル満点で楽しかったのう⁉　ひっさびさに死ぬかと思ったワイ！　ガハハハハ！　こんな任務ばかりじゃと、毎日が楽しいんじゃがなぁ？　そうじゃろ、グレ坊？　ん？」

「あの大柄な爺《じい》さんは、執行官ナンバー9《隠者《いんじゃ》》のバーナードだ。四十年前の奉神《ほうしん》戦争の生きた伝説。同時に、多大なる戦果を他人に譲《ゆず》って、軍規違反《いはん》を繰《く》り返してまで出世を拒《こば》み、危険な現場にしがみつき続ける究極のスリルジャンキーだ」

「ンなわけあるか、クソ爺《じじい》！　俺はもう二度とこんな任務はゴメンだからな！　アルベ

ルト、お前も何か言ってやれ！」

「任務は任務だ。それが可能だろうが、不可能だろうが、誰《だれ》を守ろうが、犠牲《ぎせい》にしようが、俺達はそれを淡々《たんたん》とこなす。ただそれだけの話だ」

「あの長髪《ちょうはつ》の男は執行官ナンバー17《星》のアルベルト。帝国《ていこく》軍で最強議論すれば、必ず候補の一人に上がってくる凄腕《すごうで》だ。同時に冷徹《れいてつ》なる仕事人、それが必要とあらば、仲間や兄弟ですら顔色一つ変えずに殺すと評判の男だぜ」

「てめ、このぉ……ッ⁉　相変わらずスカしやがってぇ……ッ⁉」

「しかし、グレン……一つ教えてはくれないかな？」

「あん？　なんだよ？　ジャティス」

「君、どうして生きてるんだい？」

「は？」

「いやぁ、本当に不思議なんだよねぇ？　僕の計算によれば、今回の任務で、君はついに間違いなく死んでいるはずだったのにさぁ？　くっくっく……」

「……あ？」

「何度も何度も入念に計算し直したのにさぁ？　今回こそ自信あったから、君の棺《ひつぎ》と葬儀《そうぎ》屋の手配までしておいたのに……全部無駄になってしまったよ」

「あの眼鏡のいかにもヤバそうなやつが、執行官ナンバー11《正義》のジャティス。独自の価値観で悪と断定した者を容赦《ようしゃ》なく抹殺《まっさつ》する真性のサイコ野郎だ。色々と黒い噂も後を絶たず、上層部すら手が付けられない狂犬《きょうけん》らしい」

「……ジャティス、てめぇ。俺をおちょくってんのか？」

「おちょくる？　いやいやそんなまさか。これは僕から君へ送る最大級の賛辞さ。自分で言うのもなんだが、僕がここまで人を褒《ほ》めるのは滅多《めった》にないよ？」

「よーし、わかった。表出ろ、決闘《けっとう》だ。いい加減、カタ付けてやる。てめぇは以前から気にくわなかったんだよ、このイカレ野郎」

「ちょ、ちょっと、グレン君、ダメだよ！　喧嘩《けんか》はダメ！」

「いや、セラ……これは喧嘩じゃなくてな……」

「グレン君ったら、さっきから皆《みんな》に対して喧嘩腰《ごし》ばっかり。もっとちゃんと仲良くしないとダメだよ？　皆、同じ部隊の仲間なんだから。ね？」

「あの白い髪のやたら美人なお姉さんが、執行官ナンバー3《女帝《じょてい》》のセラ。なんだか掴《つか》み所がない人だが、風の魔術《まじゅつ》を使わせたら帝国軍随一《ずいいち》らしい。でも、一緒《いっしょ》に任務に従事すると、なぜかトラウマを植え付けられることでも有名だな。……詳細《しょうさい》は不明だが」

「はぁ⁉　仲間だぁ⁉　こいつらが⁉」

「もう、グレン君ったら素直《すなお》じゃないんだから……この照れ屋さん」

「照れじゃねーよ⁉　人の話聞け！」

「うふふ、よしよし。もし、皆とちゃんと仲良くしてくれるなら、セラお姉さんが、グレン君に、おいしいご飯を作ってあげるよー」

「ガキ扱《あつか》いすんな⁉　いい加減、メシで俺を釣《つ》ろうとすんの止《や》めろ！　ああああああああああ、もうっ！　俺、お前らのこと、マジで嫌《きら》いだわ！　ド畜生《ちくしょう》！」

「そして、最後。あいつが執行官ナンバー0《愚者《ぐしゃ》》のグレン。化け物揃《ぞろ》いの特務分室の中、唯一《ゆいいつ》存在意義のわからん三流魔導士だ。書類上のデータで比較《ひかく》する限りは、多分、新兵の俺より弱いんじゃねーか？　おまけに甘ったるい理想主義者で、上層部と多々もめ事

を起こすトラブルメーカーだそうだ」

――と。

ベアが、クリストフへ特務分室のメンバー解説をしているのを余所《よそ》に。

特務分室のメンバー達は大騒《おおさわ》ぎしながら、クリストフとベアの前を通り過ぎていくのであった。

「…………」

「…………」

しばらくの間、二人は呆然《ぼうぜん》と特務分室のメンバー達の背中を見送っていたが。

やがて。

「……濃《こ》いね」

「ああ、とてつもなく濃い」

示し合わせたように率直《そっちょく》な感想を零《こぼ》し合って、溜《た》め息を吐《つ》くのであった。

「というわけで、俺の言いたかったのはコレだ」

ベアが頭をかきながら、呆れたようにぼやく。

「さすがは、ああいう特殊な部署に集まるような人材達とでも言うべきか、どいつもこいつも一癖《ひとくせ》二癖《ふたくせ》あるような連中ばっかなんだよ、特務分室って」

「あはは、そうみたいだね……」

「あんな部署に入った日には、任務で殉職《じゅんしょく》するより先に、ストレス死するわ。お前の命の使い方に、俺からとやかくは言わんが、特務分室だけはやめとけ。いいな？」

「……うーん。まぁ、正直、現時点では、王室親衛隊《ロイヤル・ガード》の方に心が傾《かたむ》いているしね」

「ああ、それでいい。それで。お前にゃそれがお似合いだ」

すると、ベアが安心したように伸《の》びをして。

二人は、再び連れ立って歩き始める。

「まぁ、将来のことはともかく、だ」

「そうだね。当面は卒業試験とも呼べる、次の遠征《えんせい》実習訓練のことだね」

「ああ。それが終わったら、俺達は晴れて卒業。一人前の魔導士だ！　まぁ、実地訓練とはいえ、特に何もねえと思うが……お互《たが》い頑張《がんば》ろうぜ？」

「うん、そうだね。頑張ろう」

そう励《はげ》まし合って。

二人は帝国軍士官候補学校の学生寮《りょう》への帰路につくのであった。

――――。

帝国軍仕官候補学校。将来の帝国軍の中核《ちゅうかく》を担《にな》う優秀《ゆうしゅう》な魔導士官達を育成する、アルザーノ帝国の公的機関の一つ。

課程は通常三年。入学資格年齢《ねんれい》は、特別課程は十二歳から、一般《いっぱん》課程は十六歳から二十歳《はた》までであり、特に前者の特別課程は将来、軍関係者になることが決まっている魔導武門系貴族の子女が幼少期から入学することが多い。

生徒達は将来の士官を目指し三年間、様々な訓練や任務に従事するわけだが、そんな軍学校の卒業試験の一環《いっかん》として、遠征実習訓練というものがある。

それは、アルザーノ帝国各地に駐屯《ちゅうとん》する各種帝国軍師団や部隊に一定期間所属し、一兵卒として現場の軍務に従事するというものだ。

軍学校卒業前の生徒の軍階は『従騎士《きし》』であるため、この時点での生徒達は人に使われる立ち場の人間だが、それも経験。こうした厳しい経験を経て、生徒達は卒業後『正騎士』の軍階を得て、士官としての道を本格的に歩んでいくことになるのである。

そして、卒業が間近に迫《せま》ったクリストフも、そんなカリキュラムに従い、遠征実習訓練に従事することになる。

決まった実習期間中の配属先は、城塞《じょうさい》都市ハノイに駐屯基地を構える、帝国東部カン

ターレ方面軍第二師団・第三駐屯兵団。

アルザーノ帝国の東に隣接《りんせつ》するレザリア王国に対する、東の守りの要の一つであり、周辺を険しい山岳《さんがく》と巨大《きょだい》な城壁《じょうへき》に囲まれた、攻《せ》めるに堅《かた》く守るに容易《たやす》い重要拠点《きょてん》である。

だが、先輩《せんぱい》士官やベテランの魔導兵達に顎《あご》でコキ使われることを除けば、ここでの遠征実習訓練はそう難しいものではない。

一昔前ならともかく、冷戦状態の今はレザリア王国が戦争を吹《ふ》っかけてくることもないし、よしんば戦争を吹っかけてきたとしても、守りが堅すぎるこの城塞都市よりも、別の場所を攻めてくることだろう。

となれば、クリストフら実習兵達の主な任務は、都市内警備と周辺地域の魔獣掃討《まじゅうそうとう》、後は精々、城壁の保守作業……そんなところだ。

帝国東部カンターレ方面軍第二師団・第三駐屯兵団に実習配属された士官の卵達は、誰もがこの退屈《たいくつ》な実習任務が早く終わることを願い、実習終了《しゅうりょう》後の自分達の輝《かがや》かしいエリートの未来を思い描《えが》いていたのだが――

――その日。城塞都市ハノイは、未曽有《みぞう》の大災厄《さいやく》に見舞《みま》われることになる。

「なんなんだ、これは……ッ⁉」

クリストフは眼前に広がる光景に、ただ愕然《がくぜん》とするしかなかった。

山のように巨大な人型ゴーレムが二体、城塞都市のド真ん中に立ち上がり、周囲の家屋や建物を、その豪腕《ごうわん》で手当たり次第《しだい》に破壊《はかい》しているのだ。

その拳《こぶし》が建物を殴《なぐ》りつける都度、瓦礫《がれき》が凄《すさ》まじい勢いで四方八方に飛び散り、建物が次々と倒壊《とうかい》していく。

大通りは、我先にと逃《に》げ惑《まど》う一般市民達で溢《あふ》れかえっている。

だが、ここは東の守りの要にて、帝国東部カンターレ方面軍第二師団・第三駐屯兵団の駐屯地でもある都市。

この地に駐留していた魔導兵達が即応《そくおう》し、ゴーレム達を取り囲む。

「一番隊、二番隊、三番隊、攻性呪文《アサルト・スペル》一斉掃射《いっせいそうしゃ》ッ！　撃《う》て――ッ！」

「《猛《たけ》き雷帝《らいてい》よ・極光の閃槍《せんそう》以《もっ》て・刺《さ》し穿《うが》て》――ッ！」

「《白銀の氷狼《ひょうろう》よ・吹雪《ふぶき》纏《まと》いて・疾駆《か》け抜《ぬ》けよ》――ッ！」

「《紅蓮《ぐれん》の獅子《しし》よ・憤怒《ふんぬ》のままに・吼《ほ》え狂《くる》え》――ッ！」

布陣《ふじん》した魔導兵達が、ゴーレムへ一斉に攻性呪文《アサルト・スペル》を浴びせかかる。

雷《かみなり》の槍《やり》が無数に飛び、凍気《とうき》と氷礫《ひょうれき》の嵐《あらし》が吹き荒《あ》れ、業火《ごうか》の爆炎《ばくえん》が咆哮《ほうこう》し、それら全て

がゴーレムを直撃《ちょくげき》する。

だが――

「む、無傷……だと……ッ⁉」

二体のゴーレムはビクともしない。対魔術防御《ぼうぎょ》性能が並外れているのだ。

そして、呆気《あっけ》に取られる魔導兵達の前で、ゴーレムはその頭部と思われる部分に存在する単眼から、エネルギー光線を薙《な》ぎ払《はら》うように照射する。

その光線が着弾《ちゃくだん》した場所が爆風を上げ、周囲の建物や魔導兵達をゴミのように吹き飛ばしていく――

「おいおい、なんなんだ、ありゃあ……？　ヤバすぎるだろ……」

クリストフの隣《となり》に佇《たたず》むベアも顔面蒼白《そうはく》にして、その戦況《せんきょう》を見守っている。その他の同期生達も、ただただ眼前で展開される光景に唖然《あぜん》とするだけだった。

クリストフやベアといった、士官候補学校卒業前の実習学生達は、このゴーレムとの戦《せん》闘《とう》の最前線には投入されず、現在、後方支援《しえん》という形で離《はな》れた場所に布陣している。

だが、そんな離れた場所からでもわかる、ゴーレムの圧倒的《あっとうてき》戦力と友軍の戦況的不利。

このままでは、この城塞都市が更地《さらち》となるのは時間の問題だろう。

「士官候補生の諸君。……非常に拙《まず》いことになった」

と、そこへ、歴戦の古強者《つわもの》の風格を持つ中年の魔導士が現れた。

この城塞都市ハノイに駐屯する第三駐屯兵団の兵団長、マックス＝ローガンだ。

「い、一体何があったんですか、団長⁉」

一番近くにいたクリストフが、マックスへ問い詰《つ》める。

「ありえない……あんな巨大なゴーレム、一体、どこから出現したんですか⁉」

「裏切り者が都市内部に居たらしい。……アンダルッセ商会だ」

マックスが苦い顔で答えた。

「アンダルッセ商会？　この陸の孤島《ことう》たる城塞都市ハノイに必要な、あらゆる物資取引を一手に引き受けていた大商会ですよね？」

「ああ、そうだ。よく勉強しているな、クリストフ従騎士」

クリストフの返しに、マックスが頷《うなず》く。

「今朝、そのアンダルッセ商会によって、この城塞都市ハノイ内に大量の各種建築資材が運び込まれた。そのアンダルッセ商会内に、何らかのテロ組織と繋《つな》がりを持つ内通者が居たのだろう。それは建築資材に偽装《ぎそう》した巨大ゴーレム兵器のパーツだったのだ」

「なっ⁉　そんなもんをみすみす懐《ふところ》に入れたんすか⁉　城壁入管の先輩方は一体、何やってたんすか⁉」

ベアの非難の叫《さけ》びにマックスが肩《かた》を竦《すく》める。

「返す言葉もない。恐《おそ》らく、長年、我々と信頼《しんらい》関係を築き上げてきたアンダルッセ商会が相手ということで、現場のチェックがいつの間にか杜撰《ずさん》になっていたのだろう」

「とにかく、その都市内に搬入《はんにゅう》されてしまった大量の巨大ゴーレムパーツを、何者かが魔術で緊急《きんきゅう》起動し、巨大ゴーレムを組み上げ、今の状況《じょうきょう》に至る……と？」

クリストフのまとめに、マックスが頷いた。

「ヤバいっすよ、団長！　言っちゃ悪いが、あのゴーレムども、どう見ても俺達の手に負える相手じゃねっすよ⁉　なんなんすか、アレ⁉　あんなクソ強ぇゴーレム、聞いたことねえんすけど⁉」

ベアが前線の戦況を指差して叫ぶ。

数百の魔導兵達がゴーレムを取り囲み、攻性呪文《アサルト・スペル》をひっきりなしに浴びせ続けている最中だが、ゴーレムの動きが鈍《にぶ》ることはまるでなく、その大振《おおぶ》りな一挙手一投足に翻弄《ほんろう》され続けるばかりであった。

そんなゴーレムを見て、クリストフが冷静に分析《ぶんせき》する。

「我々帝国《ていこく》軍が主に使用する攻性呪文《アサルト・スペル》に合わせて、特別な対魔術防御結界をゴーレムの体内に組み込んでいるようですね。下手人は前々からこの都市を襲《おそ》うため、入念に準備して

いたのでしょう。アレではどうしようもありません」

「うむ。だが、ここを落とされるわけにはいかぬ。この都市内には二千を超《こ》える住人達もいるし、何よりここは東の守りの要地。ここが機能しなくなれば、アルザーノ帝国はレザリア王国に無防備な喉元《のどもと》を晒《さら》すようなものだ」

そして、マックスがクリストフとベアを交互《こうご》に見つめて言った。

「そこで、クリストフ従騎士、ベア従騎士。第三駐屯兵団の兵団長を務めるマックス＝ローガンが百騎長《ひゃっきちょう》権限をもって命ず。早急《さっきゅう》にこの都市を脱出《だっしゅつ》せよ！」

「はぁ⁉ 何言ってんすか、団長⁉」

そんなマックスの命令に、ベアが食ってかかる。

「俺達に仲間と市民を見捨てて、みすみす逃げろって言うんすか⁉ 新米のぺーぺーでも俺は帝国軍人！ そんなダセェ真似《まね》は――」

「違《ちが》うよ、ベア。近隣《きんりん》の帝国軍基地に救援の連絡《れんらく》を付けろ……そういうことですね？」

ベアを宥《なだ》めながらクリストフが言った。

「今、この都市内には特殊《とくしゅ》な通信妨害《ぼうがい》結界が全域に渡《わた》って張られています。ここにいる限り、援軍を呼ぶことは不可能です」

「その通りだ。さすが、結界魔術の大家フラウル。話が早くて助かる」

マックスが感心したように頷く。

「そして残念ながら……クリストフ従騎士、ベア従騎士。今、動けるのは新兵らしからぬ胆力《たんりょく》を持つお前達二人だけだ。見よ」

「！」

見れば。周囲の士官候補生達は、生まれて初めて目《ま》の当たりにする実戦とその恐るべき現実に、皆《みな》一様に身を竦ませて震《ふる》えているばかりだ。これほど緊張《きんちょう》に身体《からだ》が強《こわ》ばっているようでは呪文《じゅもん》を唱えることはおろか、まともに動くことすらできまい。

「我々が外部に援軍を呼ぶことを、敵が予想していないわけがない。この城塞都市から脱出しようとすれば、何らかの妨害や追撃が必ずある。お前達二人以外の士官候補生に行かせれば、むざむざ死なせに行かせるようなものだ」

「そ、そういうことっすか、クソ……ッ！」

間違いなく必要な役──むしろこの詰んだ状況における唯一《ゆいいつ》の活路とも呼べる役だが、仲間を置いて行かねばならない悔《くや》しさに、ベアが震える。

「わかりました。必ずや僕達で近隣の帝国軍に連絡を取ってみせます。ご武運を！」

「お、おう！　俺達に任せてください！」

「うむ。我々第三駐屯兵団は総力をあげて市民を守る。頼《たの》んだぞ、二人とも！」

こうして。

クリストフとベアは、決死の都市脱出を決行するのであった——

「あー、くそ！　マックス団長の予想通りだぜ！」

「ああ、そうだね！」

城壁に取り囲まれた都市から脱出しようと、行動を開始したクリストフとベア。

だが、そんな二人を、早速《さっそく》阻《はば》もうと動き出す者達がいた。

「……ゴーレム……ッ！」

二人の前に立ちはだかったのは、小型の人型ゴーレムだ。

都市中心を暴れ回る二体の巨大ゴーレムとは異なり、人間とほぼ同じくらいのサイズではあるが——とにかく数が多い。

大通りに接する路地裏から、次から次へとウジャウジャと現れては、二人を取り囲み、密集陣形《じんけい》を組み、その動きを圧殺しようと迫《せま》って来る。

「クソ！　《吠《ほ》えよ炎獅子《えんじし》》——ッ！」

ベアが黒魔《くろま》【ブレイズ・バースト】の呪文を叫ぶ。

同期生の同攻性呪文《アサルト・スペル》と比較《ひかく》すると数倍ほど威力《いりょく》が違う圧倒的火力が、ゴーレムの密集

陣形の一角を薙ぎ払い、バラバラに砕《くだ》いて吹《ふ》き飛ばす。

だが、やられっぱなしの小型ゴーレム達ではない。

二人の周囲をぐるりと取り囲む小型ゴーレム達が、その単眼を二人に向けて——高出力エネルギーの熱線を一斉照射する。

とてもかわしきれる数ではない。

だが——

「《高速結界展開《イミッド・ロード》・翠玉法陣《エメラルド・サークル》》！」

クリストフが指に挟《はさ》んだ無数の翠玉《すいぎょく》を放つ。

翠玉が弧《こ》を描《えが》いて瞬時《しゅんじ》に地面へ着弾し、クリストフとベアを守るように五芒星《ごぼうせい》結界を形成、立ちはだかった緑光の障壁《しょうへき》が、３６０度から迫り来る熱戦の悉《ことごと》くを受け止めて——

「おらぁ、もういっちょ！《吠えよ炎獅子》いいいい——ッ！」

再び、ベアの呪文がゴーレムの密集陣形を、力尽《ず》くで吹き飛ばすのであった。

「ナイスフォローだぜ！　クリストフ！」

「ベア、次の交差路で右に行こう！　僕の索敵《さくてき》結界によれば、そっちの方が手薄《てうす》だ！」

そして、クリストフが無数の蒼玉《そうぎょく》を、背後に放る。

「《高速結界展開《イミッド・ロード》・蒼玉封界《サファイア・シール》》！」

途端《とたん》、背後から迫り来るゴーレム達が、突如足下《とつじょあしもと》から巨大《きょだい》成長した蒼玉の結晶《けっしょう》の中へもの凄《すご》い勢いで呑《の》み込まれ、閉じ込められていく。

そして、それが巨大な壁《かべ》となって大通りを完全に塞《ふさ》ぎ、後続のゴーレム達をクリストフ達から完全に分断してしまう。

それを見たベアがニヤリと笑った。

「へっ、お前と肩を並べると、本当にやりやすいぜ！」

「お褒《ほ》めに与《あずか》り恐悦《きょうえつ》至極《しごく》。……さぁ、行こう！」

「おうよ！」

そう言って、再び駆《か》け始める二人であった。

クリストフとベアは二人で協力して、都市脱出を目指して戦い続ける。

だが、一体どこから湧《わ》いて出てくるのか。小型ゴーレムの数は圧倒的で、捌《さば》いても捌いても大量に出現しては、クリストフ達の前に立ちはだかってくる。

期待の新人二人組だが、実戦経験の少なさも手伝って、あっという間に消耗《しょうもう》してくる。

「くっそ……はぁ……はぁ……いくらなんでも数多すぎだろ……どうなってるんだ？」

「ぜぇ……ぜぇ……ああ、そういうことか……ベア、見てよ、あそこ……」

「げ⁉　建物の一部が勝手に崩《くず》れて、新手のゴーレムに組み変わっていきやがる！」

「……どうやら、かなり前から、この街全体にアレを仕込まれているようだね」

「反則じゃねえか、あんなん！」

だが、泣き言は言ってられない。

この城塞都市《じょうさいとし》の命運は、自分達にかかっているのだ。

クリストフとベアは残り少ない魔力《まりょく》を振《ふ》り絞《しぼ》って、ゴーレム達を突破《とっぱ》して、突破して、突破して——ボロボロに傷つきながらも突破していって——

そして——

「くそ……駄目《だめ》か……ッ⁉　ここまでか……ッ⁉」

「バカ野郎《やろう》、クリストフ、らしくねえ！　諦《あきら》めんじゃねえよ⁉」

「わかってるよ！　しかし、ベア……現実問題は……」

「ああ、そうだな、頭良《い》いお前がそう言うならそうなんだろ、クソ！　だが——」

ゴーレム達の包囲網《もう》が津波《つなみ》のように迫り、逃《に》げ道がなくなった時。

不意に、ベアがゴーレムの群れの中へと突貫《とっかん》を始めた。

「ベア⁉　一体、何を⁉」

「ここは俺が引きつける！　お前はその隙《すき》に先に行けッ！」

「ま、待ってよ、ベアァアアアアアアア——ッ！」

だが、状況は逡巡《しゅんじゅん》を許さない。それは全てを無駄にする行為《こうい》。

クリストフは心の中で血涙《けつるい》を流しながらも、ベアを囮《おとり》にし、なんとかしてその場を切り抜《ぬ》けて——

突破して、突破して——

ついに城壁《じょうへき》を越《こ》えて、クリストフは都市外への脱出に成功する。

だが——


————。


「くっ、無念だ……ッ！　追撃を振り切れなかった……ッ！」

城塞都市ハノイ北西部。山間のランダルの峠《とうげ》にて。

精も根も魔力も尽《つ》き果て、全身酷《ひど》く負傷したクリストフが力なく倒《たお》れ伏《ふ》していた。

その周囲には、背中に羽型の飛行ユニットを装備した小型の飛行ゴーレム達が、空から何騎《き》も降り立ってくる。

「……役目……果たせなかった……ッ！」

都市外へ脱出してからも、この追撃の飛行ゴーレム達との壮絶《そうぜつ》な鬼《おに》ごっこであった。

近隣の帝国《ていこく》軍基地に近寄ることも、連絡することも出来なかったのである。

己《おの》が不甲斐《ふがい》なさに歯噛《はが》みするクリストフへ、ゴーレム達がその単眼を向け、そこに熱線のエネルギーを収束させていく。

どうやら、最期《さいご》の時が来たらしい。軍人を志した以上、ロクな最期にならないとは覚悟《かくご》していたが……これはあまりにも呆気《あっけ》ない。

（はは、こんなものか……仕方ない、誰《だれ》しもが英雄《えいゆう》になれるわけじゃないんだから）

どこか達観した境地で、乾《かわ》いた笑《え》みを浮《う》かべるクリストフ。

（そう……仕方ない……仕方ないんだ……）

そして、諦めて全てを受け入れたように、目を閉じる――のではなく。

「……って、そんな泣き言、言って……られるかぁ……ッ！」

全身全霊《ぜんしんぜんれい》の力を込《こ》めて、クリストフが手を地につき、その身を起こそうとする。

最早《もはや》、間に合わないのは、明白。

よしんば立ち上がれても、魔力も体力も底を尽き、状況《じょうきょう》を打開する手は何もない。

だが、それでも心の奥底から溢《あふ》れる何かに突き動かされ、クリストフが身を起こそうと

していて。
ゴーレムがそんなクリストフへ一斉《いっせい》に、エネルギー光線を浴びせかけようとした——
——その時だった。

「おう、よく頑張《がんば》ったな、お前」

空から、そんな言葉が降ってきた。
その、次の瞬間。
駆け流れた鋭《するど》き風の刃《やいば》が、クリストフの背後のゴーレムを左右に両断した。
荒《あら》ぶる業火《ごうか》が渦《うず》を巻き、左のゴーレムを跡形《あとかた》もなく蒸発させた。
驟雨《しゅうう》の如《ごと》く降り注いだ無数の雷閃《らいせん》が、右のゴーレムを粉々に砕いた。
ひゅんと風を切って踊《おど》った無数の鋼糸が、頭上のゴーレムをバラバラに切断した。
そして——
「おらぁあああああああああああああ——ッ！」
黒髪《くろかみ》の青年が拳《こぶし》を振り上げて、天空より舞《ま》い降りてくる。
魔導士礼服の裾《すそ》をバサバサとはためかせる、その青年は——

ドガァアアアアッ！

クリストフの正面に立つゴーレムの脳天へ、猛然《もうぜん》と拳を叩《たた》き込みつつ、着地。

ゴーレムだったものは粉々に砕けて四散し、周囲へと吹き飛んでいった。

「……え？」

クリストフが、呆《ほう》けたように顔を上げれば。

振り抜いた拳を地に着けていた黒髪の青年が、ゆっくりと立ち上がる。

そして、呆然《ぼうぜん》とするクリストフへ、ニヤリと笑いながら手を差し伸《の》べてくる。

「あ、貴方《あなた》は……？」

そう問いつつも、クリストフはその青年に見覚えがあった。

そう、彼は──

「帝国軍、帝国宮廷魔導士《きゅうていまどうし》団特務分室所属。執行官《しっこうかん》ナンバー0《愚者《ぐしゃ》》のグレン＝レーダスだ」

そして、そんなグレンの周囲に。

空を矢のように飛ぶ神鳳《フレスベルグ》から、次々と人影《ひとかげ》が飛び降りて、降り立ってくる。

白い髪の優《やさ》しげな印象の娘《むすめ》。

赤い髪の冷たい印象の娘。

長髪《ちょうはつ》の鋭い雰囲気《ふんいき》の青年。

筋骨隆々《きんこつりゅうりゅう》の初老の男。

薄《うす》ら寒い笑みを浮かべる不気味な眼鏡の青年。

「あ、貴方達は……ッ⁉」

「大丈夫《だいじょうぶ》だ。後は、俺に……俺達に任せろ」

青年——グレンはそう言って。

呆気に取られるクリストフへ向かって、にやりと笑いかけるのであった。


——。


「何が、俺達に任せろ……よ？　気軽に言ってくれて。状況理解してる？」

赤い髪の冷たい印象の娘——イヴが、言葉の端々《はしばし》に苛立《いらだ》ちを滲《にじ》ませながら言った。

「蒙昧《もうまい》な貴方が思っている以上に事態は深刻なの。根拠《こんきょ》のない安請《やすう》け合いは止《や》めて欲しいわね」

「うるっせえな。どのみち、今は俺達しか動けねえんだろうが。やるしかねえだろ？」

何の前触《まえぶ》れもなく現れた特務分室に、呆気に取られているクリストフの前で。

グレンとイヴが、早速《さっそく》、言い争いを始めていた。

「貴方、わかってるの？　私達の任務は、城塞都市ハノイを占拠《せんきょ》したゴーレム使いの外道《げどう》魔術師、アンダンテ＝カロッサを討《う》ち果たし、ハノイの要地的機能を死守すること。……ハノイの市民や第三駐屯《ちゅうとん》兵団の救助は任務に入ってないわ」

「……おい、イヴ。てめぇ、もう一度言ってみろや」

イヴとグレンの二人が、たちまちもの凄い形相で睨《にら》み合い、その場の空気がみるみるうちに悪くなっていく。

居心地《いごこち》の悪さに冷《ひ》や汗《あせ》をかくしかないクリストフが、慌《あわ》てたように口を挟《はさ》む。

「え、ええと……あの……帝国宮廷魔導士団、特務分室の方々……ですよね？」

「ええ、そう。同所属、執行官ナンバー1《魔術師》のイヴ＝イグナイト。階級は百騎《ひゃっき》長《ちょう》よ」

「じ、自分は、帝国軍士官候補学校三年次生、クリストフ＝フラウルです！　現在、帝国士官候補学校の遠征《えんせい》実習《じっし》訓練実施中で、第三駐屯兵団に仮所属中であります！

今回の凶事《きょうじ》を、他の部隊に伝えようと決死の覚悟でハノイを脱《だっ》したのですが、敵追撃《ついげき》部隊に追いつかれてしまって……御隊《おんたい》が駆けつけてくださらなければ、自分の命はありませんでした！　心より感謝致《いた》します！」

イヴに敬礼をしながら、クリストフが言った。

「ですが、幾《いく》つか質問よろしいでしょうか？　イヴ百騎長殿《どの》！」

「許可するわ」

「なぜ、これほど早く救援《きゅうえん》に駆《か》けつけていただけたのでしょうか⁉　ハノイでは通信魔術を妨害《ぼうがい》され、帝都はおろか、近隣《きんりん》帝国軍基地ですら、ハノイの現状を把握《はあく》できていないはずでして――」

そんなクリストフに、イヴが鼻を鳴らして返す。

「ふん。イグナイトの情報網を甘く見ないで欲しいわね」

「え？」

「帝国の情報部は、情報調査室や保安局だけじゃないってこと。私はそれ以上の情報源を持っているの。……個人的にね」

「けっ。そんで今回、ハノイでテロ計画が水面下で進んでいることを、どっかで一早く嗅《か》ぎ付けたこの女はな、ささっと女王陛下へ密《ひそ》かに出撃のお伺《うかが》いを立てて、こうして他の軍の連中を出し抜いてきたってわけだ。自分の手柄《てがら》のためにな」

自慢《じまん》げなイヴへ、グレンが皮肉げな言葉を強烈《きょうれつ》に突《さ》き刺す。

「まったく、そんなに手柄が欲《ほ》しいかね？　せせこましい女だぜ、あーやだやだ」

「うるっさいわね⁉　確かに抜け駆けに見えるけど、今回の一件、軍で足並み揃《そろ》えてたら取り返しのつかない事態になることは目に見えているでしょう⁉　こんな状況で、何のしがらみもなく、フットワーク軽く動けるのは、私達だけ――」

「ま、まぁまぁ、イヴ落ち着いて。グレン君もそんな喧嘩腰《けんかごし》じゃダメだよ」

白い髪の娘……セラが、どこまでも険悪なグレンとイヴを宥《なだ》めた。

「あ、あの……もう一つ……質問いいですか？」

そして、クリストフもその場の空気を変えようと、もう一つの疑問を口にする。

「命を救っていただいたのに問うべきことではないのかもしれませんが……皆《みな》さんは、どうして、この峠を通りかかったのでしょう？」

「！」

「ハノイ事変を事前に察知し、神鳳《フレスベルク》で帝都から救援に駆けつけたならば、この峠の上空は最短ルートではありません。通常ならば経由しませんよね？　なのに、なぜ――」

クリストフの鋭さに、イヴ達が押し黙《だま》っていると。

「……それは、〝読んでいた〟からさ」

一同の最後尾《こうび》で悠然《ゆうぜん》と佇《たたず》む眼鏡の青年――ジャティスが、薄ら寒く微笑《ほほえ》みながら、ぼそりと呟《つぶや》いた。

「よ、読んでいた……？」

「ああ、そうさ。クリストフ＝フラウル従騎士、君が決死の覚悟でハノイを脱し、死闘《しとう》の果てにこの峠《とうげ》に辿《たど》り着くことは〝読んでいた〟のさ。そして、僕達が辛《かろ》うじて間に合うこともね。だから、このルートをイヴへ進言したのさ」

ジャティスが硬直《こうちょく》するクリストフへ歩み寄り、その引きつる顔を奈落の底のような目で覗《のぞ》き込みながら、愉《たの》しげに言った。

「なにせ——君は死なすに惜《お》しい。グレンほどじゃないが、君のような魔術師は、僕は決して嫌《きら》いじゃない……くっくっく」

「え、ええと……？」

「まぁ、将来的には、君は僕の障害となるかもしれない。だが、それで蹴躓《けつまず》くようならば……僕はその程度の存在だったというだけのこと……それだけさ」

クリストフは、ジャティスの言葉の意味など一片《いっぺん》たりとも理解できない。ただただジャティスの得体の知れない不気味さに戦々恐々《せんせんきょうきょう》とするしかない。

「……気にすんな。仕組みはサッパリ不明だが、あいつのこの手の予測は、不思議と当たること多いからな。念のため、このルートを選んだだけだ」

「君に関してはよく外れるんだけどねぇ？　グレン」

「うるせぇ、黙れ、このサイコ野郎《やろう》。毎回毎回、くっだらねえ死の宣告しやがって。大体てめぇはいつも──」

と、グレンがジャティスへ喰《く》ってかかろうとしたところで。

「今は任務中だ。下らないじゃれ合いは後にしろ」

ぴしゃり、と。鋭く冷たい言葉がその場を打った。

一同の端《はし》の方に静かに佇んでいた、長髪の青年──アルベルトだ。

アルベルトは、何らかの魔導器であるらしい水晶玉《すいしょうだま》を淡々《たんたん》と弄《いじ》りながら、言った。

「それより、来たぞ。〝声明〟が。この帝国《ていこく》各地へ無差別拡散している」

「そう。そろそろ来ると思ってたわ。……映して」

イヴの促《うなが》しに、アルベルトがぼそりと呪文《じゅもん》を唱える。

すると、水晶玉が発光し、虚空《こくう》に映像を投射する。

映し出されたのは、どこかの建物内にいる痩《や》せぎすな老人の姿だ。

映像の中の老人は、狂気《きょうき》的な笑みを浮《う》かべながら、堂々と言った。

『ククク、こんにちは、じゃ。帝国民の諸君。私は、希代の魔導工学博士アンダンテ＝カロッサ……まさか、帝国民の中でこの名を知らぬ者はおるまいて……』

「知らん」

「知らんわい」

「あ、あはは……うん……知らないなぁ……」

グレン、バーナード、セラが口々にそう言って。

イヴ、アルベルトが、〝なぜ、知らないんだ〟と言わんばかりに、目を細めて三人を流し見て、ジャティスもやれやれと肩《かた》を竦《すく》める。

『今回、私は、己《おの》が人生を費《つい》やして培《つちか》ってきたゴーレム工学の粋《すい》を尽《つ》くしたゴーレム軍団によって、城塞《じょうさい》都市ハノイを占拠させてもらったよ』

すると、映像が映り変わり、大量のゴーレム軍団によって半壊《はんかい》し、完全制圧されてしまったハノイの情景が映し出される。

『ご覧の通り、ハノイを守衛する第三駐屯兵団は、我がゴーレム軍団の圧倒的《あっとうてき》物量と戦力の前に降伏《こうふく》……その生き残りは、全て捕虜《ほりょ》として拘束《こうそく》・確保させてもらった。それだけではない。今や、ハノイの市民が全て人質《ひとじち》に等しい』

すると、今度は都市の東部と西部に佇む二つの山のように巨大《きょだい》なゴーレムが交互《こうご》に映し出される。それだけではない、ハノイの都市内には無数の小型ゴーレムが徘徊《はいかい》し、市民はすっかり怯《おび》えきっていた。

『わかるかね？　私の命令一つで、ハノイはあっという間に虐殺《ぎゃくさつ》劇の大舞台《おおぶたい》となり、血

の海と化すのだよ！　キハハハハハハハ！』

そして、今回の事件の首謀者《しゅぼう》――アンダンテは、ひとしきり凶鳥《きょうちょう》のような嗤《わら》い声を上げて正面に向き直る。その瞳《ひとみ》に爛々《らんらん》と輝《かがや》く危険な光を宿して。

『なぜ、私がこのようなことをするのかわかるかね？　そう、これは復讐《ふくしゅう》……そう、復讐なのじゃよ……この希代の天才たる私を理解せず軽《かろ》んじ、魔術学会から追放し、閑職《かんしょく》へと追いやったこの愚鈍《ぐどん》なるアルザーノ帝国への……ひいては女王陛下へのなぁ⁉』

ここからは、聞くに堪《た》えない傲慢《ごうまん》で利己的な犯行動機が延々と語られた。

アンダンテは現在の境遇《きょうぐう》に不満があったようだが、よくよく聞けば、その全てがアンダンテの自業自得《じごうじとく》であり、同情や共感を呼べるものは何一つない。最早《もはや》、耳の拷問《ごうもん》にも等しい、取るに足らない犯行動機が十分間にも渡《わた》り、蕩々《とうとう》と語られる。

そして――

『――以上をもって、私はここに復讐を為《な》すことを決意するものとする。これは優《すぐ》れた者が正しく評価される世に是正《ぜせい》するための世直しでもあるのじゃよ。だが、私は非常に寛大《かんだい》で器《うつわ》の大きい男。明日正午までに、リル金貨にて二十億！　この私に慰謝《いしゃ》料として引き渡すのであれば、この城塞都市を解放してやろう。だが、金を出さねば、見せしめにハノイの市民を殺していく！　キハハハハハ！　色良い返事を待っているぞ、帝国政府よ、キハハ

ハハハハハハハハハハハハハハハハハ――ッ！』

最後に耳障《みみざわ》りな嗤い声を残して。

映像は、ぷっつりと消えるのであった。

すると、はぁ……と、ため息を吐《つ》き、イヴが言った。

「さすが、裏で天の智慧《ちえ》研究会が糸を引いているだけのことはあるわね」

「そのようだな」

アルベルトが淡々と応じる。

「組織にとって、この事件はどう転んでも良いのだ。ハノイは帝国の守りの要所。帝国政府が要求を呑《の》まず、徹底《てってい》制圧戦を行えば、レザリア王国への防波堤《ぼうはてい》となるハノイに多大なるダメージを与《あた》えられる。一方、要求を呑み、素直《すなお》に金を出したとしても、その金額は小国の国家予算並、帝国は経済恐慌《きょうこう》に陥《おちい》る。どちらに転ぼうが、帝国は大混乱に陥り……そして、天の智慧研究会が得をする。そういう構造だ」

「ハノイにそれだけの金を支払《しはら》う価値があるのも嫌《いや》らしいわね」

「それを見越《みこ》して、天の智慧研究会はアンダンテに密かに接触《せっしょく》、裏で色々と支援《しえん》を行ったのだろう。あれだけのゴーレムを建造する資材、閑職に追い込まれた個人で到底《とうてい》、用意できる物ではないからな」

「……となると。どうにも、件《くだん》の組織の息がかかっていそうな、きな臭《くさ》い商会と組織が幾つか候補に挙がるわね。……今はどうしようもないけど」

「過去、アンダンテの出資者でもあったエイクル商会と、ニールバースの魔術《まじゅつ》ギルド連盟だろう？　俺が、後で直接、極秘内偵《ごくひないてい》調査をしておく」

「あら、話が早い。アルベルトはやっぱり優秀《ゆうしゅう》ね。どっかの正義の魔法使い様気取りと違《ちが》って」

「一言余計なんだよ、てめぇは！」

「しっかかし、正直、むっかしい政治の話は、わしゃあ、ようわからんのう。そっちで勝手にやっといてくれい」

「ったく、バーナード……貴方《あなた》はいつもそれね」

そんな風に、特務分室の面々が言い合っていると。

「一つ……いいですか？」

クリストフが苦しそうに声を上げていた。

「政府の……帝国軍の今後の対応はどうなると思いますか？」

するとと、イヴが淡々と言った。

「女王は、帝国政府はテロリズムに決して屈《くっ》さない。屈するわけにはいかない。たとえ、

城塞都市ハノイの市民と、第三駐屯《ちゅうとん》兵団が皆殺しになったとしても要求は呑まない」

「〜〜〜ッ⁉」

わかりきっていた残酷《ざんこく》な事実に、クリストフが息を呑む。

当然だ。一度のテロリズムへの妥協《だきょう》が、今後、全帝国民を危機に晒《さら》すのだから。

クリストフの脳裏《のうり》に、捕虜として捕《と》らえられているだろう戦友達の顔が過《よ》ぎっていく。

「援軍は……帝国軍の援軍は、どれくらいで到着《とうちゃく》しますか……？」

「そうね。各地に散らばる軍の要人を集めて、緊急《きんきゅう》軍議会が開催《かいさい》されるので一日。事態の原因と責任のなすり付け合い、どこの部署の誰《だれ》が主導で解決するかの手柄《てがら》争いと水面下の牽制《けんせい》合戦までやって、また一日。各種面倒《めんどう》で複雑な出撃《しゅつげき》手続きと準備を経て、さらに一日。本格的に、今回の事件へ軍が介入《かいにゅう》するまで、正味三日ってところね」

「……遅《おそ》すぎる……ッ！　要求時間を余裕《よゆう》で過ぎているじゃないですか⁉」

イヴの説明に、クリストフがガクリと膝《ひざ》をついて、項垂《うなだ》れた。

「そんなことしていたら、ハノイの市民は……駐屯兵団の皆《みんな》が……ッ！」

「ええ、天の智慧研究会の力を借りてしまった以上、失敗したらアンダンテ自身も命がない。なら、時が来れば、アンダンテは容赦《ようしゃ》なくハノイの市民を虐殺するでしょうね。向こうだって一歩たりとも引けないでしょうし。そして、帝国軍が動いたとしても、ハノイの

市民を顧《かえり》みることもないわ。こんなの許したら帝国の威信《いしん》と沽券《こけん》に関わるし」

ストレートなイヴの言葉に、クリストフが顔面蒼白《そうはく》にして言葉を失う。

（お、遅かった……ッ！）

クリストフは、自分が失敗してしまったことを猛烈《もうれつ》に悟《さと》った。

アンダンテの声明が出る前に、近隣《きんりん》の帝国軍に渡りをつけて援軍を要請《ようせい》すれば、その時点では現場判断が優先され、ハノイの救援に向かうことが出来た。

被害《ひがい》は出たかもしれないが、その犠牲《ぎせい》は最小限で済んだはずなのだ。

だが――その機会はとうに逸《いっ》してしまった。

こうして声明が出されてしまった以上、最早、全ての判断は現場ではなく上層部へと移る。現場は勝手に動けない。

こうなっては、あらゆる対処は後手後手に回り、時間がかかってしまい……被害と犠牲はうなぎ登りになるばかりだ。

（こうなる前に、僕が救援を呼ばなきゃいけなかったのに……ッ！）

だが、もう何もかもが遅かった。

今まで、どんな状況《じょうきょう》に置かれようが決して弱音を吐《は》かなかったクリストフが、人生初めて弱音を口にする。

「ごめんよ、ベア……皆……ッ！　せっかく、僕を逃《のが》してくれたのに……何もできなかった……ッ！　本当に……ごめん……ッ！」

クリストフが拳《こぶし》で地面を叩《たた》きながら、己《おのれ》の無力さを悔恨《かいこん》していると。

ぽん。

その肩が叩かれる。

「まだ、諦《あきら》めんのは早ぇぞ」

クリストフが顔を上げる。肩を叩いてきたのはグレンであった。

「諦めるなって……だって、どうすればいいんですか、こんな絶望的な状況!?　適当なこと言わないでくださいよっ!?」

自分の無力さに対する悔《くや》しさのあまり、相手が上官であることも忘れて、クリストフが吠《ほ》える。

だが、グレンはそんなクリストフの絶望を受けとめ、にやりと力強く笑った。

「ああ、絶望的だな。だから、俺達がいんだよ」

「はぁ？」

呆《ほう》けるクリストフを尻目《しりめ》に、グレンが問う。

「おい、イヴ」

「何よ？」

「俺だって、何度も修羅場《しゅらば》を潜《くぐ》り抜《ぬ》けてきた。同じ絶望的な状況でも、現実的になんとかなる時とならねー時があることくらいわかる。だが、今回のケースは……なんとかなるパターンだろ？　お前と、珍《めずら》しく勢揃《せいぞろ》いしたこの面子《メンツ》ならな」

「…………」

するとイヴは小さく舌打ちし、しばらく無言を保っていたが。

やがて。

「フン……本当は都市の犠牲を度外視して、アンダンテのみを確実に討《う》ち取りたかったんだけどね……まぁ、東の要地ハノイを無傷で解放するのも、手柄と言えば手柄ね。……いいわ、一応、検討してあげる。感謝なさい」

「ああ、頼《たの》むぜ。俺はお前のことが大嫌《だいきら》いだが、その戦術眼だけは信頼《しんらい》してる。精々、いつものように、俺達を駒《こま》のように使い倒《たお》せ」

「本当に、いちいち気にくわない男ね、貴方は」

すると。

「よっしゃあ！　じゃあ、グレ坊《ぼう》！　ちょっくらハノイの状況を、ひとっ走り探《さぐ》りに行こうかのぉ!?」

「ああ、わかったよ。ったく、相変わらず元気なジジイだぜ」

「セラ。……ハノイ近辺の霊脈《レイ・ライン》を調査したい。今回の標的が使用している魔術……その魔力の出所と正体を割る。その補佐を頼めるか？」

「いいよ、アルベルト君。一緒《いっしょ》にやろう」

「じゃあ、そうだね……僕は件のゴーレムの能力について調査しておくよ。ブチ殺すべき悪のお手並みを拝見させてもらおうじゃないか、くっくっく……」

そんなことを言い合って。

特務分室のメンバー達が各々《おのおの》、動き始めると――

「ちょ、ちょっと、待ってください、皆《みな》さん！」

クリストフが慌《あわ》てて、声を張り上げた。

「み、皆さん、一体、何をするつもりなんですか？」

「ん？　わかんねーのか？」

グレンが振《ふ》り返り、面倒臭《めんどうくさ》そうに言った。

「いっちょ、俺達で城塞《じょうさい》都市ハノイをまるごと救ってやろうってんだよ」

「……なっ⁉」

そんなことを堂々と言ってくるグレンへ、クリストフは反射的に反論する。

「状況わかってるんですか⁉　貴方達はたった六人なんですよ⁉　たったそれだけの頭数で一体、何ができるんですか⁉

今、どれだけのゴーレム戦力が、あの都市を占拠《せんきょ》していると思ってるんです⁉　あの都市には、第三駐屯兵団約七百の精鋭《せいえい》魔導《まどう》兵が駐在していたんですよ⁉　それを制圧してしまえるほどのゴーレム達なんですよ⁉　こんな絶望的な状況……ッ！」

すると。

そんな風に、ただひたすらに狼狽《うろた》えるクリストフへ。

「確かに、本当にどうしようもねえ絶望的な状況ってある」

グレンが返す。

「どんなに手を尽《つ》くしても、為《な》す術《すべ》なく零《こぼ》れ落ちちまう連中がいる。俺も軍に入って、嫌というほど思い知らされた。俺は、決して全てを救う正義の魔法使いにはなれないんだってな。だがな――」

だが、それでもグレンは、に、と口の端《はし》を吊《つ》り上げながら堂々と言った。

「それでも俺は、まだまだそれを諦めるつもりはねえ。……もう結構しんどいけどな」

「……な」

「それに、この程度の苦境、俺達にとっちゃ日常《にちじょう》茶飯事《さはんじ》で苦境のうちに入らねえよ。俺

達ならなんとかなる。なんとかしてみせる。ああ、そうだ。どんなに手を尽くしても手から零れ落ちる連中はなくならねえ。だがな、それでも、少しでも多くを救うために戦い続ける……届かぬ理想を見据《みす》えて歩み続ける。……それが俺達なんだよ」

その言葉には、虚勢《きょせい》も偽《いつわ》りもなかった。

ただ、本気で強くそう信じ、そんな茨の道に殉《じゅん》じる覚悟《かくご》に満ちた言葉であった。

(こ、こんな状況で、こんな強い気持ちを失わないなんて、このグレンという人……)

だが、クリストフがそう感服したかと思えば。

「は？　何を言ってるの？　バカバカしい」

そんなグレンのご高説を、イヴが不機嫌《ふきげん》そうに一蹴《いっしゅう》していた。

「そんな脳内お花畑なのは貴方だけよ。一緒にしないで」

「……なっ⁉」

「私はね、機嫌が悪いの。本来、幾《いく》ばくかの犠牲と引き替《か》えに、アンダンテ一人を効率良くスマートに討ち取れば良いのに、貴方たっての願いで、その犠牲をなくす作戦立案のため、余計なエネルギー消費を強《し》いられたせいでね。その上、貴方の反吐《へど》が出るような甘ったるい理想論に勝手に巻き込まれたら、たまったもんじゃないわ」

「イヴ、てめぇな⁉　新兵の前だぞ⁉　もうちょっとこう……あんだろ⁉」

「新兵だからこそ、さっさと現実を教えるべきでしょう？　ほっとけば、貴方みたいな処置なし手遅《ておく》れなお子様兵士が出来上がるんだから」

「かぁあああああ⁉　マジでなんなのお前⁉　血の代わりに鉄でも流れてんの⁉　お前らマジでどう思うよ、コイツ⁉」

グレンが同意を求めるように仲間達を振り返ると……

「別に？　僕は悪を皆殺しにできれば、それでいいかな？」

と、ジャティスが眼鏡を押し上げながら、楽しげにそう返し。

「任務は任務だ。俺達は帝国《ていこく》という巨大《きょだい》な機械仕掛《じか》けを保守し、正常動作を保つために回る歯車。俺達を回すゼンマイの人格など一々問わん」

と、アルベルトが淡々《たんたん》と返し。

「わしゃあ、イヴちゃん好きじゃよ？　いっつも死ぬか生きるか、スリル満点ギリギリの戦場を用意してくれるからのう⁉　がっはっはっ！」

と、バーナードが大笑いし。

「だ、大丈夫《だいじょうぶ》だよ～？　私はグレン君の夢、好きだよ～？　だから、応援《おうえん》してるよ。ファイト！」

と、場の状況を傍観《ぼうかん》していたセラが、苦笑いで気まずそうに言った。

（なんなんでしょう？　このまったく統一感、一体感のない人達は……？）

クリストフは眼前の特務分室の連中を、呆《あき》れたように眺《なが》める。

軍隊とは統一された意思の下《もと》に動く一個の生物……そう叩き込まれてきたクリストフにとって、軍隊とはかけ離《はな》れたような場所にいる連中である。

思想信条もバラバラ。仲もあまり良くない。とても纏《まと》まっているチームとは思えない。

（だけど、なんだろう？　この人達に感じる……この何かをやってくれそうな、奇妙《きみょう》な期待感は……？）

クリストフが気付けば、必死の思いでハノイを脱《だっ》した時に感じていたような、胸が押し潰《つぶ》されそうな絶望や不安は嘘《うそ》のように消えていた。

「さぁ、時間がないわ。……まずは情報収集よ。動いて」

イヴが短くそう命じて。

特務分室の面々は、次々と行動を開始するのであった。

————。

「……というわけで、報告するぜ」

約三時間後。

様々な手段で収集した情報を、グレンがイヴに報告する。

「投降して捕虜《ほりょ》となった第三駐屯《ちゅうとん》兵団の連中は、基地に押し込められている。幸い、然《さ》程《ほど》死傷者は出てねえようだ。まぁ、あんまり殺したら人質《ひとじち》にならんしな。

だが、その基地の周囲を大量の小型ゴーレムがぐるりと囲んでいるな。それだけじゃねえ、都市内の全域に小型ゴーレムが万遍《まんべん》なく展開してやがる。市民が全員人質に取られているようなもんで、基地の連中も迂闊《うかつ》に動けねえっていう状況《じょうきょう》だ」

「ふうん？　そんな大規模な都市ではないとはいえ、大盤《おおばん》振《ぶ》る舞《ま》いね」

イヴが頷《うなず》くと、次はジャティスが報告を始める。

「都市内を占拠するゴーレムのほとんどが半自律型だ。全ての動作を術者が操作するのではなく、大雑把《おおざっぱ》な命令を与《あた》えられたら、後はゴーレム自身が思考して、その命令を可能な限り忠実に実行する……というタイプさ」

「なるほどのう？　これだけ大量のゴーレムを一度に操《あやつ》れるのはそういうことかの」

「ふっ、例外はあの巨大ゴーレムの二体さ。あの二体だけは、アンダンテが直接操作している。……しかし、あの規模のゴーレムを二体同時に駆動《くどう》するそのゴーレム操作術……ククク、なかなかの腕前《うでまえ》さ。まぁ天才といっていいだろうね」

「ふうん、そう。……で？　肝心《かんじん》のアンダンテの所在は？　これだけのゴーレムを起動制《せい》御《ぎょ》するなら、半自律だろうが、手動操作だろうが、長距離遠隔的《ちょうきょりえんかく》には不可能よ。アンダンテは必ず都市内の何処《どこ》かに隠《かく》れ潜《ひそ》んでいるはず……」

「ここだ」

すると、アルベルトが机上《きじょう》の戦況図《せんきょう》——その北側の一角を指差す。

「都市内を流れる霊脈《レイ・ライン》を調査する過程で判明した。ここに奴《やつ》は隠れ潜んでいる」

「かつて、この地を治めていたという領主の居城、シュトレイヌ城……か。まぁ、さっきの映像で薄々《うすうす》そうじゃないかと思っていたけど」

「今はただの観光用の廃城《はいじょう》だが、拠点《きょてん》としては非常に優《すぐ》れている。ハノイ霊脈《レイ・ライン》の中心地であり、この城内城外の至るところに迎撃《げいげき》用の小型ゴーレムが配備されている。魔力熱線による射撃戦特化型だ。これに弾幕《だんまく》を張られたら、突入《とつにゅう》は至難の業《わざ》だろう」

「ましてや、そいつらを突破して、アンダンテを討ち取るのはなぁ」

「アンダンテ本人も、何らかの切り札を持っているだろうしね……」

「隠し切り札は、魔術師の基本だしな」

そんな風に、軍議を行っていく特務分室の面々。

それを見ながら、クリストフは痛くなる頭を押さえるしかない。

（やっぱり、何をどうすればこの状況をひっくり返せるのか見当もつかない……一体、どうするつもりなんですか？　この人達……）

クリストフがそんな風に思った、その矢先だ。

「なるほど。思ったより簡単だわ」

突然、イヴがそんなことを言って、クリストフをぎょっとさせるのであった。

そして、イヴは今回のハノイ解放作戦を即座《そくざ》に立案する。

その内容とは――

「えええええええええええええ⁉」

天幕内に、クリストフの素《す》っ頓狂《とんきょう》な叫《さけ》びが響《ひび》き渡《わた》った。

「ちょ、イヴ百騎長《ひゃっきちょう》⁉　失礼ですが、貴女《あなた》、正気ですか⁉」

「見かけによらず、言うわね？　貴方《あなた》」

イヴが目を吊り上げながら、クリストフを睨《にら》み付ける。

「私は確かに人員を効率良く、限界ギリギリまで駒《こま》のようにコキ使う主義だけど、その駒を敢《あ》えて壊《こわ》すような采配《さいはい》はしない」

「い、いや、壊すような采配って……壊れますよ⁉　一歩間違《まちが》ったら、皆《みな》さん、死んでし

まうじゃないですか、こんなの⁉」

そして、クリストフは訴《うった》えかけるように、グレン達へ目を向ける。

「いいんですか、皆さん⁉　こんな無茶で無謀《むぼう》な作戦――」

だが。

「……ま、いつもよりマシだな」

「あはは、そうだね。でも、油断しちゃ駄目《だめ》だよ、グレン君」

「いいだろう。その仕事、必ず果たしてみせよう」

「やれやれ、温《ぬる》い作戦だ。僕に任せれば、もっとスマートに行くのにさぁ？」

「がはははははっ！　よいよい！　このくらいヤバい方が面白《おもしろ》いわい！」

グレン、セラ、アルベルト、ジャティス、バーナード達は、こんな無謀な作戦を前に、何の感慨《かんがい》も反論もないようである。

（な、なんなんです？　この人達⁉　なんでこんな当たり前のように⁉）

クリストフが困惑《こんわく》に目を白黒させるしかないでいると。

「当然、貴方にも手伝ってもらうから。クリストフ従騎士《きし》」

「え⁉」

ぽん、と。イヴに肩《かた》を叩《たた》かれ、クリストフが頬《ほお》を引きつらせる。

「後で改めて説明するけど、貴方が今回の作戦の、詰《つ》めの一手よ？」

「ちょ、待ってください、イヴ百騎長！　よしんば、特務分室の方々がこんな無謀な作戦を実行してしまえる人達だとしても、新兵の僕に何ができるっていうんですか⁉　僕じゃ皆さんの足を引っ張ってしまうのが明白で——」

と、その時。

イヴが溜《た》め息を吐《つ》いて言った。

「あのね。色々忙《いそが》しくて、まだ文章を送りつけただけだけど……貴方を特務分室にスカウトしようとしたのが一体誰《だれ》だと思ってるわけ？　クリストフ従騎士」

「え？　ひょっとして、まさか……？」

クリストフがイヴを改めてまじまじと見つめていると、イヴがつんと話を続ける。

「正直ね。当初、私は、グレンの戯言《たわごと》なんか無視して、いかなる市民の犠牲《ぎせい》を支払《しはら》ってでも、アンダンテだけを速《すみ》やかに討《う》ち取る作戦を取るつもりだった。……偶然《ぐうぜん》、貴方と合流しなかったらね」

「……え？　僕……？」

「期待してるってこと。貴方の結界魔術」

「…………」

そんなイヴの言葉に、クリストフはもう呆然《ぼうぜん》とするしかない。

「さて、皆《みんな》、気合いを入れなさい。宣言通り、三分で片をつけるから」

そんなイヴの宣言に。

「おうよ！」

「うんっ！　任せて、イヴ！」

特務分室のメンバー達がそれぞれに応じて。

特務分室による、ハノイ奪還《だっかん》電撃作戦がいよいよ動き始めるのであった──

──。


城塞《じょうさい》都市ハノイ。

その城壁《じょうへき》内北地区に存在する第三駐屯兵団駐在基地にて。

今、そこには先刻のゴーレム達との戦いで負傷し、捕虜として投降した魔導兵《まどうへい》達が押し込められていた。

その基地周囲を、大量の小型ゴーレム達がぐるりと隙間《すきま》なく囲んでいる。

そんな外の様子を、基地内の窓から通して眺めながら、ベアは歯噛《はが》みするしかなかった。

「……くそっ！　こんな状況で何もできねえなんて……ッ！」

そう叫ぶベアの全身は、やはり激しく負傷し、包帯が巻かれている。

すると、同期の士官候補生が悔《くや》しげにベアの肩へ手を乗せて、言った。

「……仕方ないだろ。あの小型ゴーレム達はこの都市全域に展開している。俺達が下手に抵抗《ていこう》しようと動けば、市民は皆殺しだ」

「くっ……」

「それに……」

と、士官候補生が遠くを指差す。

都市の中心には、山のように聳《そび》え立つ巨大《きょだい》な二体のゴーレム。

「俺達が総力を挙げても、あのゴーレムには敵《かな》わない……あんなのに好き勝手暴れられたら、一体、どれほどの被害《ひがい》がこの都市に出るか……」

「くそ……これじゃ、帝国軍《ていこく》が応援《おうえん》に来ても、どうしようもねえじゃねえか……」

最悪、ハノイは市民もろとも見捨てられるだろう。

ベアとて帝国に命を捧《ささ》げた軍人。国家としてはテロリズムに屈《くっ》するわけにはいかず、そのような対応をせざるを得ないのはわかってる。

「くそっ……どうすりゃいいんだよ、くそっ……」

自身の無力さへの歯がゆさに、ベアが窓を力なく叩く。

(クリストフ、すまねえ……俺はここまでかもしれんが……せめて、お前だけでも上手《うま》く逃《に》げおおせてくれてりゃいいんだが……)

ベアがそんな事を思っていた、その時だ。

どぉおおおおおんっ！

どこからか壮絶《そうぜつ》な衝撃《しょうげき》音が伝わってきて、基地内を激しく揺《ゆ》らすのであった。

————。

城塞都市ハノイの北部、山間に聳え立つシュトレイヌ城最上階にて。

「キハハハ……全ての……全ての準備は整った……ッ！」

老魔術師アンダンテは、狂気《きょうき》的にほくそ笑《え》んでいた。

全ての計画は完璧《かんぺき》。この城塞都市ハノイの全域へ数ヶ月に渡って仕込んだ、大量の小型ゴーレム。そして、主力となる二つの巨大ゴーレムの搬入《はんにゅう》と、全てのゴーレム一斉《いっせい》起動

から開始した、電撃的な都市制圧作戦。

何もかも計画通りだ。

「しかし、天の智慧《ちえ》研究会……本当に素晴《すば》らしいのうッ！　まさか、これほど大それた計画に必要な全ての物資援助を申し出てくれるなんて……これで、私はこの帝国に復讐《ふくしゅう》ができる……ッ！　キハハ、キハハハハハハハハハ——ッ！」

全てはアンダンテの思惑《おもわく》通りだ。

後は帝国政府がアンダンテの要求に屈し、金を支払うならばそれで良し。天の智慧研究会の手引きでレザリア王国へと高飛びし、そこで素晴らしい研究を続ける。要求に屈さず攻《せ》めてこようものなら、この都市を見せしめに徹底的《てっていてき》に滅《ほろ》ぼし尽《つ》くしてやるまで。

「まぁ、三日。……三日であろうなぁ！　金を支払うにしろ、攻めてくるにせよ、帝国がこのハノイに何らかのアクションを起こすまで約三日……それまでは精々ゆるりと過ごさせてもらおうか……キハハハハ！」

今、アンダンテがいるこのシュトレイヌ城の最上階は、このハノイを制圧する全てのゴーレムに命令を下す司令室となっている。

床《ゆか》や壁《かべ》、天井《てんじょう》には魔術法陣《まじゅつほうじん》が幾《いく》つも敷設《ふせつ》され、部屋内には様々な魔導機材やモノリス型魔導演算器が所狭《せま》しと立ち並んでいる。

小型魔力炉《マナ・プラント》に繋《つな》がれたそれらには、このハノイの霊脈《レイ・ライン》から汲《く》み上げた大量の魔力が循環《じゅんかん》しており、重低音と共に漲《みなぎ》り、稼働《かどう》している。

そんな部屋の最奥《さいおう》で、アンダンテは大きな椅子《いす》に腰掛《こしか》けている。

眼前の虚空《こくう》には、魔術投射された外の窓枠《まどわく》型の映像が映し出されている。

アンダンテが、その投射映像へ悠然《ゆうぜん》と向き直った——その時だった。


ぷん……


「なっ⁉」

アンダンテは驚愕《きょうがく》に眼《め》を剝《む》いた。

なんと、その部屋の魔導機材に通う魔力が突如《とつじょ》、全て落ちてしまったのだ。

部屋内の魔力循環が止まり、虚空に投射された外の映像が消える。

当然、全てのゴーレム制御《せいぎょ》機能も不能となる。

「な、なんじゃ⁉　一体、何が起きたのじゃ⁉」

アンダンテは即座に、自身の魔力と予備魔力バッテリーを利用して、限定的に魔導機材の機能を回復させる。

そして、その唐突《とうとつ》な魔力落ちの原因を探《さぐ》るべく、モノリス型魔導演算器へルーン文字を綴《つづ》り始めるのであった——

————。


「成功したわ」

城塞都市ハノイの郊外《こうがい》にある、とある山間の森林の中。

ハノイの周辺地下を通う巨大霊脈《レイ・ライン》の中で幾つか存在する、急所霊点《クリティカル・レイスポット》にて。

そこに臨時展開接続した魔導演算法陣へ、先ほどからひっきりなしにルーン文字を書き連ねていたイヴが、こともなげに言いながら立ち上がった。

「急所霊点《クリティカル・レイスポット》から、魔導演算法陣で接続介入《かいにゅう》して、ハノイの霊脈《レイ・ライン》をクラッキングしたわ。麻《あさ》の編み目のように複雑な霊脈《レイ・ライン》をあっちこっち勝手に繋げて、一時的にその正常な流れを乱した。今はいかなる高性能な魔力炉《マナ・プラント》を使用しようが、ハノイの霊脈《レイ・ライン》から魔力を汲み上げることはできない」

「れ、霊脈《レイ・ライン》をクラッキング……？」

唖然《あぜん》と声を上げるクリストフへ、イヴが説明を続ける。

「あれだけ大量のゴーレム……その駆動魔力源《くどうマナ・ソース》はなんだと思う？　当然、個人でまかないきれるものじゃない。答えはその土地の霊脈《レイ・ライン》。その霊脈《レイ・ライン》から魔力炉《マナ・プラント》を使って、大量の魔力を汲み上げてるの。なら、一時的にそれを封《ふう》じたとすれば？」

「都市内を制圧している大量のゴーレムの動作を完全停止できる、ですか⁉」

「ご名答。人間のちっぽけな魔力で大自然の霊脈《レイ・ライン》をせき止めるのは不可能でも、それらの流れを乱して、霊脈《レイ・ライン》自身に霊脈《レイ・ライン》の流れをせき止めさせるのは不可能じゃないわ」

クリストフの答えに、イヴが満足げに呟《つぶや》いた。

クリストフはそんなイヴを眼を丸くして見つめる。

演算魔導式による外部接続を介《かい》しての霊脈《レイ・ライン》停止。言うは容易《たやす》いがそんなもの、通常の魔導士ならば、霊脈《レイ・ライン》を解析《かいせき》するのに一週間、霊脈《レイ・ライン》がうまく停止するように霊脈《レイ・ライン》回線を組み替《か》えるのにさらに、一週間以上かかるだろう。

（それを、このイヴさんという人は、こんな短時間で──ッ⁉）

これが……この人が、特務分室室長にして執行官《しっこうかん》ナンバー1《魔術師》のイヴ＝イグナイトか。

クリストフが驚愕に眼を丸くしてると。

「とはいえ、即興《そっきょう》も即興よ。もう少し時間をかければ、長くせき止めることもできるで

しょうけど……そうね、三分ってところかしら」

「さ、三分⁉」

「そう。世界は矛盾《むじゅん》を許さない。三分もすれば、世界はその淀《よど》んだ霊脈《レイ・ライン》の歪《ゆが》みを矯正《きょうせい》修正し、元の正常な霊脈《レイ・ライン》の流れを取り戻《もど》すでしょうね」

「そ、そんな……たった三分で一体、何が出来ると……ッ⁉」

と、クリストフが、あまりにも無茶苦茶な話に叫《さけ》び声を上げていると。

「イヴ！　グレン君！　準備できたよ！」

少し離《はな》れた小高い場所で、セラがそう叫んでいた。

イヴが使っていた魔術法陣とはまた違《ちが》った法陣がそこには敷設され、セラはその上に立っている。

その魔術法陣には緑色の魔力が壮絶に循環し、何らかの魔術を起動していた。

「よっしゃ。じゃー、また頼《たの》むわ、セラ」

グレンがさも当然とばかりに、セラが伸《の》ばした右手を握《にぎ》る。

「ほら、クリストフ君も」

「え、えと……それ、本当に……やるんですか？」

クリストフが戦々恐々《せんせんきょうきょう》と頬《ほお》を引きつらせながら、セラの左手を握る。

「ふふ、大丈夫《だいじょうぶ》だって。私、こう見えて、風の魔術は大の得意なんだ」

「まぁ、《風使い》の本領発揮ってことだ。普段《ふだん》はまぁドン臭《くせ》ぇ女だが、風の魔術だけは信頼《しんらい》できる。大船に乗ったつもりでいろよ、クリストフ」

「ああ〜っ！　グレン君ったらまた私のことバカにしてぇ！　嫌《きら》い！」

クリストフが話を聞く限り、試《ため》すのも馬鹿馬鹿しくなってくることをこれから行おうとしているのに、セラとグレンにはまったく緊張《きんちょう》感の欠片《かけら》もない。

「言っておくけど。霊脈《レイ・ライン》を乱して、ゴーレムの動きを止められる時間は約三分よ。その三分でけりを付けなさい。わかってるわね？」

「ああ、わかってるぜ」

「じょ、冗談《じょうだん》ですよね……？　し、信じられない……死ぬ……死んでしまう……こんな作戦、常識じゃ考えられない……無茶苦茶だ……ッ！」

クリストフが顔を真っ青にして呻《うめ》いていると。

「貴方《あなた》も」

イヴがそんなクリストフを叱咤《しった》するように言った。

「務めを果たしなさい。この作戦は私達の誰《だれ》が欠けても成功しない。無論、貴方も」

「〜ッ!?」

「私が見込んだ、帝国宮廷魔導士団《きゅうていまどうしだん》随一《ずいいち》の結界魔術のエキスパート、クリストフ＝フラウルは、それが出来る胆力《たんりょく》と実力を持っているはず。自信持ちなさい」

イヴの言葉に、クリストフがはっとした、その時だった。

「──《疾《シ》》ッ！」

セラが呪文《じゅもん》を唱えた、その瞬間《しゅんかん》。

地を抉《えぐ》り取り、空を落とさんばかりの豪風《ごうふう》が、セラを中心に発生して渦《うず》を巻き、セラと手を繋ぐグレンとクリストフの身体《からだ》を、激しく抱《だ》きしめた。

「わ、わわわ……ッ⁉」

クリストフが眼を瞬《しばたた》かせて戸惑《とまど》う中。

セラの足下《あしもと》の魔術法陣が、凄《すさ》まじい魔力を漲らせながら高速回転していって。

法陣の回転が増すほどに、激しい風が巻き起こす笛音のような高音は高まり、セラから発生する風は、その強さと勢いを際限なく増していき──増していき──

それがある一定の領域に達した、その時。

どんっ！

突然《とつぜん》、ゼラの身体がまるで大砲《たいほう》から撃《う》ち出されたかのように、空を舞《ま》った。

全身に纏《まと》う激風で弾《はじ》かれるように、一気に飛び上がったのである。

「う、うわぁあああああああああああ――ッ!?」

セラと手を繋いでいたクリストフも、セラの風に抱きしめられ、そのまま一緒《いっしょ》に飛んで行く。

地上から見送るセラ達の姿はあっという間に小さくなり、クリストフの悲鳴は空の彼方《かなた》へと吸い込まれていく。

空を飛ぶセラ達が向かう先は、城塞《じょうさい》都市ハノイ。

その周囲をぐるりと取り囲んで聳《そび》え立つ城壁《じょうへき》を、セラ達は余裕《よゆう》で飛び越《こ》えて、ハノイ都市内部へと侵入《しんにゅう》するのであった――

――――。

「な、なんじゃこれは!? まさか、帝国軍《ていこく》か!?」

魔導演算器で、霊脈《レイ・ライン》の状態を確認《かくにん》したアンダンテが吠《ほ》える。

「帝国軍がもう仕掛《しか》けてきたというのか!? バカな、早過ぎる！」

霊脈《レイ・ライン》の流れを乱され、一時的に魔力を汲み上げることが不可能となってしまった、ハノイの霊脈《レイ・ライン》。

この瞬間、ハノイ全域にわたって大量配備している、ほとんどのゴーレム達が一時的に魔力切れで動作停止してしまったのだ。

「だが、バカめ……こんな破れかぶれの手を！　魔力が停止する予測時間はたったの三分間ではないか！　三分間で再びゴーレムの機能は元に戻る！　たった、三分間で何ができるというのじゃ⁉　それに――」

アンダンテが、卓越《たくえつ》した指捌《さば》きで魔導演算器を高速操作する。

「本当に全てのゴーレムの魔力源《マナ・ソース》を霊脈《レイ・ライン》にしていたと思っていたのかね⁉　中には独自に魔力バッテリーを搭載《とうさい》し、魔力源《マナ・ソース》を確保している機体もある！　そう、例えば――」

アンダンテが手早く操作を終えると。

ゴゴゴゴゴ――

その外では、二体の山のように巨大《きょだい》なゴーレムが、再び動作を開始し始めていた。

「そう！　あの巨大ゴーレムには、私が開発した魔力バッテリーが搭載されている！　あの二機は、霊脈《レイ・ライン》からの魔力供給がなくとも動作可能なのじゃよ！　バカめ！　舐《な》めた真似《まね》をしてくれおって！」

そして、アンダンテはその二体の巨大ゴーレムへ、素早《すばや》く命令文を打ち込んでいく。

「キハハ！　帝国軍がこれほど早く対処してくるとは予想外じゃったが……中途半端《ちゅうとはんぱ》な介入が運の尽《つ》きじゃよ！　二度とこんなふざけた真似など出来ぬよう、少々市民達を見せしめに血祭りにしてくれようて……ッ！」

そう言って、アンダンテが魔導演算器を操作し終えると。

二体の巨大ゴーレム達が、その巨大な拳《こぶし》を振《ふ》り上げ、近くの民家目掛《めが》けて振り下ろそうとして——

どぉおおおおおん！

だが、民家が潰《つぶ》れる代わりに、二体の巨大なゴーレムが、壮絶《そうぜつ》な衝撃《しょうげき》音を立てて大きく仰《の》け反《ぞ》っていたのであった。

「な、なんじゃとぉ……あ、あれは……ッ⁉」

——。

「ほうほう⁉　こんなデカブツと戦うのは心躍《おど》るのう⁉」

ハノイ東側に屹立《きつりつ》する巨大ゴーレムを。

近場の建物の屋根の上に佇《たたず》むバーナードは、実に楽しそうに見上げていた。

「さぁて、お前さんの相手はこのわしじゃ！　しばらくの間、付き合ってもらおうぞお！」

バーナードが両手を広げる。

ヒュバッ！　するとその指先から、無数の鋼糸が放たれる。

その鋼糸達は、巨大ゴーレムの周囲に林立する建物と建物の間へ、もの凄《すご》い速度と勢いで瞬時に伝い張り巡《めぐ》らされ、巨大ゴーレムの周囲に蜘蛛《くも》の巣のような鋼糸の結界を形成する。その鋼糸には魔力が張《みなぎ》り、超《ちょう》強度となっているようだ。

だが、ゴーレムは構わずそんな鋼糸を蹴《け》り切らんと足を振るう。

しかし。

「ほっと」

バーナードが鋼糸を操作し、張り巡らされた鋼糸へ巧《たく》みに〝遊び〟を作る。

そして、大質量が成す超衝撃力を持つゴーレムの蹴りを、張り巡らされた鋼糸はやんわりと受け止め、その威力《いりょく》を殺しきってしまう。

その恐《おそ》るべき精度の鋼糸操作によって、ゴーレムの動きが物理的に止まるや否《いな》や。

「ほぉあああ──ッ！」

バーナードがさらに鋼糸を放ち、それをゴーレムへと撃ち込む。

それを繰《く》り寄せてバーナードが跳《と》び、建物の壁《かべ》を蹴って、さらに跳び、繋《つな》がる鋼糸に振り回されるようにゴーレムの周囲をぐるんと回転し──ゴーレムの身体に着地。

鋼糸を切らんと無茶苦茶に腕《うで》を振るうゴーレムの腕を、さらに無数に放った鋼糸で絡《から》め取り、バーナードはゴーレムの身体を一気に駆《か》け上っていき──

「うおおおおおおおおおおおおおおおお──ッ！」

不意に、その右手に壮絶な爆炎《ばくえん》が漲る。

魔術と格闘技《かくとうぎ》を組み合わせた絶技──《魔闘術《ブラック・アーツ》》だ。

「そぉおおおれいいいいっ！」

そして、バーナードはその拳をゴーレムの巨大な頭部へと叩《たた》き込み──炸裂《さくれつ》。

インパクトの瞬間、超至近距離《きょり》で起動した爆炎の魔術が、体格差など考えるのもおこがましいほど巨大なゴーレムを、大きく仰け反らせるのであった──

その一方──ハノイ西側に屹立する巨大ゴーレムの前に。

それと匹敵《ひってき》する存在が突如《とつじょ》出現していた。

それは——巨大な女神《めがみ》だ。

左手には黄金の剣《けん》を。右手には銀の吊《つ》り天秤《てんびん》を。背中に広がるは歪《いびつ》な七つの翼《つばさ》。

そんな偽《いつわ》りの女神が剣を振りかざし、巨大ゴーレムと真っ向から打ち合っている。

女神の振るう剣と、巨大ゴーレムの振るう拳が真っ向からぶつかり合い、壮絶な衝撃音を都市中に響《ひび》き渡《わた》らせるのであった。

そんなゴーレムと女神の二大決戦を。

「ふっ。具現《コール》——人工聖霊《イド》【正義の女神《レディ・ジャスティス》ユースティア】」

とある一人の男が、近くの建物の尖塔《せんとう》の上に佇み、見下ろしていた。

その両手に嵌《は》められた手袋《てぶくろ》からは、さらさらと大量の疑似霊素粒子粉末《パラ・エテリオンパウダー》が、風に乗って流れていく——

ジャティスだ。

「やれやれ。僕は悪さえ滅《ほろ》ぼせれば、犠牲《ぎせい》などどうでもいいんだけどねぇ？」

ジャティスは、眼下で己《おの》が女神と巨大ゴーレムが激しく格闘《かくとう》戦を繰り広げる様を、余裕に溢《あふ》れた薄《うす》ら寒い表情で見下ろしていた。

「ただ、犠牲を出さずに悪を滅ぼせるならば、別にそれはそれに越したことはないさ。今

回だけは、グレン、君の顔を立ててあげるよ……くっくっく……」

そんなことを愉悦《ゆえつ》の表情で呟《つぶや》いて腕を振り、さらに疑似霊素粒子粉末《パラ・エテリオンパウダー》を放つ。

偽りの女神を自在に操作し、巨大ゴーレムの動きを完全に封《ふう》じるのであった——


「す、凄い！　なんなんですか、あの二人は⁉」

城塞都市ハノイの空を、激風でかっ飛びながら、クリストフが驚愕《きょうがく》に叫《さけ》んだ。

「まさか、本当にあんな巨大なゴーレムを抑《おさ》えてしまうなんて⁉」

「でしょでしょ？　あの二人凄いでしょう？」

セラがまるで自分のことのように誇《ほこ》らしげに言った。

「特務分室の最古参にて執行官《しっこうかん》ナンバー9《隠者《いんじゃ》》のバーナードさん、そして、特務分室随一《ずいいち》のトリックスター、執行官ナンバー11《正義》のジャティス君……あの二人は本当に強いんだよ？　あはは、私なんか、あの二人と比べると本当に地味で……足を引っ張らないようにするのが精一杯《せいいっぱい》で……」

「いや、そんなこと言って、貴女《あなた》も大概《たいがい》、化け物ですからね⁉　セラさぁん⁉」

クリストフは改めて自分の状況《じょうきょう》を確認し、叫んだ。

「一体、どういうことなんですか、コレ⁉　僕とグレンさんを同時に運びながら、

《疾風脚《シュトロム》》を自在に行使するなんて⁉　一体、どんな風の制御《せいぎょ》技術なんです⁉」

その叫び通り、セラはグレンとクリストフを連れて、激風の魔術の連続起動《ラピッド・ファイア》による超高速立体機動――《疾風脚《シュトロム》》で、ハノイの都市内を駆ける、翔《かけ》る――

壁を蹴って推進し、屋根を蹴って上昇《じょうしょう》し、尖塔を蹴って加速、大通りを滑空《かっくう》し、さらに蹴り上がって、空を大きく舞《ま》い上がって――

今やクリストフの視界一杯に広がるのは、激流のように後方へ駆け流れながら、滅茶苦《めちゃく》茶《ちゃ》に上下左右回転する地獄《じごく》のような世界だ。

その穏《おだ》やかな気質からは想像もつかない、セラの荒《あら》ぶる嵐《あらし》のように激しい《疾風脚《シュトロム》》。

クリストフの平衡《へいこう》感覚、重力感覚はとっくに麻痺《まひ》し、上下左右前後すらあやふやになっていく――

「《疾風脚《シュトロム》》なんて、自分一人だけでも超難度の高等技術ですよね⁉　それを二人抱《かか》えて行うなんて……しかも、こんなに速くて正確な《疾風脚《シュトロム》》見たことないです！」

恐らく、二人抱えているこの状態でも、軍内の誰《だれ》よりも圧倒的《あっとうてき》に速い《疾風脚《シュトロム》》ではないだろうか？

「執行官ナンバー3《女帝《じょてい》》のセラは、風の魔術の天才だからな」

クリストフの驚愕に答えるように、グレンがぼやいた。

慣れているのか、諦《あきら》めているのか。クリストフ同様真っ青になったグレンの顔は、まるで虚無《きょむ》そのものであった。

「風と歌と共に生きる南原のとある遊牧民族のお姫《ひめ》様……《風の戦巫女《いくさみこ》》様だ。風を使わせたらコイツの右に出るやつは帝国《ていこく》軍どころか、世界を探してもいねえだろうよ。この程度は朝飯前なんだろ」

「わっ。もう、グレン君ったら褒《ほ》めすぎだよぅ」

すると、空中で激しく螺旋横転《バレルロール》を決めながら、セラがはにかんだ。

クリストフの視界がぐるんと激しく一回転し、クリストフは吐《は》きそうになる。

「う、うわぁあああああ——ッ⁉　おえっ⁉」

「ようし、グレン君に褒められて、なんか元気出てきちゃった。私、頑張《がんば》っちゃうね？」

「頑張るな！　少しは手加減してやれ⁉　慣れてる俺はともかく、この変態機動初体験の可哀想《かわいそう》な新兵がいるだろうが⁉」

そんなグレンの叫びも、舞い上がったセラには届かない。

セラはより激しい機動で、文字通り飛ぶように城塞《じょうさい》都市ハノイを翔ていく。

（こ、この滅茶苦茶な立体機動……はは、これは確かにトラウマものだ……）

クリストフがぼんやりとそんなことを考えている間にも。

セラは建物を越《こ》え、塔《とう》を過《よ》ぎり、戦う二体の巨大ゴーレムの間をすり抜《ぬ》けて。

真《ま》っ直《す》ぐ、真っ直ぐ、真っ直ぐ。

向かう先は——アンダンテが潜《ひそ》んでいるというシュトレイヌ城。

遥《はる》か遠い先にあった目的地が、みるみるうちに近付いてくる。

この速度で接近すれば、最早《もはや》、城は目と鼻の先だ。

地獄のような《疾風脚《シュトロム》》のせいで無限の時間が経過したかのように思えたが、まだ作戦開始から一分ほどしか経《た》っていない。

「……え？　まさか……本当に三分で決着をつけるつもりで……？」

「あ？　だから、何度も作戦会議でそう言ってたじゃねえか」

グレンが今さら何をと言わんばかりの表情で、クリストフを流し見る。

「それより、そろそろお前も出番だから、気合い入れろよ？」

と、グレンがクリストフへ注意を促《うなが》した瞬間《しゅんかん》だった。

目前まで迫《せま》ったシュトレイヌ城のあちこちが、キラッと光って。

無数の熱線が、飛行接近するセラ達へ襲《おそ》いかかってくるのであった——

——。

「な、なんなんだ、何が起きているのじゃ⁉」

アンダンテは周囲の魔導《まどう》機材を必死に操作し、予備魔力源《マナ・ソース》を起動させて、ゴーレム制御室の機能をある程度回復させていた。

「くそ……やはり、半自律型の小型ゴーレムの再起動まで、今しばらくの時間がかかる！」

そして、虚空《こくう》に投射された映像には。

自慢《じまん》の巨大《きょだい》ゴーレム二体が、二人の魔導士によって完全に抑えられている姿。

さらには、一丸となってハノイの空を飛翔《ひしょう》し、このシュトレイヌ城へと迫って来る三人の魔導士達の姿。

「こ、こしゃくなぁ……ッ！　この私を止めようというのか⁉」

だが、唐突《とうとつ》なるこの展開に驚愕こそすれど、アンダンテに焦《あせ》りはない。

なぜなら――

「ふん、巨大ゴーレムを抑えるあの二人は、文字通り抑えるので手一杯《ていっぱい》のようじゃな。大したことはない。霊脈《レイ・ライン》が回復したら小型ゴーレム軍団を再起動させ、一斉《いっせい》に襲わせれば事足りるのじゃ！　そして、この城へ近付いてくるあの三人も――」

アンダンテが手元の魔導演算器を手早く操作し、とある命令文を発する。

「即刻《そっこく》、撃《う》ち落としてやるのじゃあああああああああ――ッ！」

――。

「うわあああああああ⁉」

クリストフは、突如、数メトラ横滑《よこすべ》りした視界に、口から心臓が飛び出そうな感覚を覚えていた。

セラが風を操作し、咄嗟《とっさ》に左へ滑空したのだ。

その半瞬後、セラ達がいた空間を過ぎる無数の熱線。

そして、そんなセラへさらに追い縋《すが》るように、城から無数の熱線が槍衾《やりぶすま》のように容赦《ようしゃ》なく飛来してくる。

「――く」

セラはさらに、横転、横転、横転、螺旋横転《バレルロール》。

次々と迫り来る熱線の射線を、紙一重でハズしていって。

クリストフの視界をぐるんぐるん回転させながらも、城目掛《めが》けて突《つ》き進み――

やがて、ある一定距離まで近付いたら、今度は反転。

逆に城から距離《きょり》を取る——

「駄目《だめ》。これ以上は近付けない。撃ち落とされるね」

「だろうな。城内部にはやっぱり、自前の魔力源《マナ・ソース》で動く対空迎撃《げいげき》用ゴーレムが配備されているだろうというイヴの予測が当たった形だな？」

「ど、どうするんですか？　こんなに弾幕《だんまく》がキツいんじゃ——」

と、その時だった。

狼狽《うろた》えるクリストフの遥か後方から。

一条の雷閃《らいせん》が、クリストフを掠《かす》めて前方へと飛来し、シュトレイヌ城のとある一角へと突き刺《さ》さる。

「……え？　今の……？」

呆気《あっけ》に取られるクリストフの眼前で。

無数の雷閃が次から次へと流星群のように飛んで来ては、シュトレイヌ城の彼方此方《かなたこなた》に突き刺さっていく。

そして、その雷閃が城に突き刺さるごとに、セラ達を襲う対空熱戦の弾幕が少しずつ、薄くなっていくのであった——

──────。


シュトレイヌ城から離《はな》れて、およそ3000メトラ地点。

びょうびょうと強風が吹《ふ》き荒《すさ》ぶ、ハノイの城壁《じょうへき》の天辺《てっぺん》にて。

そこに、とある一人の青年が長い髪《かみ》を棚引《たなび》かせながら、威風堂々《いふうどうどう》と佇《たたず》んでいる。

アルベルトだ。

アルベルトはその鷹《たか》のように鋭《するど》い双眸《そうぼう》で、遥か彼方の城を見据《みす》え、それを左手でピタリと指差しながら、誰へともなく言った。

「──容易《イージー》だ」

その瞬間、アルベルトの指先に、猛烈《もうれつ》な稲妻《いなずま》が漲《みなぎ》って。

そして、さらに次の瞬間、それが一気に放たれ、ハノイの上空を流星のように翔る──


──────。

「ま、魔術狙撃《そげき》ですかぁ!?　コレが!?」

「そうだよ。城内部に居る対空迎撃用ゴーレムを、あの野郎《やろう》が狙撃で片端《かたはし》から潰《つぶ》してんだよ」

と、驚愕《きょうがく》するクリストフとは裏腹に、グレンが何の感慨《かんがい》もなく言った。

「一人で、ですか⁉　だって、あんなに距離があるんですよ⁉　補佐の狙撃観測手もいないのに、一体どうやって⁉」

「まぁ、普通《ふつう》ならあの距離じゃ、あいつでも観測手がいねえと厳しいがな。敵の放った射線が見えてるだろ？　つまり敵の位置はバレバレ。なら、あいつなら、もう眼《め》を瞑《つぶ》ってでも中《あ》てられるよ」

「は、はぁ……？　仰《おっしゃ》る意味がわからないんですけど……？」

３０００メトラ級魔術狙撃がすでに神業《かみわざ》の領域なのだ。腕利《うでき》きの観測手がついても、辛《かろ》うじて中たるか否《いな》か……静止目標に十中一発でも中てられれば、超《ちょう》一流だろう。

それを、狙撃観測手抜きで、敵の射線のみを頼《たよ》りに、これほど素早《すばや》く連射必中させるなど聞いたことがない。

（こ、これが、執行官《しっこうかん》ナンバー17《星》のアルベルトさん……ッ⁉）

彼もまた、クリストフの想像を絶する怪物《かいぶつ》であったのだ。

「本当に、化け物だらけで嫌《いや》になるだろ？」

グレンが戯《おど》けたように言う。

「俺は、特務分室で唯一《ゆいいつ》のクソ雑魚《ざこ》ナメクジだから肩身《かたみ》が狭《せま》いのなんのって」

「………………」

と、そうこうやっている内に――

城からの対空砲火《ほうか》がいつしか、ピタリと止《や》んでいた。

あっという間に、アルベルトが魔術狙撃で城内に潜んでいた、対空迎撃の砲撃ゴーレムを全て潰しきったのである。

「よし、行くぜ、セラ！」

「うんっ！」

セラがさらに全身へ激風を纏《まと》わせる。

そして、より超加速して、城へと突進《とっしん》し――

そのまま、城の壁《かべ》を風の破城鎚《はじょうつい》でブチ破って、城内部へと侵入《しんにゅう》するのであった――

――――。

「な、なんじゃとぉ!? 侵入された!? バカな!?」

最上階に陣取《じんど》るアンダンテは、この信じられない事態に驚愕する。

「じ、時間は……ッ⁉　ゴーレム再起動までの時間は……ッ⁉」

魔導演算器の表示画面に表示された、予想起動時間は……後、一分三十秒。

「ま、まだそんなに時間があるのか……ッ⁉」

連中がこの城へ突入《とつにゅう》した場所は、この司令室から大分、近い。

連中は後、三十秒もしないうちに、ここへとやって来るだろう。

（お、落ち着くのじゃ……精神を乱すな……冷静になれ……ッ！）

次から次へと起きる想定外の事態に、一瞬パニックになりかけるものの、アンダンテは強靱《きょうじん》な精神力で、平静を取り戻《もど》す。

（問題はない。問題はないのじゃよ）

そう、冷静に考えればまったく問題はない。

後、一分三十秒で乱された霊脈《レイ・ライン》が正常化し、このハノイに配置した全てのゴーレムが再起動するのだ。すでにそうなるよう命令は発信してある。そうすれば、全ての形勢が逆転する。アンダンテの勝利が確定するのだ。

連中がいかに凄腕《すごうで》だとしても、この物量差だけは覆《くつがえ》せるはずもない。

（つまり、再起動するまで、持ちこたえることが出来れば良いのじゃ……）

そして——実は、アンダンテはこう見えて、魔術戦には相当の自信がある。

若い頃《ころ》は、超一流の決闘者《けっとう》として鳴らしていたのだ。

ケツの青い若造共が二人、三人徒党を組んだところで、問題なく倒《たお》せる。

よしんば倒せずとも、残り時間いっぱいをしのぐことなど造作もないことだ。

「ククク……まぁ、仕方ない。こういうこともあろう。さて、久々、魔術戦の腕前を披露《ひろう》してみようかの……若造共に手痛い教訓をくれてやるわ！」

そう言って、アンダンテが立ち上がる。

耳を澄《す》ませば、この制御室《せいぎょ》に繋《つな》がる正面の扉《とびら》。

その向こう側から、駆《か》け足の音が段々と近付いてくるのがわかる。

「ふん、その扉が開かれた時が、貴様《きさま》達の最後じゃよ。キハ、キハハハハハ——ッ！」

すでにアンダンテの深層意識野には、信じられないほど強力な呪文《じゅもん》が、予唱呪文《ストック》として大量にストックしてある。誰も知らない、アンダンテだけの必殺術すらある。

後はそれを時間差起動《ディレイ・ブート》するだけで、愚《おろ》かな侵入者達を情け容赦なく、討《う》ち滅《ほろ》ぼすだろう。

「さぁ、来い。来い！　……来るのじゃ！」

アンダンテが、悠然《ゆうぜん》と扉を見つめて——

だだだだだだっ！

扉の向こう側からやって来る駆け足の音が、どんどん近付いて来て――

そして。


ばぁんっ！


扉が蹴《け》り開けられ、何者かが迷いなくこの部屋に飛び込んで来て――

「終わりじゃあああああああああああ――っ！」

アンダンテが予唱呪文《ストック》を起動しようとして――


――。


「うおおおおおおおおおおおおおおお――ッ！」

眼前の扉を蹴り開けるや否や、グレンはアンダンテと思《おぼ》しき魔術師へ一直線で突進していく。拳《こぶし》を振《ふ》り上げ、殴《なぐ》りかかりに行く。

だが――その彼我《ひが》の距離は、近接格闘《かくとう》戦へ持ち込むにはあまりにも遠い。

この距離ならば、敵の呪文攻撃《こうげき》の方が圧倒的《あっとうてき》に速い。

ゆえに、グレンのやっていることは、ただの自殺行為《こうい》。

だが──

「な、なにぃ⁉」

グレンの眼前の魔術師──アンダンテは、驚愕の表情で硬直《こうちょく》していた。

「ふ、不発じゃと⁉　なぜ──ッ⁉」

狼狽えながらも、次なる呪文を試《ため》そうとするアンダンテだったが──

「だぁあああああああああああ──ッ！」

その隙《すき》に、グレンはアンダンテの懐《ふところ》へ飛び込み、拳を猛然《もうぜん》と撃《う》ち込んでいた。

グレンの拳はアンダンテの顔面を真正面から捕《と》らえて、めり込む。

グレンは拳を一気に振り抜《ぬ》いて──

「ぎゃあああああああああああ──ッ⁉」

その衝撃《しょうげき》で、アンダンテは縦回転しながら後方へと吹き飛んでいき──壁に激しく叩《たた》き付けられる。

そして──沈黙《ちんもく》。

グレンの一撃はアンダンテの意識を刈《か》り取り、完全に無力化してしまうのであった。

「……よし、上手《うま》くいったぜ」

「お疲《つか》れさん、グレン君」

そんなグレンの隣《となり》に、セラがふわりと降り立つ。

「ふふ、アンダンテって、超一流の魔術師だからね……もし、グレン君がいなかったら、絶対、泥沼《どろぬま》の戦いだったよ……下手したら誰《だれ》か死んじゃってたかも」

「さぁーな？　それよりもセラ、お前はアンダンテの拘束《こうそく》を頼《たの》む」

「はーい」

そう言い合って、セラはアンダンテを縛《しば》り上げ始め、グレンは周囲の魔導《まどう》機材を調べ始める。

と、そんなグレンへ。

「……い、今の……どういうことなんですか？」

クリストフが意味不明だとばかりに、グレンへ問う。

「な、なんで今の戦い……アンダンテは呪文を使わず棒立ちだったんですか？　グレンさんを呪文攻撃で迎撃《げいげき》する時間は、充分《じゅうぶん》過ぎるほどあった……どうとでも対処できたというのに……一体、なぜ……？」

「あー、それな？」

グレンが、ぴっ！　と。いつの間にか左手の指で挟《はさ》むように持っていた一枚のアルカナ

を、クリストフへと見せる。

「それは、アルカナ……？　愚者《ぐしゃ》の……？」

「固有魔術《オリジナル》【愚者の世界】。俺は、俺を中心とする一定領域内における魔術起動《スタートアップ》を完全封《ふう》殺《さつ》することができる」

「……な……？　あ、完全封殺……？」

　また、見たことも聞いたこともない、魔術師の根底と常識を覆すような恐《おそ》ろしい魔術が出てきた。

　無論、クリストフほどの聡明《そうめい》な思考の持ち主ならば、その魔術には夥《おびただ》しいデメリットが存在するのがわかる。

　だが、それを差し引いても――怪物。それがハマった時の圧倒的な戦術的優位性は、思わず身震《みぶる》いするほどだ。あらゆる不利な状況《じょうきょう》を一瞬でひっくり返せる。

　魔術が絶対の法則であり、同時に致命《ちめい》的な生命線である魔術師であるからこそ、その固有魔術《オリジナル》の恐ろしさは骨身に沁《し》みて理解出来る――

（執行官ナンバー０《愚者》のグレンさん……特務分室で唯一のクソ雑魚ナメクジ？　とんでもない！　この人が一番の怪物だ！　絶対に敵に回したくない人だ！）

　先ほどからの驚愕の連続に、クリストフがただただ呆然《ぼうぜん》としていると。

「クリストフ！　おい、何をぼさっとしてるんだ、出番だぞ！」

「あ」

グレンに呼ばれて、我に返る。

「やっぱり、イヴの分析《ぶんせき》通り、この部屋の魔導機材がハノイを占拠《せんきょ》する全てのゴーレム達の制御装置だ！　霊脈《レイ・ライン》に接続され、ここから全てを操作できるようになってる！　だが、すでに再起動と共に、ハノイ中に総攻撃をする命令が実行されている！」

「……ッ！」

「このままじゃ、アンダンテをせっかく抑《おさ》えたのに、ゴーレム共が暴れ出して、市民にどでかい被害《ひがい》が出ちまう！　だが、喜べ！　これまたイヴの分析通り、このゴーレム制御式の根本的な根幹機構は……霊脈《レイ・ライン》に張った結界魔術だ。そう、お前の専門だ！」

どくん。その瞬間《しゅんかん》、クリストフの胸が高鳴った。

その時、クリストフの脳裏《のうり》に、様々な顔が浮《う》かんでは消えていく。

この無茶苦茶なようで針の穴を通すような理《ことわり》が通った作戦を立案したイヴ。

あの身震いするほど強力な巨大《きょだい》ゴーレムを抑えた、バーナードにジャティス。

風の超絶技巧《ちょうぜつぎこう》で自分をここまで連れてきてくれたセラ。

神業《かみわざ》の魔術狙撃《そげき》で道を切り開いてくれた、アルベルト。

そして──

「安心しろ。すでに起動済みの魔術を、俺の【愚者の世界】は妨害《ぼうがい》しない。お前には、この手の術式を介入《かいにゅう》操作する接続魔術をすでに起動させてあったろ？　できるな？」

超一流の魔術師アンダンテを、難なく制圧してしまったグレン。

そんな彼らに支えられ、助けられ、自分は今、奇跡《きせき》のようにこの場所に立っている──

奇妙《きみょう》な万能《ばんのう》感と高揚《こうよう》感が、クリストフを支配する。

この作戦実行前に感じていた、嫌《いや》な予感や不安、絶望感は最早《もはや》どこにもない。

あるのは、皆《みな》の期待に応えたいという燃え上がる使命感だけだ。

ゆえに──

「──できます！」

まったく根拠《こんきょ》はないが、クリストフは力強くそう答えて。

ゴーレムの再起動を防ぐべく、現在進行形で起動中の魔導演算器や装置を分析し、手早く弄《いじ》り始めるのであった。

ゴーレム再起動まで、後、ちょうど一分間。

たったそれだけの時間で、アンダンテが独自開発した魔術式を読み取り、それを支配下に置かねばならないなんて、常識で考えれば勝負にもならない。

だが、この時、クリストフは確信していたのだ。

自分の。

否、自分達の勝利を――

――。

………。

「くっくっく……そんなこともあったかのう？　懐《なつ》かしいわい」

ミラーノのとある場末の聖堂の地下墓地《カタコンベ》内にて。

クリストフの長い昔語りがようやく終わり、バーナードが懐かしそうにニヤリと笑っていた。

「ええ、本当に」

クリストフもどこか穏《おだ》やかに言った。

「思えば……あの事件を切っ掛《か》けに、僕は決意したんですよね。……この特務分室に入室

することを。皆さんと一緒《いっしょ》なら……こんな自分でも何かが出来そうな気がしたから。絶対的に絶望的な状況でも、強くあれるような気がしたから」

「わざわざ、王室親衛隊の誘《さそ》いを蹴ってかの？　バカじゃのー？　くっくっく……地獄《じごく》へようこそ、じゃ」

バーナードがからかうように笑って。

「………」

少し離《はな》れた場所の壁《かべ》に背を預け、腕《うで》を組んで瞑想《めいそう》しているアルベルトも、どこか、口元を穏やかに緩《ゆる》めている。

「当然、特務分室に入って、全てが上手くいったわけではありません。辛《つら》いこともたくさんありました。時に、自分の無力さに打ちのめされることも。時に、救えず後悔《こうかい》することも。こんな部署に入らなければ……そう思ったことがないと言えば嘘《うそ》になります」

「………」

「それに……あの頃《ころ》と比べて、僕達は本当に色々と変わってしまいましたよね……本当に色々と」

「ああ、そうじゃな……」

「………」

三者三様に押し黙《だま》る。

クリストフが懐かしそうに語った当時の特務分室と、今の特務分室はまったく違《ちが》う。

一人殉職《じゅんしょく》し、一人辞《や》め、一人左遷《させん》され、一人大罪を犯《おか》して出奔《しゅっぽん》し——

クリストフが子供のように憧《あこが》れたあの日の特務分室の姿からは、今はもう大きく変わり果ててしまった。もう二度とあの頃には戻《もど》れないところまで来てしまった。

だが。

それでも——

「あの日の憧憬《しょうけい》は嘘じゃありませんし、特務分室にいることでちっぽけな自分でも、何かができる、なせる……そんな気がするのは、今だって変わっていません」

そんなクリストフの言葉に。

バーナードとアルベルトが苦笑《くしょう》する。

「今回のこのミラーノ事変……イグナイト卿《きょう》のクーデター……状況はいつものように絶望的ですが……がんばりましょう、皆さん。

グレン先輩《せんぱい》やイヴさんも、このミラーノに居るんです。僕達なら必ず何かを為《な》せるはずです。離れていても僕達は仲間……心は一つだと思うんです。だから——」

そんなクリストフの言葉に。

「うむ、そうじゃな」

「……ああ、無論だ」

バーナードとアルベルトも短く応じた。

「さて、ならば。わしらは少しでも体調を整えておくかのう？」

「そうだな。グレンとイヴ……連中が動くことを信じよう。それに合わせて、こちらも動けるよう、全神経を尖《とが》らせておく。……今はそれに徹《てっ》しよう」

「ええ、そうですね。僕達に出来ることをしましょう」

そう言い合って。

特務分室の三人は、改めて士気を新たにするのであった。


——三日後。

後の世に《炎《ほのお》の一刻半《いっときはん》》と呼ばれる、イヴ率いる帝国《ていこく》友軍と、イグナイト卿率いるクーデターの賊軍《ぞくぐん》の激突《げきとつ》が勃発《ぼっぱつ》する。

その時、とある三人の魔導士が、友軍との奇跡の連携《れんけい》を果たして賊軍を遊撃し、友軍を勝利に導くことになるのだが——

それはまた別の話であった。

あとがき

こんにちは、羊太郎《ひつじたろう》です。

今回、短編集『ロクでなし魔術《まじゅつ》講師と追想日誌《メモリーレコード》』第七巻、刊行の運びとなりました。

ついに七巻。短編集だけでエラいことになってきました。

これというのも、編集者並びに出版関係者の方々、そして本編『ロクでなし』を支持してくださった読者の皆様《みなさま》方のおかげです！　どうもありがとうございます！

ロクでなし本編のシリアスが加速する中、相変わらず短編はオアシス。本編と短編のあまりの温度差に、作者も風邪《かぜ》を引きそう！

それでは、今回も各短編の解説に移っていきましょう！

○最強ヒロイン決定戦
ルミアメイン回。この話は……いやぁ、滅茶苦茶《めちゃくちゃ》苦労した記憶《きおく》があります。やっぱり、

僕って少年漫画《まんが》路線な作風らしいですから、こういう女の子の内面描写《びょうしゃ》とか、キャッキャッウフフな展開を書くのがすんごく苦手なようです。

もう泥《どろ》のように血反吐《ちへど》を吐《は》きながら、何度も何度も書き直して……本当にコレでいいのか、コレ面白《おもしろ》いのかと自問自答を繰《く》り返《かえ》して……ああもう、作品の完成度、すっげえ自信ねえ……ははは、疲《つか》れたよパト○ッシュ……

でも、この話、ドラマガ誌上の読者人気投票で、ロクでなし短編史上、かつてない好成績を叩《たた》き出したらしいです。この業界って本当にわからん☆

○さらば愛《いと》しの苺《いちご》タルト

リィエルメイン回。前回の反動のようにドタバタ話。

最早《もはや》、困った時のリィエルネタみたいなところがありまして、今回も彼女の力を大いに借りてしまいました（笑）。

でもねえ、ロクでなし本編でちらりと出した、リィエルの苺タルト好きという設定……元々、リィエルという世間知らずな女の子のキャラ性を深めるために付けた、なんでもない設定だったはずなんですが……このネタだけで短編一本書けるほどまでになるとは……苺タルトとは一体……うごご……

○秘密の夜のシンデレラ
イヴちゃんメイン回。

当時、僕は担当編集に、〝そろそろドラマガ短編の学院生活でも、イヴを登場させましょう〟って言われました。

違《ちが》う！　短編で描《えが》く学院の日常生活は、特務分室とまったく関係ない所で書くと言ったでしょう!?　いくらイヴが本編で謎《なぞ》の人気を得てきたからって！　そんな急に信念を曲げて、読者へ媚《こ》びを売るような真似《まね》、僕は絶対に、やってやらぁああああああああああああああああああああああああああああああ――っ！

人間って、柔軟《じゅうなん》性が大事ですよね！

○未来の私へ
三人娘《むすめ》、システィーナ、ルミア、リィエルが、タイムマシンで未来の自分達の姿や、自分達の子供達を眺《なが》めるお話。この子達が大人になったらどうなるんだろうなぁ？　みたいな妄想《もうそう》からこんな話が生まれました。

オチについては色々と編集と揉《も》めましたが、色んなことを考えた結果、こういう形にし

てみました。こういうオチになった未来というのは、やっぱりわからないから面白いわけで。

でも、一番の原因は、未来の世界で、本当に行き遅《おく》れて婚期《こんき》を逃《のが》し、独り身の寂《さび》しいお局《つぼね》様となってしまったイヴちゃんを描写してしまったせいの気がする……あまりにも可哀想《かわいそう》過ぎるので、イヴちゃんの登場自体を土壇場《どたんば》で削除《さくじょ》しましたが！

キャラを愛するあまり、たまに悪ノリが過ぎるのが羊の悪い癖《くせ》ですね！

○特務分室のロクでなし達

今回の書き下ろし短編。今までは、書き下ろし短編はどうにも重たい話が多かったので、たまにはこんなんどうでしょう？　特務分室の在りし日のお話です。

今でこそ、ロクでなし本編（第十七巻まで）では、あんなことになってしまった特務分室であり、色々と挫折《ざせつ》してしまったグレンですが、それでも、グレンが第十巻のｐ１６３で語っていた通り、この書き下ろし短編で描かれるようなことも、きっとあったのでしょう。そんな彼らの青春の一幕を描いてみました。

しかし、今回改めてこの話を書いていて思ったんですが、こいつら全員、濃《こ》いな！　傍《はた》から見ている分には面白いかもしれないが、絶対に関わりたくない！（笑）

読者の皆様方も、その〝傍から見ている分〟を、楽しんでいただければ幸いです！

今回は以上ですね。

どうかこれからも『ロクでなし』をよろしくお願いします！

近況《きんきょう》・生存報告などはtwitterでやっていますので、応援《おうえん》メッセージなど頂けると、羊は大喜びで頑張《がんば》ります。ユーザー名は『@Taro_hituji』です。

それでは！

羊太郎

塩パスタを食べたイヴさん
すっっっっごく美味《おい》しくない…

あとがきのイヴ率が多いような気がする…

2020.10

初出

最強ヒロイン決定戦
The Strongest Heroine Playoffs

ドラゴンマガジン2019年1月号

さらば愛しの苺タルト
Farewell, My Beloved Strawberry Tart

ドラゴンマガジン2019年3月号

秘密の夜のシンデレラ
Cinderella of the Secret Night

ドラゴンマガジン2019年5月号

未来の私へ
To the Future Me

ドラゴンマガジン2019年9月号

特務分室のロクでなし達
Bastards of the Special Missions Annex

書き下ろし

Memory records of bastard
magic instructor

お便りはこちらまで

〒一〇二-八一七七
ファンタジア文庫編集部気付
羊太郎（様）宛
三嶋くろね（様）宛

富士見ファンタジア文庫

ロクでなし魔術講師《まじゅつこうし》と追想日誌《メモリーレコード》7

令和2年10月20日　初版発行
令和6年10月25日　3版発行

著者——羊《ひつじ》 太郎《たろう》

発行者——山下直久
発　行——株式会社KADOKAWA
〒102-8177
東京都千代田区富士見2-13-3
0570-002-301（ナビダイヤル）
印刷所——株式会社KADOKAWA
製本所——株式会社KADOKAWA
本書の無断複製（コピー、スキャン、デジタル化等）並びに無断複製物の譲渡および配信は、著作権法上での例外を除き禁じられています。また、本書を代行業者等の第三者に依頼して複製する行為は、たとえ個人や家庭内での利用であっても一切認められておりません。

※定価はカバーに表示してあります。
●お問い合わせ
https://www.kadokawa.co.jp/（「お問い合わせ」へお進みください）
※内容によっては、お答えできない場合があります。
※サポートは日本国内のみとさせていただきます。
※Japanese text only
ISBN978-4-04-073738-6 C0193 ◆◇◇
©Taro Hitsuji, Kurone Mishima 2020
Printed in Japan

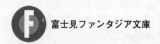

騙しあい。

各国がスパイによる戦争を繰り広げる世界。任務成功率100%、しかし性格に難ありの凄腕スパイ・クラウスは、死亡率九割を超える任務に、何故か未熟な7人の少女たちを招集するのだが――。

シリーズ
好評発売中！

ファンタジア文庫

世界最強の
“不可能任務”に挑む少女たちの
痛快スパイファンタジー！
スパイ
教室
竹町
illustration
トマリ

ファンタジア文庫
イスカ
帝国の最高戦力「使徒聖」の一人。争いを終わらせるために戦う、戦争嫌いの戦闘狂
女と最強の騎士
二人が世界を変える——
帝国最強の剣士イスカ。ネビュリス皇庁が誇る魔女姫アリスリーゼ。敵対する二大国の英雄として戦場で出会った二人。しかし、互いの強さ、美しさ、抱いた夢に共鳴し、惹かれていく。たとえ戦うしかない運命にあっても——
シリーズ好評発売中！

細音啓が紡ぐ新たなるヒロイックファンタジー
細音啓
イラスト
猫鍋蒼
キミと僕の最後の戦場、あるいは世界が始まる聖戦
the War ends the world / raises the world
至高の魔
敵対する
アリスリーゼ
帝国と対立しているネビュリス皇庁の第２王女で強力な氷の星霊を使う「氷禍の魔女」

天上優夜《てんじょうゆうや》
異世界で
レベルアップした結果、
最強の身体能力を
手に入れた少年
この少年
すべてが
シリーズ好評発売中！

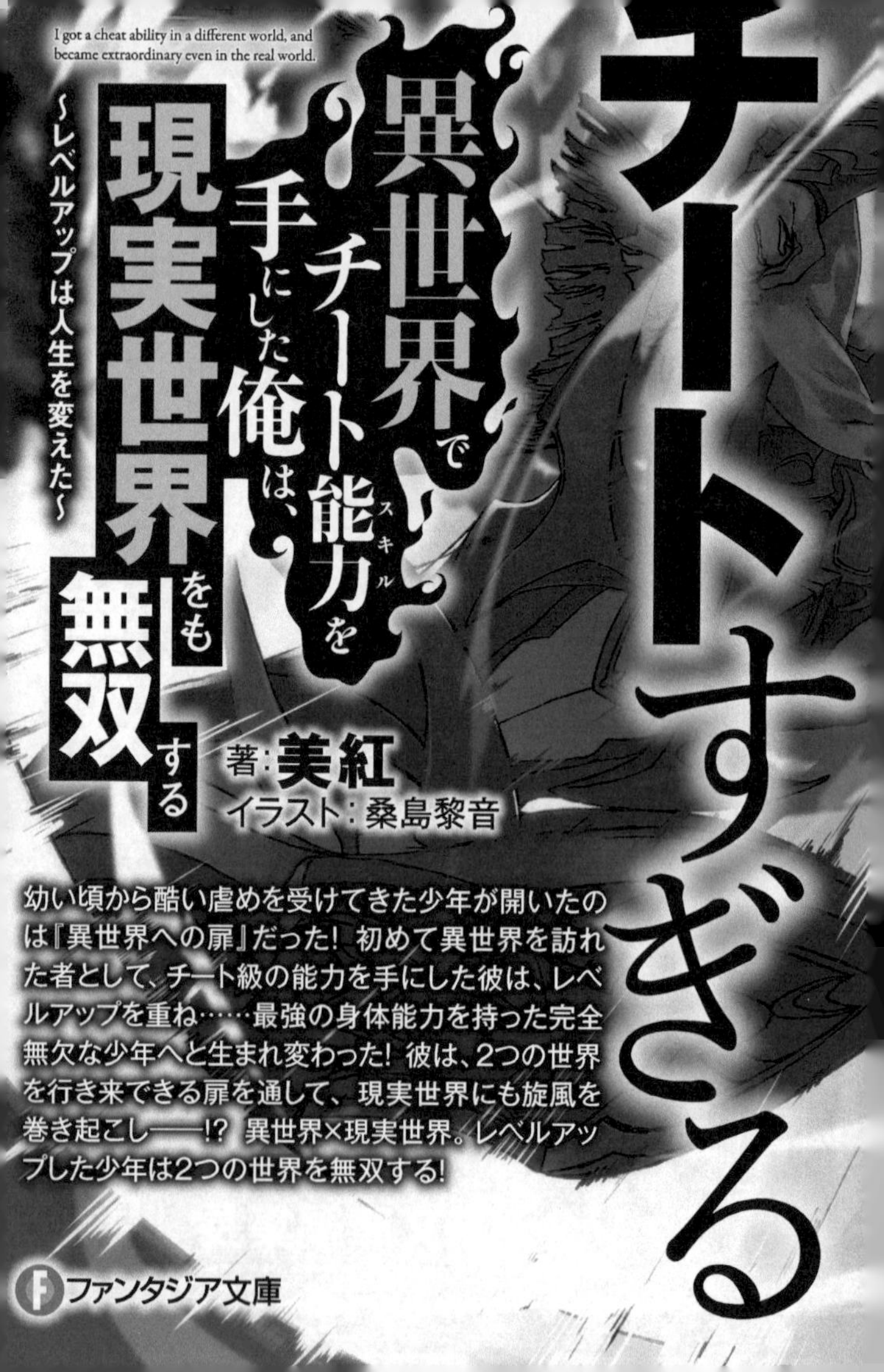
I got a cheat ability in a different world, and became extraordinary even in the real world.
チートすぎる
異世界でチート能力《スキル》を手にした俺は、現実世界をも無双する
～レベルアップは人生を変えた～
著：美紅
イラスト：桑島黎音
幼い頃から酷い虐めを受けてきた少年が開いたのは『異世界への扉』だった！ 初めて異世界を訪れた者として、チート級の能力を手にした彼は、レベルアップを重ね……最強の身体能力を持った完全無欠な少年へと生まれ変わった！ 彼は、2つの世界を行き来できる扉を通して、現実世界にも旋風を巻き起こし——!? 異世界×現実世界。レベルアップした少年は2つの世界を無双する！
ファンタジア文庫

切り拓け！キミだけの王道
ファンタジア大賞
原稿募集中！
賞金
《大賞》300万円
《金賞》50万円
《銀賞》30万円
選考委員
細音啓「キミと僕の最後の戦場、あるいは世界が始まる聖戦」
橘公司「デート・ア・ライブ」
羊太郎「ロクでなし魔術講師と禁忌教典《アカシックレコード》」
ファンタジア文庫編集長
前期締切 8月末日
後期締切 2月末日

Memory records of bastard magic instructor

CONTENTS

ロクでなし魔術講師と追想日誌 7
－メモリーレコード－
Memory records of bastard magic instructor
JN020250